汪建輝 著

他娘，毛主席是咱兒子的爹

序

一、這個廣場原來叫作老皇城壩，後來叫毛澤東思想勝利萬歲展覽館（當時還差一點就簡單地稱之為萬歲館），再後來拿掉了前面的特指名詞叫展覽館，再後來叫人民南路廣場，一直到現在被命名為「天府廣場」。

二、在這個廣場中心部位的正北方，有一座塑像。這個人是我所處的這個時代的開創者。我不否認將它置放在這裡的重要性與合理性，這就好像是一個農夫在自己家的菜園裡插上了一個稻草人。

三、根據這個塑像的造型，我將這個廣場命名為：「毛手勢下的廣場」或「毛注視下的廣場」。經過取捨，我選定了前者。因為我以為前者要客觀一些；而後者則是主觀的臆想。因為這塊石頭根本就沒有生命，所以不會有目光，不會有注視。當然，如果你認為這個石像還有著生命，圍繞著它還有一股陰魂飄蕩，則可以稱其為「毛注視下的廣場」。

四、這個石像的主人姓毛。不說出石像主人的名字，只是想表現出小老百姓的一種蔑視。

五、石像的前面有一個廣場。如果用原始的語言來表述就是：這個石像的前方有一塊空地。一塊空地如果在山野或村莊，那就並不奇怪，所以在那裡的空地不能稱之為廣場。只能叫著荒地、草甸。在這個擁擠著鋼筋與水泥寸土寸金的城市中心能夠留出這樣一大塊的空地，確實讓人心存敬畏。沒有人敢把自己家的木床、桌子、板凳或馬桶搬到這裡，讓這塊看似沒有用處的空地為自己所用。

六、人民只知道——那個空地不是屬於我的。這種「知道」來源於兩種途徑：一是生活經驗的積累；二是專政鐵拳的教訓。人民是通過哪一種途徑知道這塊空地不是屬於他們的？我看到不時有持槍的軍人掄起鋼槍將「不知道」的人揍得頭破血流。

七、這個廣場對人民來說一直都是空著的，但是對於政府來說，它一直都沒有空過。因為這塊空地裡裝著「政治宣傳」。

八、廣場的佈局與結構是這樣：在石像的前面是百貨大樓、左邊是人民商場、右邊是美術館、後面是展覽館。廣場上是被黨教育著的人民群眾……

導讀：「主義」的下行

陳米

在政治書上，充滿著各式的「主義」，中學生必須搖頭晃腦地背誦，以應付考試。但政治書之外的生活領域，這些「主義」能夠影響到何種程度？對於普通人來說，「主義」為「肉食者謀，又何間焉」，油鹽醬醋才是更為重要的事。在一種寬鬆的環境裡，人們能按照自己的慾求去做事，「主義」往往被束之高閣。然而，環境往往不是寬鬆的，肉食者的「主義」經常是強勢的，影響到底層的方方面面，普通人無力上訴以改變「主義」，惟有默默忍受。但普通人也有自己的方式，在忍受之中，「主義」滲入的生活總有一些空隙留待各自做出選擇。

二十世紀的中國充滿了「主義」，論戰之間，最後一種較為強勢的「主義」取得了勝利，改寫了歷史的書寫方式。汪建輝的小說《她娘，毛主席是咱兒子的爹》即從這裡開始。它將向讀者展示，面對不容抗拒的「主義」，底層普通人如何轉換、利用和被塑造。書中涉及到的人物有三代、十餘位人，如果按照他們與「主義」的關係來分類，大約有三類。

一、利用——王幹不、黨使絆、張貧

王幹不、黨使絆和張貧三人是第一代。新「主義」取得全面勝利的時候，因為出生和選擇的不同，王幹不和黨使絆成了統治階級，張貧成了被統治階級。他們身份儘管不同，應對由上而來的「主義」，卻有著相似的方式。他們都認識到，高尚純潔的「主義」不過是一場權力的遊戲，如何利用之達到自己的目的，是為關鍵。

王幹不大抵是個寫實性很強的幹部。他出生根正苗紅，父母犧牲於抗日事業中，他曾被敵人追殺、為革命命懸一線。和歷史上進城後的幹部一樣，王幹不也漸漸為曾經的理想所困惑，他覺察到革命不過就是一場投機。但王幹不到底還是幹部，他終究懾於「主義」的權威，只是使點跪搓衣板假民主的小伎倆，借用權力的餘蔭得到一些小甜頭。

黨使絆就不同了，他利用「主義」的話語誣陷王幹不，取而代之。他的合夥人張貧的政治素養更高，一針見血地指出送女新疆等事件的本質。奈何他曾是資本家的員工，政治機敏只能用作自保。新「主義」的誕生意味著歷史言說方式的重新書寫，「主義」創始人則走向神壇。但在黨使絆和張貧這裡，神壇上的也不過是權力鬥爭的工具。廣場上，高大塑像的建立是為了贏得與文革對立團體「解大」的戰鬥，這在集體瘋狂的個人崇拜年代，成為絕妙的諷刺。

利用權力者，毀於權力。王幹不死於政治誣陷，黨使絆和張貧都在權力的更迭中湮沒。作者開篇即說：「歷史總是以一種老百姓把握不了的節奏向前發展著。他們所能做的只有兩種：旁觀或接受。相對比來說：旁觀者是幸福的、而接受者則是不幸的。」事實上，沒有人是旁觀的，安全總是暫時的，不只旁觀者有成為接受者的可能，事件的主導者也有可能。王幹不、黨使絆和張貧甚至更高的權力群體，皆莫不如此。在歷史的緩慢前行裡，沒有人逃得過接受者的命運。

二、轉換——張解放、王幹、明翠

王幹、張解放和明翠是第二代人，他們在心中悄悄轉換著信仰，與「主義」都保持著一定距離。王幹與張解放在文中被對應書寫。他們不僅一起長大、一起下鄉，還先後成為明翠的丈夫。經由明翠，我們似乎看到了二者的不同，張解放求「情」，而王千求「慾」。

張解放在文章中的存在感比較低，他總是作為一種見證者存在。但讀完全文我們才發現，他不只在文中穿針引線，還是最具有正面價值的人物。「資本家的女兒即是美的化身」這種追求美的本性，在「主義」的肆虐下仍然模糊地留存於他的頭腦中。憑著這種本性，張解放始終有著清醒的頭腦、純潔的心靈、堅韌的生命力。在文末，他低調而光明的形象仍得以保持，這從他與繼子張道達就「愛國問題」的爭論可以看出。

至於王幹，總是被一種「慾」的渴求縈繞。他的知青歲月裡，最有回憶價值的是黃色小說；時代悄然變化，他迫不及待地與明翠在塑像下結合；新時代裡，他的編輯生活總帶著粉紅色彩。他的兒子不認他做父親，他的工作是改寫色情，除了慾望，王幹什麼都沒留存下來。時代變化在他身上，只是求「慾」方式的改變。他最後毀於「慾」的消失，但美其名曰，文學的消失。

明翠承襲明淨的庸俗小市民形象，她沒有什麼追求，能上班下班、一日三餐已經足夠。黑塞（Hermann Hesse）在《荒原狼》（*Der Steppenwolf*）裡對小市民幸福生活的描述符合她：「生活只是優雅的好房間，人們住在這個房間裡吃飯，喝酒，喝咖啡，穿上一雙針織襪子，玩玩紙牌，聽聽收音機，人們感到心滿意足」。然而階級鬥爭的強勢「主義」並不允許這種消閒生活的存在。作為敵對階級資本家的家人，從那一天開始，她的好日子就到頭了。與母親一樣，明翠也顯示了蘆葦般的柔韌，熬過種種苦難。她並不信任任何一種「主義」，無論是階段鬥爭的革命話語，還是爭取自由的啟蒙話語。在她看來政治是危險的，「主義」是於己無關的。在一種「主義」影響到生活的時候，她不會思考這種「主義」的是非善惡，只是以自己的方式默默應對。面對兒子張道達認定毛主席是自己父親的奇異行為，她曾分別為他帶上口罩、圍巾、墨鏡甚至於搬家。在過於危險的時代，這種規避術能夠保證自己的安全，在不那麼危險的時代，易於落入犬儒與平庸之惡。並且，精通規避的小市民總會把某一件世俗的東西看得性命攸關，於是我們發現，在金錢主義的流行時代，明翠毀於金錢。

三、被塑造——王明理（張道達）

張道達是唯一的第三代人，他為「主義」所塑造。在他的身上，「主義」的悄然轉換被明顯化，他從始至終就沒有自我，成為了一代一代「主義」的代言人。

王明理來源於王幹與明翠在廣場塑像下的一次關鍵性結合。「主義」偉大創始人的塑像下，一個資本家的女兒和一個國民黨反動派的兒子竟在犯著「主義」深惡痛絕的事。這種情況的發生，預示著新時代的開始，革命話語開始衰退。但上層權力鬥爭雲波詭譎，前一階段的「主義」與新的「主義」總不是那麼涇渭分明。認塑像為父親的王明理，顯示了革命話語的餘韻如此強大。

少管所生涯，為王明理帶來了根本性的變化。如果我們留意現實生活中的這個時間，會發現金錢正在取代革命，成為新的「主義」話語。王明理順應「主義」的變化，改名為張道達。「主義」代言人丟失了「主義」，喪失了魂魄，行屍走肉般生存：「簡單、重複，沒有新意。讓人沒有希望，也沒有絕望，只是肉體在活著。」

直到學生運動開始，另一種「主義」開始了，張道達又充滿了力量：「他看見了猶如千軍萬馬般的真實的力量。」在母親明翠的鐵鍊下，張道達錯過了關鍵的時刻。他再去廣場的時候，鎮壓運動的槍炮黑煙燻黑了塑像，張道達又沒了「主義」，無論是革命話語還是啟蒙話語，張道達都不相信了，他徹底成了一個空心人，「覺得身體裡的一根看不見、摸不著的支柱倒掉了。」張道達作為政治寓言的最後一次出現，是批評父親張解放支持外國球隊的「賣國」行為。在這裡，他獲得了新的「主義」，因而「希望像是一團火焰」。後極權時代下，「主義」的教育行為已不再如極權時代明顯，民族主義在必要時被煽動，填裹進娛樂的天鵝絨包裝裡，再次占滿了張道達這類人的頭腦。

讀完全文，我們發現，「主義」的被創立，名義上是為了讓生活更加美好，實際上不過是上層鬥爭波及下的瞎折騰。三代人為著各自不同的目的，與瞎折騰的「主義」展開了周旋。在「主義」盛行的時代，「權」、「錢」、「色」、「情」庇佑各自的信徒得以保全，但「主義」消失之後，又如何在新時代中自存？這個問題將長存讀者心中。新一代唯有一名空心人，如此設定，顯示了一種悲觀的結局。

就內容來說，此本小說延續了作者一貫的寫實風格，上卷、下卷、後記三大部分的劃定節點與重要歷史事件重合，整部書即是當代中國社會底層人物史。從三代人的變化，可看出被遮蔽的社會風貌。就寫作來說，小說語言的平實，讀來像吃一張無油無鹽的餅。沉重的敘事烙進餅的厚度中，隻言片語的諷刺像蔥花一樣零碎又處處可見。三者的組合令小說之餅呈現出一種又淡又嗆、既噎也鮮的滋味。

二〇一六年九月九日星期五

於成都獅子山圖書館

CONTENTS

CONTENTS

CONTENTS

他娘，毛主席是咱兒子的爹

上卷（一九四九年～一九七八年）

第一幕　父女、母女、兄妹

一、張解放：第一次在廣場上接受到的教育

最早的廣場是用來示眾的。比如說張貼佈告。比如說斬首。比如說公審、公判。總之，它需要有很多的看客。

關於廣場的這種功能，祖先總結了五個字——殺雞給猴看。被宰殺的好比雞，圍觀的看客好比猴。目的是讓猴子看雞被殺了之後，聯想到自己的處境而變得老老實實、服服帖帖。

轉眼到了「新社會」，經過一個龐大而系統的宣傳機器——宣傳部門——的繼承、過濾，而後再創造性地發揮，這個時代將這一現象稱之為——宣傳、教育。

目的是讓人轉變。由壞人變為好人——由不服從的人變為服從的人。

歷史總是以一種老百姓把握不了的節奏向前發展著。他們所能做的只有兩種：旁觀或接受。相對比來說：旁觀者是幸福的、而接受者則是不幸的。

我講述的廣場是從這一天開始：由「殺雞給猴看」轉變為「教育群眾」。從這一天開始，

歷史發生了翻天覆地的變化——

一份內參文件：

今天，我市宣傳部門走上街頭，在展覽館前的廣場上開展了對廣大市民的宣傳教育……前來接受教育的群眾絡繹不絕，深受啟發。他們紛紛表示，要永遠聽黨的話跟毛主席走，將社會主義革命進行到底……群眾們一致表示，以前在萬惡的舊社會，窮人受不到教育，吃了不少虧、受了不少罪，如今共產黨來了，帶領我們打天下、帶領我們幹革命，還教我們學知識、叫我們聽黨的話、跟黨走……我們心裡越來越亮堂……群眾們還要求，這種教育活動要長期、深入、持久、堅持地搞下去，讓廣大的人民群眾在黨的宣傳教育下茁壯成長……

這一天，張解放也在廣場上接受了教育。這一年，他只有六、七歲。

他家住在百貨大樓邊上的西禦街五號的一個居民大雜院裡。昨天晚上居委會的大媽來對他的父親說：「張同志，明天壩子裡又要運動。你帶著老婆和孩子去受受教育，不要成了落後分子。」最後在臨走時還叮囑說：「胡井文不識時務，出錢幫助川東土匪，還給土匪送情報。你曾經是他的職員，一定知道他做過的壞事，大膽地揭發他的罪行，是唯一的出路。要認清形勢，識時務者為俊傑。解放了，現在是共產黨的天下，過去的那一套行不通了。」

第二天一大早，張解放就起床了。他默默地站在父母的床邊看著他們熟睡的樣子，咽了一口口水之後就在他們的耳朵邊大叫起來：「勞動人民早就起來了，資產階級還在床上呼呼睡懶覺。」嚇得父母一下子就像彈簧一樣跳了起來，穿好衣服，再向窗外一看，天剛亮，於是便罵道：「屁娃兒，那麼早就起來嚇人。也不怕要了爹媽的命。」張解放吵吵嚷嚷地說：「我要受教育，我要受教育。」

父母親沒有搭理他。既然已經醒來了，他們就沒有打算再睡。只是默默地坐著，誰也沒有說話。

看到父母這個樣子，張解放說：「你們不是積極分子，我先出去受教育了。」說著就開門出去了。在解放出門後，父親對母親說：「你昨天聽清沒有？他們說我是胡井支的職員，這暗指了我們也有可能通匪。這把火可不能燒到我們身上。」說著兩個人嘆著氣，原想胡老闆是一座可以靠的山，沒曾想這座山倒塌了，卻眼看著要壓到了自己。

可是隔了沒有幾分鐘，張解放就回來了，低垂著頭，坐在床沿上自言自語地說，壩子上還沒有一個人。看見兒子回來，父母兩人立即停止了對話。就這樣又坐了一會兒，也許張解放覺得過了很長時間，他又站起來，說：「我先出去受教育了。你們不是積極分子。」

沒有人理他。在張解放小小的身體後面留下了一片寂寞的空白。像是這早晨清清淡淡的薄霧，悄悄地增加著人與人之間的距離感。在這一片寂寞的空白裡，父親又對母親說：「我想……我覺得……我看……我們今天應該第一個衝到臺上去發言，狠狠地批判胡井支。嗯，就說他剝削我們。對，就是壓榨我們的剩餘勞動力。嗯……還要吐一泡口水到胡井支的臉上，這樣才像有深仇大恨。」兩個人商量好之後，放下心來，將目光放空，靠在床上，只等著批鬥大會開始。

又沒有一會兒，張解放又回來了。說：「只有我一個人是積極分子。」沒有人搭理他。屋子裡靜靜的。這種寂靜讓人感覺到不是大運動暴發前醞釀的寧靜，就是大運動之後的死亡般的沉默。

再過了一會兒。也許張解放覺得過了很久很久。他又站起身子來說：「我去受教育去了……」還是沒有幾分鐘他就回來了，看來皇城壩上仍舊是空無一人。

太陽已經爬得有二竿高了。此時的張解放像是泄了氣的皮球搭著腦袋，一聲不吭。馬上就要日上三竿了，張解放的父母到這時才站起身來向門外走，邊走邊叫他道：「瓜娃子，走罷。接受教育去。」張解放早已經沒有了熱情，坐在那兒沒有動。父親則說：「讓他一個人看家吧。」父母親出去了，留下張解放一個人，屋子裡一下子變得空曠起來。有點兒陰冷。只要一感覺到陰冷，張解放身上的體溫就迅速地降了下來。他打了一個冷顫，跳起來老鼠一般地竄了出去。

彷彿是一下子冒出來一般，外面的廣場上擠滿了人。張解放想：本來我是第一個來的，現在竟然變成了最後一個。那時候他還小，還不知道「來得早，不如來的巧」這句話，否則他一定會大聲喊出來的。

廣場上很多人，多得就像是在一個棋盤上灑了一把沙子，亂七八糟的。張解放正不知道自己應該向那裡去，猛然間人們朝一個方向湧著，他也被夾在中間，擠向那裡。終於，人群不動了，一個新的秩序暫時形成了。

張解放則藉著此時，在大人們的腳下見縫插針地向前擠。終於眼前一亮，他從人群中擠了出來，正興奮著，卻發現眼前空空蕩蕩的，再回頭，滿眼都是人的背影及後腦勺。原來是擠錯方向了。他又一頭紮進了腿林之中，在大人們的腿下面，他聽見炸雷一樣的口號聲從上面傳來。就像是一個人在密佈的烏雲下聽著滾滾的雷聲。

「打倒大資本家胡井支……」

張解放知道正劇開始了，他更急地向前擠，身上冒出的汗不知道是急的還是擠的。汗水像是潤滑油一般使他在人們的腿下更滑溜。只是沒有擠過幾條腿，他身上的汗就被大人們的褲子給擦乾了。

好在他身上的汗總也流不完。

終於，眼前又是一亮，他看到了一個木板搭成的簡易臺子，上面站著一個被五花大綁著的人。這人頭上頂著一個用紙糊的高帽子，上面寫著「打倒反動資本家」七個字。彷彿是這帽子太重了，將他的腰也壓彎了，這樣掛在那人脖子上寫有「反動資本家胡井支」的牌子就懸空吊著，使他整個人看起來更不穩定。但是他卻奇蹟般地將身體平衡並穩固著。保持這種穩定姿勢並不容易，那人額頭上豆大的汗珠子劈哩啪啦地掉下來，很快就將腳下的那一塊地方打濕了。

臺上站著的這個人張解放認識，以前就看到過他，是父親的老闆。而父親則是他手下的一名技工。父親很怕這個老闆，他常常說自己嘴巴裡的飯是老闆給的；張解放也很怕父親，因為他吃在嘴裡的飯也是父親給的。「人這一輩子就是為了一張嘴」，父親常常這樣說：「為了這張嘴，什麼事情都可以做。」

張解放很高興地想，這次教育還沒有結束。

是的，沒有結束。而且高潮還沒有來臨。

那個原本父親害怕的人正站在臺子上雙腳顫抖著，不知道是因為是太累了，還是因為太恐懼。這時有一個人上來，有先見之明一般用一根細細的繩索將胡井支的褲腿紮緊。據說這是為了防止被批鬥的人屎尿流出來，弄髒了這個以教育為目的的臺子。張解放則認為他們是怕髒、怕累，不想打掃流在臺上的污穢之物。

不一會，一個張解放意想不到的場面出現了，一向膽小怕事的父親衝到了臺上，指著胡井支的鼻子說：「你這個吸血鬼，你這個剝削階級，你也有今天呀。」說完就「呸」的一聲，將一口濃濃的口痰吐在了胡井支的臉上。臺下爆炸般地響起了一陣喝彩聲。

第二個衝到臺上去的是張解放的母親。她快極地上了臺子，先是衝著胡井支吐了一口口水，而後就像是數著自己家裡的珍寶似的數落著他的各種不是。那時候張解放還小，記不清母親都說了一些什麼，他只記得母親在控訴胡井支的老婆長得像一個妖精一樣。長得像妖精一樣還不算什麼，因為那是父母親給的，而不是她自己到商店選的，關鍵的是她還成天把自己打扮的花枝招展的，像一朵專門招蜂引蝶的惡俗之花⋯⋯

妖精？長得像妖精一樣的女人？於是張解放便在心底裡盼望著能將那個女人也押上來，讓他好好看一看。

在母親的數說中，胡井支的褲襠開始濕了，然後褲腿下面綁緊的地方似乎開始有東西注入那裡，像是兜著有什麼東西，濕乎乎的，軟綿綿的，還有一些水滲了出來，一滴一滴的滴在地下。站在最前面的張解放聞到了一股臭味。但是這股臭味在人群的喧嘩與噪動中顯得是那麼的微不足道，人們絲毫也沒有要在臭味中退縮下去的想法。

那天母親在臺上控訴了很久，以至於張解放都有些開始煩自己的母親了。最後張解放還是沒有看到那個像妖精一樣的女人。也許是母親控訴的時間太長了，佔用了將女妖精押上臺來的時間。但是不論怎樣，今天父母的表現都為他長了臉、爭了光。臺下人群中的呼聲就像是浪潮一樣湧向臺上去。如果、如果⋯⋯如果將這些浪潮轉換成水，那麼臺上、包括臺下的人都會被淹死的。張解放在他小小的頭腦裡就這樣胡亂地想著。沒多久頭腦被這些聲音給鬧暈了，好像是乘坐在一艘船上暈了船一樣。

中午，太陽升到廣場的正中間時，陽氣正盛，一個幹部模樣的人走上臺來，打斷了母親的控訴。張解放是從那個人衣服上的口袋來判斷他是幹部的。那人衣服上有四個口袋，而其他的人只有兩個。張解放在沒有事情時常會偷偷地猜測：那多出來的兩個口袋是用來裝什麼東西的？小時候他認為一個是用來裝水果糖，另一個是用來裝手槍；長大一些時，他想一個是用來裝紅色的大印，另外一個還是用來裝手槍；再後來他知道一個是用來裝鈔票，另一個還是用來裝手槍。

那個幹部站到臺上說：「反動資本家胡井支勾結川東土匪，妄想國民黨反動派反攻大陸，讓廣大的勞動人民再吃二遍苦、再受二茬罪。我們革命群眾堅絕不答應。」接著他以比張解放母親還要大五十個分貝的聲音叫著：「打倒反動大資本家胡井支！」於是臺下的群眾也跟著在叫喊：「打倒反動大資本家胡井支！」在這些聲浪中，母親意識到自己的控訴已經走到了盡頭。她低著頭悄悄地從臺上退了下來，站在人群之中，跟著一起高呼：「打倒大資本家胡井支……打倒大資本家胡井支……」再一次成為了群眾中的一員。

待口號聲剛剛平息，那個幹部就命令道：「將勾結土匪的資本家胡井支拉下去斃了。」話音剛落地，人群中的正南方向就立即閃開了一條縫，整整齊齊的。就像是幹部那句話是一把利劍，將人群刺穿，劈開了一個缺口。

兩個解放軍戰士押著胡井支穿過那個缺口，沿著人民南路，徑直地向下滑去，而剛才圍成一圈的人群也忽拉著跟在後面，形成一根長長的棍子。如果誰能夠將它握在手上揮舞，可以橫掃一切。

張解放是無論如何也跟不上人流的。他只有站在人民南路的頂端——老皇城壩——默默注視著人流最後在眼睛裡變成為一個點，直到看不見。

廣場上只剩下張解放一個人了。不，還有一個人——一個小女孩，站在廣場的另一邊。在人流還沒有從眼睛裡消失時，張解放沒有理她。直到人流澈底的看不到了，張解放才走到那個小女孩的身邊。

小女孩在哭，沒有出聲。眼睛紅紅的，淚包在眼框裡。小臉蛋白白的。

張解放問：「你為什麼要哭？」

小女孩子沒有理他。

張解放又問：「你叫什麼名字？」

小女孩子還是沒有理他。

張解放再問：「你家住在哪裡？」

小女孩子還是沒有理他。

張解放說：「你再不說話我可要走了。」說著轉頭就要走。這時小女孩說：「我怕。別走。」張解放說：「那你告訴我你叫什麼名字。」女孩說：「我叫明翠。」、「你們家大人呢？」、「剛才那個站在臺上的，頭上戴著高帽子，胸前掛著大牌子的就是我的父親。」

剛說完，遠處，正南方偏東，九眼橋方向就響起了一聲清脆的槍響，「啪」的一聲將他們兩個人都嚇了一跳。

明翠「哇」地一下子就哭出了聲來……

二、明淨：一次關於審美的嚴肅而深入的探討

明翠的母親明淨就是資本家胡井支的小老婆。張解放這才明白眼前站著的就是大妖精生下的小妖精。沒有看到大妖精，看看小妖精也不錯。於是張解放仔細地盯著她在看，盯得明翠直往後躲藏。一直到最後絆倒在臺階上。看到小妖精一屁股坐在地上的樣子，張解放像是打了一個大勝仗似的叫喊道：「小妖精，小妖精，小妖精……」

明翠從地上爬起來，也顧不上拍拍屁股就一口氣地往回跑。家，是一個小小的緊挨著一座房屋的牆壁搭起的一個小棚子。在共產黨解放軍進城的前夜，明淨就離開了胡井支。那是一個難得的好天氣，他們幾乎同時開口說：

明淨：「你還是讓我走吧！」

胡井支：「你還是走了吧！」

他們默默地望了一會兒。之後，明淨就去房間裡收拾東西。胡井支則透過敞開的門，看著明淨暗暗的背影。依舊那麼美麗。只是少了一些神采。不一會兒，明淨就站在了胡井支的面前說：「我走了。」胡井支說：「你去哪兒？」明淨說：「哪兒都會比你這兒安全。」

「是的。原來想娶了你，能夠讓你過上安穩的生活。現在一切都變了，反過來了，待在我

的身邊也許是最不安全的。你走吧！」

「還有……」

「什麼？」

「我要把女兒帶走。」

「你帶她走吧！……最好是、最好是讓她忘了有我這樣一個——有錢、有業、有資產——的父親……」

「不……」

「還是忘了吧。我這也是為了她好。」

「你是好人，不是壞人。」

「好人、壞人不是我們自己說的，而是他們——共產黨——說了算……」胡井支重重的嘆了一口氣：「翻過來了，都反過來了。一切都將重新分配，有變無、無變有。其實，是極少數人變得有、絕大多數人變得無！」

就這樣，明淨帶著明翠從胡井支的家裡搬了出來。一開始她們母女倆打算借住在一個遠房親戚的家裡。當初他們一家都在鄉下種田，是胡井支幫助他們進城，在成都站住了腳。這一天，在這個難得的好天氣的黃昏，太陽的餘輝還在天邊秀著五彩的顏色，明淨帶著明翠站在這個親戚的家門口，說：「讓我們住幾天吧，找到地方後我們就會搬出去的。」

親戚如一個預言家般說：「你們不會找到新的地方的，沒有人敢收留你們。不要連累我們，你們還是自己想辦法吧。」

明淨帶著明翠在街道上盲目地轉著，直到疲倦了，才蜷縮在廣場邊上的小小的淺的只有二十幾米深的東鵝市巷一個屋簷下睡著了。天快要朦朦亮時，明淨迷迷糊糊地聽到有人對她說話，她睜開眼睛，看到一個五十來歲的人手裡拿著兩個饅頭，說：「拿去吃吧，以前你們家裡的幫助過我。他是一個好人，我可不能忘恩啊。唉……」他嘆了一口氣又說：「唉，現在壞就壞在他太有錢了……唉，誰會想到財產也會給人帶麻煩？這個世界，真是越來越讓人看不懂了……」最後他還說：「我要走了，天馬上就要亮了。對了，你今天晚上還是回到這裡來住，我會給你在這裡搭一個棚子，遮風擋雨。」說完他就離開了——明淨以後再也沒有看到過這個老人。在她的意識裡，這個老人就像是神話故事裡的老神仙一樣，神祕的出現了，而後又神祕的消失了……

明淨也許是第一次沒有在溫暖的床上睡覺，整個晚上都沒有睡好，也許是地上的濕氣讓她有一些感冒發燒了，只要一睜開眼睛她的頭就暈乎乎的，看見的東西旋渦般轉。最後當她確定自己醒來時，她只是隱隱地記得有一個人來過，與她說了一番話。對了，還塞給了她兩個饅頭。她下意識地握緊了手，果然手上是握著了兩個饅頭。她緩緩地將饅頭拿到眼前，看見在手掌握著的外面、靠饅頭的兩邊，已經被老鼠啃了兩個缺口。

還是一個好天氣。正像是歌中唱的：「解放區的天是明朗的天，解放區的人民好喜歡……」

明淨叫醒了明翠。掰了半個饅頭給她說：「吃了吧。」

明翠只咬了一口就哭道：「我不吃。太難吃了。」

明淨說：「你不吃，很快我們連這個也吃不上了。」

明翠像是猛然間懂事了一般，和著淚水將饅頭一口一口地吃了。明淨小心地將剩下的半個饅頭用手帕包好，放進了貼身的口袋裡。然後她拉著明翠，挨家挨戶地問：「有沒有衣服要洗？有沒有衣服要洗？」

一開始聽到這句話的人都以為是自己的耳朵聽錯了。後來他們確信了之後，就大聲地喊道：「大家快來看呀，資本家的小老婆給我洗衣服來啦。」

說著就將家裡面的最髒最臭的衣服及床上鋪的蓋的用的都抱出來讓她洗，眼睛直直地盯著她，像是在說，現在變天了，翻過來了。明淨在人們的注視下，抱著一大堆的衣物到錦江河邊去洗。一路上已經圍了很多翻過身來的人民在指指點點地看她。說：「大家看呀，天，真的是翻過來了。」而明淨則咬著牙忍著淚水在心裡對自己說：「過去你們能幹的事，現在我為什麼不能幹？我也能幹，而且還要幹得比你們好。」

第一天，明淨只洗了三家人的衣服。一分錢、二分錢、三分錢……明淨在回來路上，一隻手牽著明翠，另一隻手伸進口袋裡，一次又一次的數著裡面的錢。這些都是靠自己雙手賺回來的。

穿過直直的人民南路，進入廣場，再向右一拐，她們母女倆進入了東鵝市巷。天已經擦黑了，由於是晴天，太陽尚未帶走白天的明亮，將小巷映得蒼白而簡捷。明淨看到，在昨夜她們母女睡覺的屋簷下，多出了一個空蕩蕩的不足十平方米的棚戶。總算是有了一個遮風避雨的地方了！夜裡，明淨在那個小棚子裡，還真希望能起一陣風、下一場雨。那樣在這個小小的角落裡，望著外面的風和雨她就能真正地體驗到一種從未感受到的幸福與安逸。

……

由於成都人民人人都想親自體會一下「翻」過來的感覺（翻身做了主人），廣場附近居住的居民都拿出自己的衣物讓明淨洗，有些人甚至還慕名從城郊拿衣服過來讓她洗。所以明淨母女倆的日子不僅可以維持下去，而且還有一些節餘。

明淨母女的日子過得雖然不算是紅紅火火，但也還算是比上不足比下有餘。於是有人開始議論開了，說是新社會沒有讓過去的剝削階級得到應有的懲罰。她們生活得還不夠悲慘。

當時的工作小組在聽到人民的意見之後，便及時地在廣場邊上開了一個有主題的會議。會議一直持續到了深夜，於是會議室的燈便一直亮著。那天晚上張解放的父親睡不著覺，披上衣服出去走了一轉，看到了政府樓那半夜還亮著的燈光就匆匆地趕了回來，對已經睡得迷迷糊糊的老婆說：「我預感到有什麼事要發生了。」老婆說：「別吵了，睡覺吧。」說著翻過身去就又睡著了。張解放的父親這一晚沒有再出去走走，但這一夜他躺在床上一直沒有睡著覺。

市政府亮著燈的會議室裡，一個軍轉幹部模樣（之所以說他是軍轉幹部，是因為他一直穿著一身舊軍裝）的人說：「不能讓她再給人民洗衣服了，再這樣下去的話，人民就要變質了。」另一個人說：「我同意主任的看法。再這樣下去的話，過去的資產階級就變成了勞動人民，而過去的勞動人民就會漸漸地蛻變成為資產階級了。」又有一個人恍然大悟般補充說：「啊，我想起來了。資產階級真是用心險惡，她就是用這種方式來對無產階級進行瘋狂的反撲——來毒害、腐蝕我們勞動人民。」

「勞動人民不勞動了，還能算是勞動人民麼？」會議上的人立即覺悟起來。

「可是，我們也不能不讓她幹活呀。那樣不就太便宜她了？」有人對如果不讓明淨洗衣服的後果產生了擔憂。

軍轉幹部模樣的人說：「我也正是在為這個擔心呢。讓人民付她錢吧，不久之後她又會變成為一個新的資本家。但話又說回來了，總不能讓她白給人民洗衣服吧。」

「就是。人民不洗自己的衣服，那麼人民幹什麼去？」

「怕是會又要革命去呢。」

「革誰的命？在新一輪革命剛剛結束之後。」

「只能是革革命者的命。」

「啊，太可怕了。古人說：『飽暖思淫欲』，我看接下來是：『有閒就革命』。」

討論到這裡，這次有主題會議已經離題十萬八千里了。而這時，遠在十萬八千里之外的太陽正在悄悄地升起。直到窗外的太陽透進了窗子，將屋裡燈光的光線澈底的壓制住了，開會的人才發現天已經大亮了。

軍轉幹部模樣的人站起身走到窗前，伸了一個懶腰說：「又是一個不眠之夜啊！」其他的人則同聲道：「主任，您要注意身體呀。」

「是，身體是革命的本錢。可是我們會議討論的主題還沒有一個結果呢。」話音剛落，門外就有人敲門。

「進來。」

隨著開門、關門，進來了一個通信員，他遞上來了一份文件。幹部打開文件，看見文件的開始是王震的一封信：

向全國招收大量的女兵，十八九歲以上的未婚青年，有一定文化的女學生，不論家庭出生好壞，一律歡迎……讓她們來新疆與光榮的軍團戰士一起開荒屯田、紡紗織布，生兒育女……

看到這裡，幹部一拍桌子，大笑起來道：「哈哈，有辦法了。這真是——車到山前必有路啊！」其他的同志們也跟著一起「哈、哈、哈、哈……」地大笑起來。

最後幹部說：「時間已經不早了，噢，不——是很早了，就這樣定了，同志們都辛苦了。趁早回家吧。」

同志們一齊說：「領導辛苦了。」說完就要散開去。軍轉幹部模樣的人及時地喊住了一個人，說：「你等一下，我們再商量一下具體的細節。」

現在辦公室裡就他們兩個人了。幹部說：「我才來不久，對當地的情況還不是很清楚。我想瞭解一下，『她』真的是很漂亮？」

「是的，真的是漂亮，長得就像是妖精一樣！」

「妖精是啥子長法？」

「總之就是會迷死人的那種。用物質的角度來形容就是，看著她吃飯都要多吃幾碗。」

「那就叫做——秀色可餐」，說到這裡，幹部長嘆了一口氣說：「我走了那麼多地方，革了那麼多資產階級和地主的命，領教了諸多的太太與小老婆的模樣，得出了一個結論：資產階級的審美真的是沒的說。」接下來幹部的話語裡就充滿了憂鬱：「反過來看看我們這些人的老婆，看到就飽了，就更不要提多吃兩碗飯了……」

「領導，這不也是另一個版本的秀色可餐？」

「你不要把話題扯遠了。你說說看，我們是不是審美出了什麼問題。」幹部嚴肅地問。

幹部對面的那個人很認真地想了一下回答說：「我想應該這樣來理解這個問題。因為我們的幹部都是窮人出生，所以家裡面沒有足夠的糧食。請領導往這一方面想一想，如果窮人每一個人看著自己的老婆而能夠多吃兩碗飯，那麼糧食不就更不夠吃了嗎？因此就可以得出一個結論——糧食的多少決定審美的高低。」

聽到這裡，幹部已經是熱淚盈眶了，他緊緊地握著那人的手說：「謝謝你。同志。謝謝！

你解開了我這些年來深藏在心底的迷惑。」

他們兩個人幾乎是同時說：「不用擔心——現在，我們的糧食多了起來，我們的審美也就會跟著上去的。」

在分手時，那個人小心地問幹部：「那麼、那麼……您看，那個資本家的小老婆怎麼處理？」

幹部說：「她雖然漂亮，但畢竟是結了婚的人了，況且還有了孩子。讓給更需要的同志吧！新疆那裡的同志們正在艱苦地奮鬥著，身邊一個女同志也沒有，長此下去，不要說審美、恐怕最後連審醜都不會了。我看還是把她送給更需要的同志吧！」

「領導真是大公無私。我們一定要以您為榜樣，好好向您學習。」

……

三、王幹不：幹部送年輕女性去新疆

當天，幹部就來到了明淨住的小小的棚子。推開虛掩的門向裡面一看，是空的。正轉身準備走，聽見有一個聲音在後面叫道：「王幹部，您找她呀？」

王幹部回過身來，看到一個從未見過的個子瘦小的人不懷好意地對他笑著。王幹部看到那種壞壞的笑，面色竟然一下子有一些泛紅著說：「是、是，組織上找她有點事。」那個人接下來想再說點什麼，可是王幹部不會再給他這個機會了，當幹部這麼多年以來，他深知不能給別人留下任何可鑽的空子，對敵人如此，對自己人也是如此，他緊接著問他：「你知道明淨上哪兒去了麼？」王幹部心想：不能讓一個人隨便說話，即使是要讓他說話，也要讓他說自己想讓他說的話。

果然，他個人只有順著他的提問回答道：「她一定是到錦江邊上洗衣服去了。」

「你找得到地方嗎？」

「找得到。」

說完他轉身就要給幹部帶路。幹部並沒有跟著他去，否則幹部就不是幹部了。幹部只能是牽著別人的鼻子走，而不能被別人牽著鼻子走。這是他當幹部多年以來總結的實戰經驗。

幹部對著他的背影說：「你去，把她找到，告訴她到我辦公室來一趟。就說組織上有事情找她。」

那人只好去了。望著那漸漸消失的背影，王幹部對自己就像是打了一個大勝仗似的滿意。王幹部回到了處於廣場正上方（頂端）的市政府辦公室，先是讓自己的心情平靜下來，而後靜靜地等著明淨的到來。

（王幹部的原名叫王幹不。他也不知道他的父母親為什麼會給他取這樣一個名字。在他不懂事時還沒有什麼感覺，到後來他到了革命隊伍裡，認了一些字，才知道這個名字取得太不好了——幹不？是幹，還是不幹？這是一個疑問的句式，沒有結果，不知道結果。在一次隊伍經過自己的家鄉時，他專門回了一趟家，想問父母為什麼要給他取這樣一個名字。可是父母親已經被日本鬼子給殺害了。轉眼又過了幾年革命成功了，王幹不被派到地方去當幹部，地方上的同志都叫他：「王幹部」。那一刻他終於知道了父母親給他取的名字的妙處。原來父母親對他的願望是希望他將來能夠當幹部。）

沒有過一會兒，明淨來了。她站在門口拘謹地問：「請問是哪位幹部找我？」王幹部看到明淨，不得不打心底裡再一次佩服起資產階級的審美來。心裡隱隱的有一些作痛，想著：這樣一個可以用來作為審美的對象，就這樣要被送到那荒蕪人煙的大西北去。真是浪費了。

心中這樣想著，但是嘴上卻說著：「來來來，你就是明淨嗎？這裡坐。」

待明淨坐穩了之後，王幹部害怕自己面對美人太久而把持不住，於是便將話題直接切入主題：「組織上想給你一個改造的機會。」

明淨並不是一個沒有見過世面的人，過去她見過的大官多得數不清。但是對於共產黨的官員她還是第一次領教，所以她顯得有一些謹慎。她沒有回答。她想在共產黨的詞典裡，「改造」就是被送到一個蠻荒之地累死累活地勞動幹活。

但是，如果將「改造」與「機會」組合到一起。比如說以上那一句話——「給你一個改造的機會」。既然改造不是絕好的事情，怎麼又能說是機會呢？她不理解這句話的意思。於是就沒有搭話，等待著幹部的進一步解釋。

看到明淨沒有接招，幹部說：「是這個樣子的，新疆來內地招女兵，我們想給你一個名額。讓你有一次改造的機會。」

一聽說是加入解放軍，明淨一下子便激動起來，一直以來她都對解放軍有一種莫名的崇敬，認為他們簡直就不是人，而是什麼特殊材料製成的——是鋼、是鐵、是木頭、是不怕被打死的橡皮人。比如說國民黨有那麼多的軍隊都打不贏他們，還被他們給趕到了一個小島上。沒有想到自己居然還會有機會成為一名光榮的解放軍戰士。

明淨想：我成為了一名解放軍會不會改變解放軍不是人的本質？

這個問題還沒有想清楚，另一個非常現實的問題已經站在了她的面前：我的女兒明翠怎麼辦？

顯然，無所不知、無所不包、無所不能的組織，已經提前替她考慮到了這個問題，並提供了一個解決方案：「你就放心地去吧，你的女兒組織上會幫助你照顧的。你到了那裡安心的工作，等條件成熟了，你再回來把她接過去。」幹部說到這裡停了一下，觀察到明淨的臉色並沒有發生什麼變化，緊接著就問：「你看，怎麼樣？」

明淨說：「還是組織上考慮的周到。謝謝了。但是……」她還是有一點不放心，問：「我真的能夠穿上軍裝？綠色的？」幹部爽朗地笑著答道：「我向毛主席保證，你能夠穿上綠色的軍裝。當然……也能夠戴上綠色的帽子。」

這個事情就這個樣子成了：一套綠色的軍裝，一頂綠色的帽子。穿在了她的身上。

新官上任三把火。新的政權、新的政府裡的組成人員全部都是新的官，由此可以想像這三把火燃燒的速度與範圍。

三天之後，皇城壩上（廣場）又擠滿了人。人們是來為去新疆當兵的女兵送行的。數十名鮮活的少女，身穿綠色的軍裝、頭頂綠色的軍帽，胸戴一朵足足有一個乳房大的紅花，排成了長長的二排——從廣場的這一邊一直到那一邊，整整齊齊地站立著——每一個人的臉上都露出了整齊而統一的笑容。如果遠遠地從一個遠處並高處望下來，一定會以為是一把革命的刀子將這個廣場一分為二，廣場上流出了紅綠色相間的血。

王幹部則站在這一排流出來的血的前面，對著一個玉米狀的東西說：

「我們新疆是個好地方……」

下面一陣掌聲打斷了他的話。他不得不停下來，等掌聲停了之後再接著說：

「我們的這些姐妹也是好樣的……」

下面一陣掌聲打斷了他的話。等掌聲停了之後再接著說：

「好姑娘去好地方……」

這時下面的人群中也跟著他一起高喊道：「好姑娘去好地方……好姑娘去好地方……」王

幹部伸開雙臂，平舉、向上抬，而後再向下壓（示意人群靜一靜），就像是一個不會游泳的人落水之後作出的本能反應。群眾們開始平靜了下來，於是王幹部接著說：

「這真是錦上添花呀……」

……

那一天，王幹部說了很多話，很多人聽完之後就忘了。這就是典型的左耳進右耳出。明淨被安排站在第二排，很多人都沒有看到她。即使有人看見了她，也都是那樣想：「那個女人怎麼長得那麼像胡井支的小老婆呢？」沒有人相信她就是明淨，因為沒有人相信一個資本家的小老婆可以參加解放軍——既然「資本家的小老婆不能參加解放軍」，那麼，那個站在第二排的像胡井支小老婆的女人就一定不能是胡井支的小老婆。這就像是一個公式、定律一樣，不會有人懷疑。

僅僅只是長得像而已。人民群眾們這樣想：天底下竟然還有長得如此相像的人。

只有一個人相信她就是資本家胡井支的小老婆，這個人就是張解放的父親。回到家裡，他和老婆躺在暖乎乎的床上，望著黑暗的蚊帳頂說：「那個女人就是明淨，別以為她換了一身皮，戴上了綠帽子我就認不出來她了。」老婆顯得有一些吃醋，道：「是的，把她燒成了灰你都認得。」老婆一直懷疑老公和明淨有什麼關係。理由也許很簡單，就是胡井支太老了，已經「幹」不動了，而自己的老公正是如狼似虎之齡。這就像是一種供需關係，有需求就必然會有供給。老婆的論調是很純樸的。在過去共產黨還沒有來時，對於以上的設想老婆也沒有太多的意見，甚至心底裡還有著一種淡淡的不敢表現出來希望。而現在共產黨來了，老婆心底裡的那種希望瞬間轉變成為了一種強烈的嫉妒。每每想到明淨，她都有一種想要衝上前去，將她的臉上撕開一個口子的衝動。只不過是長久以來由於被迫而形成的被壓迫形象，使老婆除了被動地承擔之外已經沒有了做任何事情的勇氣。

張解放的父親在黑暗中說：「你這真是女人見識。」

張解放的母親則不服氣：「你說說男人的見識是什麼？」

「可以肯定，這次去新疆當兵不是什麼好事情。」母親一聽到這裡，心裡頭竟然一喜，趕忙問道：「你說說是什麼不好的事情？」父親說：「看看你，你們女人，就是希望看到別人不如你們。」母親有一些撒嬌地說：「要不然我們女人為什麼要留長頭髮嘛。」父親沉默了一會兒，顯然是端足了架子：「你看到那群女人裡面有幹部家的女子嗎？沒有。這就說明去那裡當兵不是什麼好事，如果是好事，那些個名額還不被那些當官的搶光了，怎麼會輪得上那些平頭百姓？」母親沉吟了一下說：「經你這麼一說，我好像一下子就明白了。唉，那你說說，她們去新疆是做什麼呢？」

父親答：「說好聽一些是給那些男兵做堅實的後盾。」

母親問：「說難聽一些呢？」

父親答：「說難聽一些呀，就是做隨軍的慰安婦。」

母親問：「什麼是慰安婦？」

父親答：「說白了就是隨軍妓女。」

母親顯得有一些吃驚：「解放軍也要幹那種事情？」緊接著她連連搖著頭：「我不相信。我不相信。」

父親：「你說解放軍是不是人？」

母親：「是。」

父親：「是人要不要幹『那』事？」

「當然……要……」母親遺憾的嘆了一口氣：「解放軍也是人呀！我怎麼從來也沒有想到？」從此解放軍的形象在母親的心目中就漸漸地萎縮了下來。話題說到這裡，父親非常得意地總結到：「所以你們女人盡長頭髮，而我們男人要思考問題，頭髮就不長了。」

夜正深著……

夜正黑著……

這兩個人的對話，就這樣在客觀的環境中——黑色、深夜——被深深地埋藏了起來。

四、明翠：小女孩製造的一場事件

明淨在參加解放軍穿上綠軍裝之前曾經問過幹部：

我的女兒怎麼辦？

到了部隊上誰要靠我來解放？

我要去的地方很遠嗎？我要去的地方很冷嗎？我還能回得來嗎？

幹部對此一一回答到：

——你的女兒就是黨的女兒，從理論上來說我們都是黨的孩子。所以你放心，黨不會丟下它的孩子不管的。就像我們不會丟下自己的孩子不管一樣。

——解放的工作是複雜的全面的，它不僅僅是由內而外。在有些情況下，它也是由外而內的。解放自己，解放埋藏在心底的渾沌之氣。總之，你要相信黨交給我們的每一項工作都是偉大的、光榮的、正確的。

——你要去的地方說遠也遠、說近也近。只要你心中裝著祖國，那麼再遠也就不遠了；你要去的地方說冷也冷、說不冷就不冷，只要你心中燃著一團火，那麼外面再冷、心中也是暖洋洋的；祖國是一個大家庭，你時刻要牢記住——在祖國的任何一個地方任何一個角落都是我們美麗的家園。

明淨聽得就如墜入到了雲裡霧裡。但是關於第一個問題——女兒明翠，她明白，她已經不再是自己的孩子了，而是黨的孩子。有一刻她在想：黨是誰？它如何養活它的那麼多的孩子？它怎麼生？怎麼養？怎麼教？

這個問題是乎是太大了。頃刻間就撐的她的身體變大起來。頃刻間她就覺得自己變成為了一個龐大的虛無。像是一個漂浮在半空中的氣球，越向上越膨脹變大，越向上越有可能會破裂。

明淨走了之後，王幹不將明翠帶到了處於東禦街張解放的家裡，對父親說：「這個孩子，你就先管著吧。」還沒有等父親說話，母親就衝出過來說：「我們不要資本家的女兒。你把她給我帶走。我們不能夠收留她。」王幹不本來想發揮自己做思想工作的優勢，再動員一下這倆口子。但是話還沒有說出口，父親已經搶先開口道：「你不要再說了，這可是原則問題、立場問題。請您立即給我將她帶走……」

從張解放家裡出來後，天已經快黑了。張解放在他們身後——那間陰暗的房子裡對著他的父母親喊著：「我要妹妹，我要妹妹……」緊接著是「啪、啪、啪」的皮肉對皮肉撞擊聲音。之後，喊叫的聲音沒有了，剩下的是一片混亂的哭聲。

王幹不拉著明翠快步地甩掉身後的那一片令人心驚的哭泣聲音，走到了原先明淨與明翠住的這條淺淺的小巷——東鶨市巷。那間小屋的門是開著的，裡面已經是空空的了，只有幾片硬紙板散亂地落在地上。王幹不拉著明翠站在門口向裡面看了一眼，而後就將明翠推進去，轉身正準備走掉。才轉身，就發現自己的衣角被明翠緊緊地拉著。她昂著頭，睜大著黑黑的眼睛死死地盯著他看。看得王幹不心中有一點發毛，他伸下手想掰開她小小的手，第一下沒有掰開，第二下時，她「哇」地一聲大哭了起來，聲音像是利劍刺破了廣場的整個黃昏。王幹不一時間沒有了主意，他說：「娃，娃兒，別哭。」沒想到她的哭聲更大了，按照常規（中國人的習慣），他們的身邊很快就會聚集起一大堆看熱鬧的人。再拖下去，周圍就真的會聚滿了人。王幹不自己也不知道為什麼會說出這一句話：「娃，別哭。到叔叔家去。」

明翠立刻就不哭了。王幹不想，唉！既然已經說出口了，就要算數，誰讓我們是幹部。一想到「幹部」這兩個字，王幹不便立即覺得身上的擔子沉重了起來。於是低著頭就往回走，明翠還是緊緊地拉著他的衣角低頭跟著走。就像是一個溺水的人抓住了一根稻草。

沒有幾分鐘，他們就走到了王幹不位於西禦街的住房。房屋是緊靠著街道的，只要一開門街上的行人就可以看到三分之一個客廳，好在客廳左右的兩個陰暗的角落還開著兩個門，那是兩間臥室。王幹不的私人生活全在那裡面進行。曾經也有一些領導來到王幹不的家，坐在客廳裡，望著外面過路的人流，對他家的客廳當著街道有一些不安，他們說：「你看，你的房門開著，來來往往的群眾把裡面看的一清二楚，是不是不符合我黨的保密原則？」王幹不則一句話就回擊了過去：「我們共產員光明磊落，沒有什麼東西是見不得人的。」

現在，王幹不帶著明翠站在自己家的門口。他敲門，裡面一個高大的女人出來開門，一扇門打開了，她的身軀就像是另一扇門堵塞在門口。

她指著明翠：「把這個小妖精帶回來做什麼？」

王幹不答：「她沒有家了。」

她說：「她沒有家了？她沒有家還不是你給造成的！」

王幹不有一些生氣地說：「你怎麼是這個覺悟？黨是怎麼教育你的？」

她的嗓門更大：「黨是怎麼教育我的？你說黨是怎麼教育我的？我還不是整天靠著你的幫助教育才成長成了這個樣子呀！」

這麼一問一答，他們的身後又已經聚集起了一大堆的人。處在這個地方，對於人群的聚集有著得天獨厚的條件。離廣場近，只要一眨眼的功夫，廣場上的人就聚集到了西禦街王幹部家的門口。對於新中國，發生的新幹部家庭的吵架他們也許是從來沒有看到過，所以人群中很安靜。可以這樣說，如果不是親眼看見，絕對不會有人相信這裡會聚集有一大群看熱鬧的人。再打一個比較具體的比方，如果有一個瞎子從這裡經過，只要他不撞到這一堆人，那麼他就可以確定：當天——公元一九五二年八月八日——傍晚——六點四十五分——在成都市西禦街上什麼事情也沒有發生。

可以確定王幹部的老婆是一個人來瘋。這種習慣是否是從小時候就養成的，現在已經無法考證。看到眼前有那麼多支持她的人（每一個人都會認為這些人是來支持自己的。包括王幹不，他看到眼前的這些自發前來的群眾心中更是充滿了感激。）這個女人的嗓門更是提高了五十幾個分貝：「大家來評評這個理，大家來評評這個理。」人群中依舊是一點聲音也沒有，好像大家並沒有搞清楚這個事件的來龍去脈。「沒有調查，就沒有發言權」這是毛主席說的。看來毛主席的話已經是深入人心了。

看到大家都不說話，這人女人立即就明白了一個道理——也許我的老公是當官的。有一句俗話是怎麼說來的？對了，是「官字兩個口，有理沒理都是有理」。王幹部說：「話可不能這樣說，你說的那個官可是舊社會的官。現在呢，解放了，有共產黨的領導，共產黨的幹部除了為人民服務就是為人民服務。你怎麼能夠將共產黨的幹部和封建社會的舊官僚相提並論呢？你剛才的那一些話就是標準的現行反革命。」

人群中一直到這時才爆發了一陣又一陣的口號聲：「打倒現行反革命！打倒現行反革命！……」那個女人這時才意識到自己的大勢已去，趕轉身回到了屋子裡。看到那個女人認輸——「一個巴掌拍不響」——的常識告訴這些看熱鬧的人這場鬧劇結束了，於是只是一眨眼的功夫，人群就消失了。速度之快，甚至讓王幹部來不及說一句感謝的話。

進了屋子，關好門。王幹不看見七歲大的兒子從廚房裡找出了一塊搓衣板，交給媽媽。老婆看了王幹不一眼，看到他的臉色仍舊冰冷的像是千年冰山上未化的雪，於是便主動地將搓衣板放在屋子的正中間，一聲不響地跪了上去……

明翠被眼前的這一切嚇壞了。但是她沒有哭。像是已經忘記了哭泣。與年紀不相符的冷漠。她木頭一般地站著，一動不動，要等著有人來移動她才會改變一個位置。

一個男孩兒站在她的面前，問：「爸爸，她是誰？」

王幹不說：「她叫明翠。她媽媽出遠門了。暫時到咱們家來住一陣。」

男孩兒於是就拉著明翠的手說：「我叫王幹。來，我們一起玩吧。」明翠一邊跟隨著王幹走，一邊扭著頭看著跪在搓衣板上的女人。這也是一個母親。她正在那兒跪著。看著她，明翠想起了自己的母親，目光裡流露出了一絲不安與恐懼。王幹在一邊也看出了明翠的心思，對她說：「你不要管她，她那是自找的。」明翠還是盯著那母親在看，她看到她的眼睛裡隱藏著一種深深的自責與內疚，像是一個做錯了事的孩子。

對於明翠的舉動，王幹也許是覺得她破壞了自己家原有的和諧，也許是覺得眼前的這個小女孩子太過麻煩，他使勁地拉了一下她：「我告訴過你，不要管她。她被我們定在那裡了，要一個小時才能解除呢！」

五、王幹：男孩製造的一場事件引發出的民主氛圍

王幹是王幹不的兒子。

王幹出生後，王幹不對正在床上喘著粗氣的老婆說：「應該叫個啥呢？可不能再像我的名字那樣，不知所云。王幹不，你說是幹還是不幹？」老婆喘著粗氣的回答道：「你說幹就是幹，說不幹就是不幹。還不是就你一句話。」王幹不說：「不能說幹就幹，說不幹就不幹。結論只有一個，就是幹。」聽到了這裡，老婆用盡了最後的一點力氣說：「那就叫他幹吧。」

王幹不高興地叫道：「說得對。就叫他——王幹。」

王幹那時還小，還不知道什麼是幹，什麼是不幹。王幹那時還小，還體會不到父母對自己的良苦用心。那是希望，希望他幹什麼呢？

能幹好什麼就幹什麼？還是什麼好幹就幹什麼？他們誰也說不清楚。希望總是似有似無，模模糊糊，很遠的時候根本就看不清楚，只有走近了再說。只要是幹、能幹、會幹、可以幹，到關鍵的時候再幹也不遲。幹得早不如幹得巧、幹得巧不如跟得準。這是王幹不革命多年以來總結的一個經驗。當然這個經驗就像是自己的私房錢應該悄悄地收藏好一樣，不可以告人、也不可以推廣。

王幹一開始對眼前的這個小女孩的興趣是在於她跟自己的不同之處。最明顯的地方就是，她拉小便時總是要蹲下身子。為什麼？

這是他小小的心靈裡問的第一個為什麼。也是他對這個世界提出的第一個疑問。如果這時王幹的名字叫著屈原，那麼這一個問題無疑就是一個——「天問」。

是因為肚子裡的小便裝得太多。尿太沉。而站不住了嗎？還是小女孩子心好，害怕小便從一個更高的地方摔下，跌痛了呢？所以她才要盡可能地蹲下身子，接近地面，不讓小便摔痛了？還是女孩兒愛乾淨，怕濺起來的水滴打濕了褲子？

所有的這些問題，都源於王幹對明翠的觀察。這種觀察其實在明翠出現之前他就開始了。當然對象是另外的女孩子。只是他的觀察總是進行不了多久就停止了。為什麼？因為那是別人家的女孩，不能讓他看仔細了。於是他便放棄了想要弄清楚答案的念頭。現在明翠來了，王幹又重新開始了思考，而且一直樂此不疲。為什麼呢？這樣一問，一個答案就在王幹小小的心底成形了——那就是因為明翠好看。總是看不厭。一個問題就這樣得出了一個與其疑問完全不同的答案。

這個答案就是：「資產階級的審美真是沒得說。讓人永遠也不會產生審美疲勞。」什麼是真正的美？我眼前的這個小女孩就是真正的美。瞧她那眼睛，瞧她那身段，瞧她那一舉手一投足，都充滿了和諧與美感。都像是烙鐵一樣深深地烙進了小王幹的心裡。

就這樣觀察著。每一分、每一秒、每一個動作、每一個細節，有一天王幹看到明翠走到了屋子的角落，他知道那裡放著一個馬桶，他知道明翠是去拉小便。這時猛然間有一種念頭湧上了王幹心頭，他想看一看女孩子站著拉尿的樣子。明翠轉過身子背對著他脫下褲子蹲坐在馬桶上。王幹悄悄地在向她靠近，而後猛地抓住她的雙臂一邊將她提起來，一邊說：「站起來吧。你看我們男孩兒都是站著拉小便的。你也站著拉尿，試試看。」

明翠不提防，將小便濺了一褲腿。明翠大哭起來，王幹不和他的老婆聽到哭聲後都從他們住的屋子裡鑽出來，王幹不問：「怎麼啦?怎麼啦?」明翠也不說話，只是哭。王幹不的老婆走近明翠，看到她褲腿上濕濕的，似乎就明白了。她轉頭對著王幹說：「你對妹妹做了什麼?」看到母親那一臉吃驚的樣子，王幹一臉的茫然說：「我沒有做什麼。我只是想讓她站著拉尿。」嘟唧了一陣，他還補充說：「我不也是站著拉尿的?憑什麼她就要坐著?毛主席都還說了，男女要平等嘛!」

王幹不聽到兒子說的這最後一句話，心中竟然有一些高興起來，這麼小，就能夠運用毛主席的話來為自己辯解，看來以後是一塊搞政治的材料。

王幹不的老婆則沒有像他那麼長遠的目光。在她罵完小王幹之後，她根本就沒有聽王幹的解釋，就進了廚房，將那塊搓衣板拿出來，放在王幹的面前。

這是他們家的傳統，誰做錯了事就要跪在上面反省。至於是從什麼時候開始的?他只記得從他的爺爺那裡聽說，是自從中國出了一個叫孔子的人之後，他們的祖先就發明出了這樣一套教育人的方法。這一種方法似乎也挺有效，他們王姓家族不僅在中國的歷史上成為了最大的姓氏，而且在歷史上當官的人數也是多如牛毛。這就是說無論從數量上和質量上王姓家族都是領先於別的姓氏的。

既然這套教育方法如此行之有效、如此深入人心，王幹當然就不敢冒王家宗族之大不諱，不跪。王幹老老實實地跪了下去。但是行動上服了，嘴上卻仍然不服，這也是體現了一種堅韌的個性。他真是不恥下問：

「為什麼？妹妹為什麼不能站著拉尿，而我卻一定要站著拉呢？」

「因為妹妹是女孩。」

「女孩子為什麼不能站著拉尿呢？」

「女孩子怎麼能站著拉尿呢？」

「怎麼不能？她是人，我也是人，我為什麼要站著？她為什麼偏要坐著？」

「唉！唉！跟你說不清楚……」說到這裡王幹不真想將自己和老婆的褲子脫下來，讓兒子看一看男女之間有什麼樣的不同構造，而後比劃著對他說：「看清楚了嗎？這就是物質決定論。不同的物質形態決定不同的物質行為。」但是理性讓王幹不沒有這樣做，否則那塊搓衣板上跪著的將是自己。這就是搓衣板的力量。這就是依靠搓衣板而達到的對人的教育目的。

看到老公著急的樣子，王幹不的老婆上前解圍說：

「小孩子，不要問了。長大以後你就知道了。」

「我什麼時候才能長大？」

「什麼時候？」母親用手比了一下：「長到這麼高的時候你就長大了。」

「什麼時候我才能長到這麼高呢？」

「快了，快了。哪一天，一覺睡醒來你就有這麼高了。」

……

聽著他們的這些對話，我能夠充分體會出這一個家庭的民主氣氛。沒有大棒子，沒有高帽子，有的只是耐心細緻的教育。

六、老師：由明翠引出的關於階級立場的問題

九月之初，秋高風低，不經意地掛上枝頭，給樹葉憑空增加了一些負擔。搖搖欲墜。輕輕的時斷時續的風，像是一個偷懶的丫環在搖著一把扇子。明翠在這有一陣沒一陣的風中，穿過廣場——廣場在這一天竟然有一些空蕩蕩地，讓人不覺得感受到一種繁華散盡之後的荒涼——進入以前住過的東鵝市巷，一直到盡頭，就是一個小學校。明翠猶猶豫豫地踏了進去。

一個矮胖的女老師在招呼著一年級的新生：「同學們請到這裡來，按高矮站好隊。」明翠不高也不矮正好站在中間。她看到張解放正好站在她的前面。張解放回過頭來看了她一眼，明翠原本以為是他是要表示他認識自己，正打算擠出笑容對他笑一下，卻沒有想到從他的嘴裡面冒出了三個字：「小妖精」。聲音雖低，但周圍的小朋友都聽到了，引發出了一陣哄笑聲。老師點了一下，正好四十二個人。之後，老師站在教室的門口說：「我念到名字的就請進去。」

身邊的一個一個小朋友們都進教室去了。最後只剩下明翠一人站在教室的外面。四十五分鐘過去了，下課鈴聲響了，小朋友們都從教室裡跑了出來，在操場上面打鬧著，明翠還是一

個人孤獨地站在教室的門口，有一點兒想哭。但她忍著，沒有讓眼淚流下來。（她記得母親曾經對她說：「不要想著讓人同情，這個時代同情是一件最危險的事。所以沒有人會冒著危險去同情什麼。」對於這句話，當時明翠並沒有多深刻的理解，她只是隱隱地覺得周圍的人都在遠遠地躲著她，直到四年級時她讀到了雷鋒日記中的那一句話：「對待敵人要像秋風掃落葉一樣」，她才澈底地理解到了母親的這一句話。當時還有一句話是這樣說的——對敵人的寬容就是對自己的殘忍。）一直到最後，老師從教室裡走出來。她才走上前去緊緊地拉著她的衣服說：「老師，你把我給搞忘了。」老師說：「我沒有把你搞忘。是教室裡的座位不夠了。」明翠在那時不知道從哪裡來的那麼大的勇氣，她只是在心裡想著——我一定要讀書，否則我的未來就澈底的完了——她跟著老師（或是被老師拖著）走了幾步，說：「我不要座位，我可以站在最後面。」老師停下步子，回過頭來對著她說：「你想站就能站麼？為什麼別人都坐著而你偏偏要站著呢？是不是你跟其他同學不一樣，要高別人一等呢？」明翠被這一連串的問話給弄懵了。她鬆開老師的衣角，默默的走出了學校，在走到學校的門口時，她看到張解放跑到她的面前對著她高喊了一聲：「小妖精。」爾後就像是怕被妖精捉住似地迅速跑開去。

明翠在這一刻真的希望自己就真正的是一個妖精。有仇就報仇、有冤就報冤；一口一塊肉、一爪一道痕，那才真是痛快。可恨的是自己不是妖精而被稱之為妖精。可恨的是自己承受著妖精的名譽而無妖精的實力。這才是這個世界上最可怕的事實。

明翠來到廣場上，站在正中間，望著前面（正北）的古老的建築，那就是老皇城了。小的時候聽媽媽說，那裡就是前朝秀才考試的地方。每次看到那個古老而宏偉的建築，她總有一種緊張得透不過氣來的感覺。現在，那種透不過氣的感覺又來了，壓抑、潮濕以及陰暗，明翠閉上眼睛，背轉過身向回走（正南）。廣場很大，很平坦，除了廣場上站滿了人時，高矮不一的人給廣場製造出不平坦的景象，在其他的時間──尤其是沒有人時，這個廣場還是足夠讓人閉上眼睛走上十分鐘的。有幾棵蔽天大樹，生長在廣場的左下角。每當走到樹下時，她就會感到身體裡一涼，這時明翠就會將眼睛睜開。讓自己浸入陰影之中。站在陽光下的人，看見這個小女孩灰灰暗暗的，像是被某個空間抹去了。

明翠小小的身子像是一隻蚯蚓在鬆軟的土地下鑽行。無聲無息。空間及時間像是凍結住了，需要有一把鐵犁才能讓它有所鬆動。

這種行走很艱難，也很緩慢。一步、二步、三步、四步……站在另一個角度上看，會深深地感受到一個背著沉重的歷史包袱的人是怎樣的謹慎與憂慮。當然，這種承擔放在一個小女孩子的身上顯然讓人不太能夠接受。更多不知情的局外人會認為她病了。一步、二步、三步、四步……還沒有走出第五步，情況就發生了變化，在她的身後（正北）傳出了唏哩嘩啦的聲音，好像是有什麼倒塌掉了。是什麼？明翠沒敢回頭看，但也沒有繼續向前走。她就定在那裡，像是被施了咒語，定住了。原來在廣場另一邊（正南）的人紛紛地向發出聲響的地方（正北）奔過去。

（正南）這個概念是怎樣劃分的？在這個廣場上並沒有像地球儀那樣在中間劃上有一條赤道，將其分為南、北半球，也不像是中國的國土上有一條長江，將之劃分為南方、北方。在這個廣場上，我是這樣來完成這次南、北劃分的，凡是站在原地的人，在聽到了唏哩嘩啦的聲音之後向北邊跑過來的人，那怕是只有半步，他都算是在我所說的這次注意力轉移而產生的行為轉換之中完成了一次從南到北遷徙。

只有明翠沒有動，像是鬆軟的土地忽然被上面奔跑的人群踩實了。小小的她力氣不夠，只有等待，緩一口氣，再做出決定。

在明翠等待、緩一口氣的這個時間，我們得以看到這樣的一個場景：廣場上所有的人都擁擠著——向北——張望著，都盡力地將自己的身體向上拉長；只有一個小女孩孤獨地站著——向南——低著頭，盡力地將身子縮著像是想要鑽入深黑的地下。

集體與個體；

熱鬧與孤獨；

外向與內斂；

興奮與沒落；

集體的無意識與個人的有意識；

在這個廣場上一目了然。太興奮了，在這個令人興奮的大時代，人們的目光總是停留在遠處、高處，而不會注意周圍、腳下。所以當時並沒有人看到這一副極端不同的場景就那樣偶然地在同一時間出現在同一個廣場上。而只有我在那個時代冷卻下來之後，透過厚厚的歷史迷霧，在幾十年之後看到了這一個極端不協調的場面。明翠孤獨地站著，背後唏哩嘩啦的聲音一陣一陣地響著，人群中的歡呼聲一陣又一陣地爆發著。

唏哩嘩啦的聲音一陣一陣響著，人群中的歡呼聲一陣又一陣地爆發著……

一直到太陽升到天空的正中，將地下的影子悄悄藏在了每一個人的雙腳底下，看熱鬧的人們這才感覺到身體中少了一些什麼，才匆匆地散去……

人們回到家裡，吃完中午飯，肚子裡有了底子從家中走出來，那片黑色的影子才又從腳下悄悄的伸了出來，在身子下面被拖著，隨意的四處亂走……

在人群都散去之後，明翠一個人站在廣場上。天上的陽光像是自由落體一般更加猛烈的掉落在她的身上。這是一天之中太陽與她最近的一刻。明翠心中忽然有了一些溫暖，身上有了一絲力量。她回轉過身子，被出現在眼前的景象吃了一驚——那座宏偉的皇城已經被拆去了半邊。正在吃驚著，這時王幹從西禦街的方向走過來了，站到她身邊，問：「你怎麼在這裡？放學時我在學校門口等了你好久，就是沒有看到你。原來你跑到這裡來了。」

明翠跟著王幹往回走，影子在他們的腳下慢慢的長了出來。進了家門，王幹的母親問：怎麼才回來？王幹說：她在廣場上傻傻的站著。我找了好久。王幹的母親走進廚房，從裡面拿出了那一塊搓衣板，放在屋子的角落，明翠低著頭走過去，跪在上面。

王幹的母親說：「記住了，放了學就要回家。」

明翠說：「我沒有上學，也就不存在放學。」

王幹的母親說：「你沒有上學？那你今天去幹什麼了？」

明翠說：「老師不讓我進教室。」

王幹的母親說：「老師不讓你進教室？毛主席也沒有說過不准資本家的孩子讀書呀。等一下我帶你找老師去。」

正午的陽光像是一團火，讓街道上的行人一下子減少了許多。王幹的母親帶著明翠穿過廣場，向學校而去。在經過廣場之時，明翠向那座古老的皇城望去，除了看到了塌去半邊的建築之外，還有橫掛在上面的幾幅標語：「砸爛一個舊世界，創造一個新世界」、「掃除一切牛鬼蛇神，全無敵」、「寧要社會主義的草，不要資本主義的苗」。有幾個工人站在斷牆之上揮舞著鎬鏟還在敲打著磚瓦，讓它們一塊一塊地墜落在地下……摔碎。明翠看到這種場景，自己也說不清楚為什麼以前經過廣場，看到那個古老的建築心中壓抑的感受轉瞬間就沒有了，內心中以前形成的觀念就像是正在被拆除的皇城一樣在無形之中坍塌了。

明翠的心也因此而顯得輕鬆了許多。到了學校，王幹的母親找到了一年級的老師，問她，為什麼不讓明翠進教室？老師則回答說，學生太多了，坐不下。

王幹的母親又問：「你們班上有多少人？」

老師根本就不回答她：「你問這些幹什麼？你是不是國民黨派來的特務？是不是想搞破壞？你是不是以為你問什麼，別人就要回答什麼？你知不知道，組織上的原則是，不應該說的不要說，不應該問的不要問，不應該知道的千萬不要知道？……」

老師就是老師，這一連串的問話已經讓王幹的母親摸不著頭腦了。她首先不知道應該先回答那個問題，當她想清楚要先回答第幾個問題時，那個問題問的是什麼她卻又已經忘記掉了。對於她的這種毛病，王幹不給她總給說：「這一切都應該把賬算在舊社會的頭上。如果不是萬惡的舊社會讓你讀不上書，你就不會是現在這個樣子了。」這是幾分鐘後，她去找老公王幹不時，王幹部對她的這次失利而給她下的結論。在與她一起來學校的路上王幹不扭頭看了一下正在拆除的老皇城壩子，拍了一下老婆的肩膀：「看到沒有？」她說：「好好的房子，拆了它幹啥？可惜了。」王幹不說：「你懂什麼，一切舊的東西都要拆除。我們現在處在一個新的社會，」他強調著加重了語氣：「新的。一切都應該是新的。」她疑惑道：「都蓋新的？哪裡有那麼多的錢？」聽到這句話，王幹不停了下來，沉思了一下，很快就又回復了自信：「不會沒錢的。不會沒有的……你知道嗎，錢是我們黨自己印的，想印多少就印多少。沒有了，印就是了。」他的老婆聽到這裡，也像是頓時開了竅一般說：「難怪現在的錢都是紙做的，而不是用銀子。我知道了，紙多多呀，銀子多少呀，這就是為了想印多少就印多少。共產黨真偉大，共產黨的目光真長遠。把所有事情都想的清清楚楚明明白白。」老婆一下子就變得這麼開竅起來，王幹不顯得特別興奮。

對於這次對話的承載地——廣場——它的容量顯然就很不夠。因為現在他們已經穿過了廣場，站在了學校的門口。於是他們以上的談話就被現實給阻礙住了（我時常都在這樣想：如果我們有足夠大的廣場，他們的對話能夠就沿著那樣的方式持久地進行下去，那麼久而久之，經過沉澱、淘汰、精選……等等這一系列量化的過程，這個地方很可能就是產生蘇格拉底的搖籃）。明翠一個人正坐在學校的大門口，王幹不看到她，轉身對老婆說：「帶著她一起進去。」

他們三個人一起進了學校。這時已經上課了，操場上空空的，一個人也沒有。如果要想在這空蕩蕩的操場上找到什麼的話，那就是兩邊的兩個籃球架，與靠近牆角的一棵大榕樹。

大榕樹很高大。如果要問有多高多大，我可以這樣回答你：現在是下午兩點半左右，大榕樹的影子斜斜的伸出來，沿著籃球場的對角線向前延伸，已經足足占了這個對角線的三分之二。

進了學校，王幹不朝學校角落的一間屋子走去，他老婆拉住了他，說：「是那一間教室。」

王幹不說：「剛才我還在誇你開竅了呢，現在又犯糊塗了。我不找老師，我找的是校長。」

校長看到王幹不進來，熱情地站起身來迎接道：「是什麼風將王幹部給吹來了？」

王幹部故意板著臉說：「是十級颱風。」

校長臉色大變道：「有什麼事情那麼嚴重？」

「噢，也沒有什麼大事，」王幹部調整了一下語氣，盡力使自己的表情貼近那個「平易近人」的成語：「就是有一點事想請你幫忙。」

「什麼事，你儘管說。」

於是王幹部就將明翠上學所遇到的事情從頭至尾對校長說了一遍。「是這個事情呀，」校長沉靜了一下說：「我還不知道有這種事情發生。我想……嗯……嗯，我想那位老師僅僅只是想通過這件事情來表達出自己對剝削階級的痛恨。」

看到校長面露難色，王幹部說：「同志，無產階級的心情我完全能夠理解。但是你要想一想，剝削階級的子女我們就要放棄了麼？放棄對他們的教育？讓他們從一生下來就站在無產階級的對立面？成為人民的敵人。不……」王幹部說著，重重地拍了一下桌子，「……我們要跟剝削階級搶佔這塊陣地，要教育他們的子女，讓他們成為剝削階級的掘墓人、成為無產階級的接班人。」

王幹部這一席話說得校長的臉色猶如雲開日朗，他興奮地說：「幹部就是幹部，看得比我們就是要更長、更遠、更高一些。我這就去把那個老師叫過來……」王幹部伸手阻止了他，「你直接跟老師說，我不必在場。」說著王幹部就從校長辦公室走了出來，對仍舊站在操場上樹蔭下面的老婆說：「讓明翠留在這裡，我們回家去吧。」

王幹部一走，校長就叫來了老師，說：「那個叫明翠的小女孩，你還是給她安排一個座位吧。」

老師像是受到了驚嚇一般叫道：「什麼？您的意思是讓她跟其他的孩子一樣……上學？受教育？」

校長顯然早就預料到老師要這樣發問，他顯得胸有成竹地說：「同志，你的無產階級的心情我完全能夠理解。但是你要想一想，剝削階級的子女我們就要放棄了麼？就放棄了對他們的教育？讓他們從一生下來就站在無產階級的對立面？成為人民的敵人。不……」校長說著，重重地拍了一下桌子，「……我們要跟剝削階級搶佔這塊陣地，要教育他們的子女，讓他們成為剝削階級的掘墓人，成為無產階級的接班人。」

聽到校長這樣說，老師說道：「其實我對那個小女孩子並沒有什麼成見，我們無冤無仇。不安排她座位坐，完全只是為了表達出自己的無產階級立場，讓所有的人都能夠一眼就看得出我的革命立場。」

「好了，你的目的已經達了。」校長揮了一下手指著站在一邊的明翠說：「你帶著她上課去吧。」

老師帶著明翠走了出去。可是還沒有幾秒鐘，老師又轉了回來，對校長說：「校長，我覺得我還是應該表現一下自己的無產階級立場。」校長還以為是老師又要變卦，嚴厲地說：「你還有什麼想法？」老師趕忙解釋說：「我們班上不是連明翠正好有四十二名學生嗎，兩個人一桌正好。但是我還是想讓她與其他的同學有所區別，以表現出我的立場。」說著老師停了一下，等校長插話，但是校長在這個時候並沒有插話進來，於是老師就只有接著說：「是這個樣子的……我想在教室的最後面擺一張小桌子，讓明翠一個人坐在最後面，以表現出她與其他同學的區別，這樣也同時表明了我們的立場。」聽完後，校長猛然間覺得跟這樣的下屬一起共事很累，並同時感覺到了害怕與威脅，只是他沒有讓自己的不安表現出來，他故作平靜地揮揮手說：「好吧，就照你說的辦吧。」

老師帶著明翠進入了教室，雖然教室裡仍然有一個空位子，但是老師並沒有讓明翠坐下，她說：「你先到最後面站著聽課。等到你專用的小桌子來了，你再坐下吧。」

明翠站在教室的後面，委屈得直想流淚。但是她忍住了。有一刻，她還想從這個教室衝出去。轉念一想，這一衝動，也許以後就讀不成書了。於是她只有默默站在教室的最後面，聽著老師在講臺上講：「舊社會窮人的孩子讀不起書，而只有地主資本家的子女才可以上學。如今解放了，窮人翻身做了主人，現在窮人的孩子也可以讀書了。」

這時，張解放站了起來說：「老師，過去我們窮人讀不起書，只有地主資家的子女才可以上學，現在我們窮人終於翻身了，我們為什麼還要讓資本家的孩子來上學呢？」說著他還回頭用手指著站在教室最後的明翠。

老師說：「一開始我也是像你這樣想的。後來黨組織教育並啟發我說，我們的教育事業就是教育每一個人，讓他們成為資產階級的掘墓人，成為社會主義的接班人。」

下課了，其他的同學都跑到操場上去玩了。明翠可以想像到他們在那棵樹蔭下面嬉戲、奔跑的樣子。但她不想讓自己加入進去，因為她意識到，自從解放軍扛著槍來了以後，她就被一個時代給丟棄了。她所能做的只有等待。等待什麼呢？媽媽不是也去當了解放軍了，等到媽媽穿著軍裝回來了，我是否也會像當時的這些窮孩子一樣，一下子又翻過身來了呢？一定是的。一定是這樣的。明翠小小的心靈裡想到的解放軍的職責就是解放，讓那些處在社會底層的人翻過身來。

一個小女孩子孤獨地在想著。在空洞的有著十分鐘課間休息的教室一個小女孩呆呆地站立著。像是世界忘掉了她、像是她忘掉了這個世界。

在第六分鐘的時候，一個小男孩從教室的外面跑進來，對著她大喊了一聲：「小妖精。」她沒有理他，就像是沒有聽到他的聲音。

明翠的這種表現就像是一個不合格的對手，讓張解放瞬時間就失去了興致，他再次大叫了一聲：「小妖精」，之後就匆匆地跑出了教室。

明翠在課間休息剩餘下來的三分鐘裡想著母親在走的時候對她說的話：「一定要好好讀書，只要讀好了書，今後才會有出息。」這句話像是兩個運動員在打著一隻乒乓球一樣，從她的左腦到右腦、再從右腦到左腦……

一直到第十分鐘，上課鈴響了，同學們又蜂湧著回到了教室明翠才回過神來，站在教室的後面認真地聽著老師在講臺上的講課。

第一天，終於放學了。明翠站著的雙腳就像是丟了一樣，怎麼樣也找不到。她努力地將思想從課本中收回來，放在自己的下半身——腳，好像是不見了。我的腿呢？明翠急的差一點哭出了聲音。但是她低頭一看，腳還好好的在那兒，並沒有丟失，於是她伸手在大腿上狠狠地捏了一把——

「痛」。

明翠差一點就叫出了聲音。就在這一刻，明翠發現自己的腿又麻麻的回來了，像是經歷了一次長長的夢遊，雙腳還是不願意回到現實之中。

是處於半夢半醒的狀態？在目前的這種現實之中，可不能有這樣消極的體驗。明翠對自己的腳下令道：「走」。

走。於是腳就「走」了起來。先開始還是有一點麻，像是有幾千根軟軟的針在腿上紮著。酥、麻、癢……這種感覺才讓人真實地感覺到了肢體的存在。如此的具體、如此的真切。明翠真的想讓這種感覺一直保持下去，一步、二步、三步、四步、五步、六步之後，那種酥、麻、癢的感覺已經沒有了，自然而然——過度——習慣——雙腿像是再一次消失了一樣，不會再讓人想到它的存在了。

大約行了三百米，又到了廣場，太陽在西天邊被雲霾包裹著，只露出一輪黑暗的紅點，地面上人的影子就像是一塊肥皂浸泡在水裡面久了、漸漸地化開……消失不見了，最後只留下了一池渾沌的污水。

可以洗淨污垢的肥皂，最後會化為一池渾沌的污水，這是誰也沒有想像到的。

在廣場的中間，明翠站了一會兒，那些拆老皇城壩的人已經不見了。被拆了一個角的老皇城壩破爛地、危機地、搖搖欲墜站在廣場的正北方，像是張開了一張缺牙的嘴巴，在向廣場上的人民訴說著什麼……

它在訴說些什麼呢？有人看到了這個張大的嘴巴，但卻沒有人在當時聽到它說了些什麼。一個歷史這就樣在失語及失聲當中被人們遺忘了。

那些工人呢？明翠在將要走出廣場之時，這樣想著：他們不挑燈夜戰了麼？他們不追趕時間了麼？他們不是要砸碎一個舊的，建設一個新的？他們也是人，他們也要休息？

……

明翠小小的腦袋如何裝的下這些，很快她就被自己的這些想法給搞暈了。她是怎麼站到王幹的家門口？怎樣進門的？她都不知道。

她只知道當她坐下來時，王幹這樣對她說：「怎麼晚回來了十分鐘？按照老規矩，跪搓衣板去。」於是她就進了廚房，自己從裡面拿出了一塊搓衣板，放在地上。跪了下去。

七、張貧：看到了一起無法解釋的非自然現象

第二天，當明翠拖著仍舊疼痛的雙膝走過廣場時，看到老皇城壩還是那樣張著嘴。沒有張得更大，也沒有將嘴合上。好像是開足了馬力的時間及歷史在它的身上奔跑了一陣子之後，像是一個早洩者，猛烈地抽動了幾下之後，就在它的身上停止了。

老皇城壩的那個樣子真難看，破而不敗。這與當時嶄新的時代精神是格格不入的。為什麼不澈底的摧毀它？每一個看到它的人都會這樣想。那些容易憤怒，情緒激動的人都想抄起一把傢伙衝上前去，將那個破而不敗的古舊建築砸毀。

這些人當中就有張解放的父親張貧。張貧是不是一個澈底的革命者呢？還是僅僅只是一個投機的機會主義者？是真革命、還是假革命，看行動。就在張貧的兒子張解放和資本家的女兒明翠在課堂裡上第二節課時，張貧從家中抄出了一根鐵釺，急衝衝的穿過廣場向老皇城壩而去。他的這種行動使在廣場上看到他的有一點文化的人，都不約而同的想起了那一首詩：「風蕭蕭兮易水寒，壯士一去兮不復返。」

這就是這個廣場上的統一的文化背景。於是在人們的心目中就不由自主地升起了一種悲壯

感。像是在目送著一個去找死的人走進滾燙的湯或火熱的海中。

事件就那樣隨著張貧一步一步向老皇城壩接近而發展著。悲劇。一齣悲劇在廣場上演，高潮隨著向老皇城壩一步一步接近而一波一波地掀起。

期待——弦緊繃著、弦隨時都有可能會斷裂。「乓」的一聲在廣場上彈出一道閃電的內容。就在這時，從廣場的正西北邊，也就是市政府所在地的方位衝出了一個女人，她一把抱住了張貧，並同時跪在了地上。

僵持——弦緊繃著、弦隨時都有可能會斷裂。那個女人跪在地上說：「別去」。張貧仰著頭，四十五度角的望著遠方說：「目光短淺，膽小如針眼的女人，你放開我」。女人仰著頭，九十度角地仰望著那個男人堅定說：「不、不、不。」在圍觀的人群當中，有一個小小的男孩，當時他還沒有夠上學的年齡，父母都上班去了，他只有一個人在廣場上像幽靈一樣的閒逛。當時他及時地聽到了這一句話，於是在他小小的具有文學天才的心靈中便迴響著這一句話：「女人可以說不」。在後來——幾十年以後，他根據這一句話的自然發展以及與時俱進的變化，他寫下了一部震驚全球的書——《我國人可以說不》。這是我的這個故事的細枝末節中，最容易被忽略的。

張貧使勁的拔了拔腳，有一些鬆動，他險些就掙脫了出來。女人抱得不太緊。張貧不想劇情這麼快就結束，還需要那種更有決心、衝突感更強的戲劇表演效果。讓別人看看他到底有多革命。他低下頭來低聲的對女人說：「再抱緊一點。」而後又提高了聲音叫喊著：「放開我，見識短的女人」。女人更加緊地抱著張貧的腳說：「你聽我說。」張貧說：「我不聽」。女人說：「我一定要說……」張貧說：「我——不——聽」。女人說：「你一定要聽……」

在這一場爭執中，在旁觀者看來女人是贏了。人們看到這兩個人在廣場上——老皇城壩——的正前方、呈棱角的陰影下面，在人群的外面，這兩個人坐下來，面對著面開始了一次漫長的對話：

「你知道嗎？」

「知道什麼？」

「他們都死了。」

「誰死了？」

「前些天那些拆皇城壩的人。」

「他們是怎麼死的？」

「不知道。」

「你不是什麼都知道嗎？」

「我只知道他們都死的很慘。」

「如何一種慘法？」

「七竅流血。面部表情因痛苦而扭曲、變形。」

「還有呢？」

「還有，他們的家人都瘋了。不是傻傻的坐在地上望著天傻笑，就是不穿衣服在大街上到處亂走。被一大群不懂事的小孩子追在身邊圍觀。」

「他一定是認為自己穿著一件世界是最美麗的衣服。」

「他一定是認為自己穿著一件只有皇帝才能夠穿的皇帝的新裝。」

「皇帝的新裝？」張貧與他的老婆幾乎是同時說出口：「他以為他是皇帝？」

「人民正真的當家做了主人！」

「人民真正的當家做了主人？」

「他們真的信了？」

「真的信了！」

「真是瘋了。」

「真正的是瘋了。」

談到這裡，一切的衝動與燃燒的激情都平熄了下來。張貧知道自己是「假戲」而老婆則是「真做」，他緊緊地握著老婆的手說：「謝謝你。救了我。」老婆說：「不用謝，我這是在救我自己，救我們全家。」張貧低了頭仔仔細細地想了一下說：「是的，你了救我們全家。」老婆說：「誰讓我們是一家人呢。」張貧一下子像是想起了些什麼低下了頭，老婆問：「你又怎麼啦？」張貧說：「就這樣走了，是不是很沒有面子。」老婆想了一想說：「說的也是。那你說怎麼辦呢？」張貧說：「我裝著被你拖回去。」老婆猶豫著說：「我不就成了母老虎了嗎？

我不幹。」張貧勸導她說：「犧牲你一人幸福全家人。」顯然老婆很不情願接受這個角色，她嘟嘟著嘴說：「又是要我犧牲……」

爭論就這樣一直在持續著，也不知到什麼時候會結束……

他們倆口子的這一番對話並沒有被圍觀者聽到。夫妻倆個人嘴巴幾乎沒有動，僅僅只是靠目光交流著。什麼是心有靈犀一點通？這就是心有靈犀一點通！什麼叫心有靈犀一點通？這就叫心有靈犀一點通！

很快、恰巧，天空中飄來了一片黑黑的像墨一樣的烏雲，恰好將整個廣場罩住。那烏雲黑得就像是打戰時集中火力將子彈向一個地方發射一樣，濃得驚人。「黑雲壓城城欲摧。」猛地，天空上打了一個炸雷——砰——人群中有人喊了一聲：「打雷了，下雨了，回家收衣服囉。」頃刻間廣場上的人像是地上的灰塵被雨水沖走了一樣，一下子就都不見了。

雨還沒有下下來，人們是意識到自己就是那一粒一粒、一顆一顆小小的塵埃嗎？在暴風雨來臨之前，廣場上的人都已經走乾淨了。只剩下張貧夫婦倆。看到四下無人，張貧從地上站了起來，拿起鋼釺對老婆說：「楞著幹啥，還不趕快回家。」從廣場老皇城的下面到東禦街的家，只要兩三分鐘時間，他們一進門，就聽到身後「嘩、嘩、嘩……」的聲音響成了一片，暴雨終於下下來了。

雨過之後的第二天，廣場邊上清真寺的一個小茶鋪裡，坐著一群茶客。他們在說前些天拆老皇城壩時發生的稀奇古怪的事情：

一個工人在被拆了一半的牆上，突然間頭下腳上地像一棵蔥一樣倒栽下來，插在硬實的地上。剛好一整個頭沒進土裡。「如果不是人的肩膀比頭要寬出許多──兩、三倍以上──那麼可以確定那個人全部都將進入地底。最後什麼也找不到。就像是高臺跳水一樣。」那真是一種下地獄的感受。工地上的人紛紛地湧上前去，看見的是一根人的電線杆子。

「小心，」有人叫到：「不要把他的脖子弄斷了。」

「小心，不要把他弄疼了。」

「廢話，死都死逑了，還會疼麼？」（編按：逑，方言，加強語氣用。）

「簡直是一個唯心主義者。」

「對，他就是一個唯心主義者。看哪，這個人的反動面目暴露出來了。」

「打倒×××……打倒×××……」工人們開始呼喊起了口號。

一個領導模樣的人站了出來說：「這個人的反革命面目我們等一會兒再來批判他。來，先將這個掉下來的人從地下弄上來。」說著他雙手抓住了那個人朝在天空中的雙腳。一握上去，領導的臉色猛然地就一變。在那一雙腳的後足筋鍵上，他感受到了強烈的脈搏跳動。「突、突、突、突。」而這位領導此時也就像是觸了電一般，將手猛地抽回來，臉色同時變得烏黑，就像是瞬間被雷劈了一般。他僵在那兒一動不動，兩只手向前伸著，像是握住了什麼，但卻又是什麼也沒有握住。周圍的人也不知道發生了什麼，眼前的這些出現的太快，讓他們還來不及細想、判斷、下結論。

發生了什麼？究竟發生了什麼？

足足過了五分鐘，又一個人走上前去，像那位領導一樣向前伸手握住了那雙朝向天空的雙足……在那一雙腳的後足筋鍵上，他感受到了強烈的脈搏跳動。「突、突、突、突。」而這個人此時也就像是觸了電一般，將手猛地抽回來，臉色同時變得烏黑，就像是瞬間被雷劈了一般。他僵在那兒一動不動，兩只手向前伸著，像是握住了什麼，但卻又是什麼也沒有握住。周圍的人也不知道發生了什麼，眼前的這些出現的太快、太突然……讓他們根本來不及細想判斷下結論。

發生了什麼？究竟發生了什麼？到底發生了什麼？

……足足過了五分鐘，又一個人走上前去，像前面那個人一樣向前伸手握住了那雙朝向天空的雙足……在那一雙腳的後足筋鍵上，他感受到了一股強烈的脈搏跳動。「突、突、突、突。」而這個人此時也就像是觸了電一般，將手猛地抽回來，臉色同時變得烏黑，就像是瞬間被雷劈了一般。他僵在那兒一動不動，兩只手向前伸著，像是握住了什麼，但卻又是什麼也沒有握住。周圍的人也不知道發生了什麼，眼前的這些出現的太快、太突然、太奇怪，讓他們根本就來不及細想……判斷……下結論……

一個
二個
三個
四個
五個
六個
七個
八個
……

一直到最後一個人。他們全都圍著那一雙朝著天的雙腳，向前伸出了雙手，像是掌握住了什麼而又終竟沒有掌握住什麼。

稍微有一點想像力的人在這時腦海裡也許會出現一朵花，那雙朝著天空的腳就是花蕊，那圍在四周的向前伸出的手就是一片一片的花瓣。

對於這，上帝並不需要想像力，因為它總是站在高處，向下一看，那就是一朵花——花蕊、花瓣，清清楚楚、明明白白。上帝在天空上，看到地下開出了一朵巨大的花：人肉之花。這朵花是如此的巨大，以至它只要看一眼就可以看清了。所以上帝沒有再朝這朵花看上第二眼

——雖然它通常要看幾眼才能看清楚地上盛開著的是否是一朵真正的花兒……

「伸出我的手、伸出你的手、伸出他的手……伸出我們的手，緊緊地團結在以雙腳為核心的倒立著的人的周圍，將一朵花的形象進行到底。」

一朵花就這樣在上帝的眼中形成了。

一朵花就這樣在人們的想像力中盛開著。

喝茶中的人，有一個人恍然大悟般地大叫起來：「要將一件壞事想像成一件好事簡直是太容易了！」

主講的人叱責他說：「笨蛋。自己知道就行了。不要說出來。你想給自己惹麻煩麼？你想給我們惹麻煩麼？真是一個大大笨蛋。」說著他還用手比劃了一個大大的圓形，來代表那個大大的笨蛋究竟有多大。

公開的祕密就是這樣形成的？每一個人都不敢公開地將這個問號去掉。一切只能在心底悄悄地進行。

八、王幹：看到了一起無法解釋的自然現象

王幹背著書包從東鵝市街走出來。今天是星期六，下午，廣場上的人比平時多了許多。三合土打實的地面上留不下腳印，留不下時間，留不下人們任何的苦、樂、哀、痛。人們站在廣場上短暫的停留，只是為了將自己小小的軀體丟進一個大大的空曠的容積之中，將積留在心中的怨氣在這裡能夠多多少少地溶化掉一些；就像是將一件髒衣服丟進一池清水之中，蕩一蕩，過一會兒之後再撈起來，從而在心理上覺得這件衣服乾淨了一些。

在廣場的西北角，王幹發現地上冒出了一棵小草。綠綠的，在人們的腳下一晃一晃地存在著。腳步，包括光影，不確定地在它的身上閃動。王幹蹲下身子，仔細觀察著它，發現它已經被人們的腳步踐踏過了。它的身子緊緊地匍伏在地上，像是想要再一次鑽回地底。好不容易從堅硬的地下擠出來，現在又想鑽回地下？這可不那麼簡單。只有等自己死了，腐爛了，沒有了，才能又回到地下；深黑的，沒有光明的地底。

王幹蹲在那裡，注視著眼前的這一棵小草。看到他的人都會以為他是肚子痛了。所以沒有人管他。在那個時代，肚子痛是一件很平常的事，只要手捂著肚子蹲一會兒就會自己挺過來的。人們不知道王幹的心在流血，是為了眼前的這一棵——在正確的時間生在了錯誤的地點的小草。

（王幹如此——從性格的角度來說是多愁善感、從哲學的角度來說是人文關懷——我幾乎可以確定王幹的未來適合搞文學。先把我的這句話放在這裡，大家等著瞧吧。）

王幹就這樣蹲著，我不知道他怎麼樣才會讓自己站起來。時間對他來說，就像是這棵小草一樣在它的身上已經停止了。對於承受停止的時間，也許人比小草的能力要強一些。因為這棵小草已經死了，而那個蹲著的人呢？他死了嗎？如果死了他為什麼沒有倒下？如果還活著他為什麼又沒有讓自己站起來？如此大的廣場的目的是為了讓人徜徉。放鬆、放鬆、放鬆，像流水一樣，哪樣方便、哪樣舒服就哪樣行進。一個如此大的廣場的目的不是為了讓人蜷縮起來的。它表現的不是小、而是大，不是收緊、而是放開。

王幹在那裡蹲了有多久，沒有人計算過。幾乎是同時，在王幹蹲著的時間裡那一棵小草沒有再被人踐踏過。

時間好像是在這個廣場的某個局部停止了。就像是一個人身上的某一塊肉死了。如果不將這一塊肉剜去就會影響其他的肉生長。

從理論上來說確實是這樣。既然理論上成立，那麼在現實中就必須有人來改變這一種局面。否則就叫「不作為」。否則就是真正的自由了？王幹猛然覺得自己的屁股上重重地挨了一腳。他扭回頭向上一向，看見是父親王幹不怒氣衝衝地站在他的身後，衝著他叫道：「放學了，也不回家。在這裡蹲著幹啥呢？找死呀。」

時間猛地又在王幹身上流動起來了。他一下子就跳了起來，像上緊了發條的小機器人一樣加緊了步伐逃回家去了。

回到家裡，王幹看到明翠正靠著牆角蹲下身子，準備坐到馬桶上小便。看到這，王幹很奇怪地聯想起了廣場上的那一株小草。他一下就衝了上去，將正準備小便的明翠拉起來說：「妹妹，先別屙，留著。有用。」明翠一時沒有聽明白他的意思，急得差一點就要哭了出來。看到明翠著急得樣子，王幹知道自己剛才是太冒失了，於是他在一張凳子上坐下來，深情地說：「有一棵小草迷路了，離開了媽媽，由綠草地來到了一個荒無草跡的廣場。在那裡土地幹硬的讓小草插不下腳，好不容易紮根了下去，卻發現那裡面沒有一絲的營養……它想逃出來，但是硬泥又緊緊地將它抱住了……於是它只有站在那兒等死、等待人們的腳步踐踏上去將它踩扁、壓死……」

聽到這裡，明翠已經是淚流滿面了。因為她此時聯想起了自己，她覺得那棵小草的命運與她是一樣的。她就像那棵小草一樣，來到這個世界上，艱難地生存著。如同草芥一般。

看到明翠哭成了這個樣子，王幹知道時機已經成熟了。他問：「妹妹，我們去救那棵小草，好嗎？」

明翠使勁地點了點頭。

王幹又說：「課本上說，莊稼喜歡人屙的糞便。我想，我們把尿屙在那棵小草的下面，那麼它不就是也有晚飯吃了麼？」

明翠又一次使勁地點了點頭。

王幹說：「那麼我們還不趕緊去，等天黑盡了，我們就找不到它了。」

明翠再一次使勁地點了點頭。

王幹拉著明翠的小手，出了家門就向廣場上飛奔。廣場上的人已經很少了，稀稀拉拉的，散佈著。他們兩個人直奔廣場的西北角，藉著傍晚的餘輝，他看到那棵小草還在，它現在匍伏在硬實的地上，不知是死是活。王幹蹲下身子，將小草的伏下去的葉子一片一片地扶了起來。而後抬起頭對還站在那兒的明翠說：「你看看，它有多可憐。」

明翠蹲下身子，看到小草的那副模樣，眼淚就啪嗒啪嗒地掉了下來。落滿了小草的一身。一般地人們會認為這淚水足夠這棵小草喝上一陣子了。可是王幹卻不這樣認為，他對明翠說：「眼淚沒有營養，你把剛才的那泡尿屙出來吧。菜和草都一樣，要吃糞便才行。」明翠一開始還有一些猶豫，但是卻經不住王幹的一再動員、鼓勵，「救救這棵迷途的生逢其時卻不逢其地的小草」，於是她就脫了褲子將身子蹲了下去。

「嘩、嘩、嘩……」一陣尿水淋在了小草的頭上。一開始王幹的目光是停留在那棵小草上的，看到那白嘩嘩的水從天而降時，王幹的心裡著實有一分感動，他們這也是在挽救一個生命啊！可是，猛地，王幹目光的餘光發現，那小便並不是從「凸」起的地方流出來的，而是從一個「凹」下去的地方噴射出來，他的心猛然地就動了一下，她的那裡怎麼與我的那裡不一樣？原先看到女人（媽媽和明翠）總是要蹲下身子屙尿，他總以為這是因為女人比男人懶，而沒有想到他（她）們的身體還有這方面的不同。

這一刻，王幹就愣住了。目光就像是紮了根一樣拔不出來。看到王幹那樣愣愣地看著自己的下體，明翠的臉一下子就紅了起來，她也不知道小便屙完了沒有，就一下子提起褲子站了起來，往回就跑。

王幹蹲在那裡，一直到看不到明翠的背影了，他才從渾渾沌沌之中站起身來，一步、一步、一步地數著步子往回走……

就在這時，天空下起了一陣雨，將王幹淋濕，將廣場澆透，將明翠的小便沖淡。廣場上已經沒有人了，天也黑了。是廣場上沒有了人？還是夜色將人藏了起來？

雨一直在下……

雨夜中王幹躺在床上怎麼也睡不著。一會兒想著雨是不是將明翠的小便沖掉了，小草沒有了營養還是死掉了。一會兒想著明翠那裡為什麼是「凹」進去的，而自己的那裡又為什麼是「凸」出來的。想著想著，王幹將手伸進了自己的內褲，摸索著那一堆「凸」起的東西，為什麼「他」與「她」不同呢？猛然間他吃了一驚，它竟然變大了、硬了，就像是那裡面猛然地被裝進了一根鋼筋，脹脹的、滿滿的。

窗外的雨還在下著，雨點落在屋頂上，「沙、沙、沙」的聲音響成了一片，像是有很多的人在漫無目標地走向不同的地方；雨珠在屋頂上聚集之後，落下來砸在屋簷下的水泥上發出了「噠、噠、噠」的急促的聲音，像是有一個人正匆匆向他走來。已經到門口了？就在門外？王幹一緊張，趕忙將頭鑽進了被子裡。在黑暗的被子裡，那腳步聲又遙遠了許多，是那個人走開了麼？這樣想著，王幹身體中那塊硬起來的東西就又軟了下去。再過了一會兒，王幹就睡著了。

進入了夢鄉……

這天晚上，暗黑之中，王幹做了一個夢。他夢見自己躺在地上，張著像馬桶一樣大大的嘴巴，一個乾淨而清純的小女孩，脫下褲子，而後蹲下來，往他的嘴裡撒了一泡尿。尿嘩啦啦的流著，怎麼樣也流不完。他沒有往肚子裡喝，尿水裝滿了嘴巴之後又從嘴角流了出來，滲進了地底。他想看清楚尿是從什麼樣的地方流出來的，可是水花又飛濺了起來，打濕了他的眼睛，使他就像是從沾滿了水珠的玻璃上看出去一樣，一切都是晃晃悠悠、模模糊糊的……

王幹是怎麼樣醒的？醒來之後他還記住了些什麼？這已經無從考證了。也許醒來之後一切都還記得，也許醒來之後什麼都忘光了。這些都不重要，在人的一生中有多少夢？這些夢都有什麼意義？總之，這些都不是現實。

現實是，每一個人都要從夢中醒來，而後將自己投入到鬥爭之中……

九、明淨：嘴裡說出了讓人聽不懂的話

王幹從夢中醒來之後，穿好衣服出了房門，看到明翠正坐在桌子前面喝稀飯。王幹說：「快點，要遲到了。」明翠放下碗背起書包就跟王幹出門去了。

早晨廣場上的人只有稀稀拉拉的幾個，所以在廣場上的人很容易便會被一一看到。走完了西禦街，就在剛進入廣場的口子上，明翠一眼就看到了一個女人。她的衣服破爛，但是遠遠地望去卻乾淨得有一些發白。輕。凡是穿著那衣服的人給人的感覺就是──輕。「輕」得像要從這塵世中飄浮了起來。但是她又沒能夠真正地「飄」起來。是什麼讓她依然停留在這塵世間？是因為不夠乾淨？還是因為不夠超脫？

那個女人在廣場上的歷史形象就是若有若無、若隱若現的。很多人看到了也許立即便會將她忽略掉。但是對於明翠來說，這一眼便讓她的目光再也走不開了。因為她看到那就是母親，已經有三、四年沒有再見到過的母親。

明翠飛奔過去喊了一聲：「媽」。

那個女人低頭看她，目光中乾淨的就像是被清洗過了一樣。她已經不認識明翠了。她的嘴裡不斷地重複著：「聽毛主席的話，跟黨走……黨指向哪裡，我們就戰鬥到哪裡……」

明翠又喊了一聲：「媽」。

明淨「嘿、嘿、嘿、嘿」地笑著，說：「我看到毛主席了，真的，我看到他老人家了。毛主席拍著我的肩膀對我說：『小鬼，跟著黨走，沒錯的。』嘿、嘿、嘿，沒錯，沒錯，我要一直跟著黨走下去。」

王幹在一旁拉著明翠說：「快點，要遲到了。」也許是害怕遲到，或是害怕母親現在的樣子，明翠跟著王幹小跑地向著學校去了。

放了學之後，明翠走出學校大門，看到明淨像是變了一個人一樣，站在學校的門口，對著她笑，與早晨她看到的樣子完全不一樣。明翠感覺到心中一陣溫暖，奔跑過去依著她叫了一聲：「媽媽。」

明淨對著明翠說：「孩子，我們回家吧。」

哪裡還有家？家在哪裡？東鵝市街的那個臨時搭起的小屋已經被別人占了。明淨站在那小屋的外面對裡邊的人說：「這是我們的房子。」

頃刻間從裡面衝出了一個女人，叫喊道：「什麼？什麼？說清楚一點。誰說這是你們的房子？誰說的？你喊它一聲，讓它應了，我馬上就從這裡搬出去。屁也不放一個。」

聽到她這樣說，明淨一時間暈了頭，只有呆呆地站著。這時明翠在一旁說：「你喊它一聲試試。」聽到明翠這樣一說，明淨也一下子就醒悟了過來，說：「對。你喊它一聲，它答應你了，我們拍拍屁股就走人。屁都不留下一個。」

這時，那個女人就真的對著這個破爛的房子喊了起來：「房子、房子，你是我的嗎？是的話就回答一聲：是。」

話音剛落，房子裡面果然就傳出了一聲回答：「是。」

明淨聽到房子的回答當場就驚呆了。她說：「不行。我也要來試一試。」於是她也學著那個女人的樣子對著房子喊叫起來：「房子、房子，你是我的嗎？是的話就回答一聲：是。」

話音落地，過了一會兒，房子裡才緩慢地傳出了回答：「不是。」

聽到這聲回答，明淨知道自己的家沒有了。因為她找不出憑據這是她自己的家。唉，即使是找到了又能怎樣呢？有哪一個條文說要保護私人的財產呢？況且、況且這個房子也真的並不是屬於她自己的。它只是一個不相識的人為自己修建的。

太陽已經落山了。明淨拉著明翠的手出了東鵝市街，走進廣場。街燈還沒有亮，廣場上灰暗一片。只有少數的幾個人蹲坐在廣場的各個角落，就像是十幾年以前地主、資本家門前的石頭獅子一樣。

明淨拉著明翠在廣場的中央坐下來。就在這時，廣場上的燈亮了，一剎那將她們兩個人的臉照的蒼白。

一個人從廣場左上角的市政府裡出來，高高大大的。明淨一看到那個身影，心中就猛地一跳，緊接著就「咚」、「咚」、「咚」、「咚」地敲了起來。那個人昂著頭走過來，步子不急不慢。穩重、妥當，節奏感十足。「咵」、「咵」、「咵」、「咵」。這緩慢的腳步聲與明淨的心跳相比，正好形成了快慢兩個不同的節奏。形象化的來說就是：「咵」、「咚、咚」；「咵」、「咚、咚」；「咵」、「咚、咚」……

那個腳步聲到她們這地方時就停住了。明淨的心跳更加的急速起來——「咚」、「咚」、「咚」、「咚」、「咚」……

那個人停下來說：「明翠，怎麼還不回家？」

明翠叫了聲「王叔叔」，說：「我媽媽回來了。我有媽媽了。」

那個人這才轉頭看到了明淨。一看到她，他顯得有一些詫異，臉上只是輕輕地抽動了一下。我相信沒有人能夠看得清楚那輕微的變化，我是鑽進了他的心裡才有幸發現了這種細緻的反應。

這個人就是王幹不。他看到明淨顯然吃了一驚，但還是一臉平靜地問：「你怎麼回來了？」

明淨反問道：「怎麼？我就不能回來麼？」

王幹不說：「噢，不，不，我不是這個意思。」

「那麼，你是什麼意思？」

「我是沒有想到你會回來。」

「是的，我本來是回不來了。永遠……地回不來了。可是，你怎麼也不會想到，我是那麼的幸運。我病了……我瘋了……」哈哈哈哈，說著，明淨仰起頭大笑了起來：「我瘋了……瘋了。我是一個瘋女人」。

看到明淨這個樣子，王幹不便低著頭走了。此時這母女倆人的身邊已經圍攏了一群人。為什麼會如此迅速地圍起一群人？那是因為傳統，廣場就是一個供人看熱鬧的地方。

圍著的人在說——

「瘋子。」

「女瘋子。」

「漂亮的女瘋子。」

「是的，漂亮的女瘋子。」

「唉，可惜了，漂亮的臉蛋。」

人們紛紛地議論著，中心圍繞著「瘋子」與「漂亮」兩個主題。沒有一個人跑題。沒有一個人走上前來，伸手拉起她們——說「走吧回家去吧」。明翠小聲地對著母親說：「我們走吧。」明淨望了女兒一眼，用手輕輕地撫著明翠的頭髮說：「走？到哪兒去？我們沒有家了。孩子，這裡雖然人多，但卻是最安全的地方。」

時間在廣場的上空，冰冷地流逝。有時它會裹狹著寒流惡作劇般地從天空上面俯衝下來，鑽進某一個人的心裡，於是廣場上某人就會猛然在心底打一個寒顫，將剛解開的風紀扣重新扣上。緊接著大堆的時間手牽著手從天空中俯衝下來，鑽進了廣場上每一個人的身體之中，於是他們紛紛打了一個冷顫——「天色很晚了，回家吧」——就像是一棵樹的葉子相約在秋天的某個時間中一起落下，最後樹上只剩下了兩片葉子。

現在廣場上只剩下了明淨母女倆。黑暗中，老皇城壩匍匐著，黑黑的、實實的、沉沉的，像是一個有著質量與重量的陰影。

明淨與明翠睡著了，廣場的空曠、闊大與這兩個緊緊相擁，盡可能縮成一團的母女形成明顯的反比。

夜晚整十二點鐘，明淨猛然間一把將明翠推開，驚恐地叫道：「不要過來，不要過來。」明翠醒過來，緊緊地抱著母親說：「媽媽，媽媽，你怎麼啦？」明淨一邊用力掰開明翠的手一邊說：「不要，我不要……」明淨用雙手緊緊地抓住自己的衣襟，收緊。像是害怕有人將她的衣服脫去。

這是明翠完全沒有看到過的母親，她也害怕地向後退縮著。這個夜晚，在這個廣場上，路燈閃爍，一片一片。星光閃爍，一點一點。

大約是深夜三點鐘，王幹不在燈光的外面走了進來，他指著明淨對明翠說：「她瘋了，走，跟我回家去吧。」明翠看了明淨一眼，看見她的眼睛睜的大大的，但是在燈光下，她的目光又是空蕩蕩的。明翠用手在母親的眼睛前面晃動著，發現母親的眼睛一動不動，什麼也沒有看見。此時明淨就像是一個睜大著眼睛的瞎子。

明翠站起身來，跟著王幹不去了。那裡畢竟還有一個溫暖的家，那裡畢竟還有一張溫暖的床。明淨就那樣「看」著明翠跟王幹不走了……

第二天早晨，明翠與王幹背著書包經過廣場時，看到明淨又好端端的站在廣場上。她微笑著對明翠揮揮手，喊明翠到她身邊去。明翠極不情願地慢慢的走到母親的身邊。明淨用手輕輕地撫摸著明翠黑黑的直直的長長的頭髮在心底說：「王幹不就是你的父親。知道嗎？他就是你的親生父親，以後你要好好的孝敬他。」但是從明淨的嘴裡講出來的卻是：「王幹不畢竟是一個幹部，跟著他吧。跟著他就等於是跟著黨走了。走吧、走吧、走吧，黨指向哪裡就戰鬥到哪裡。」

明翠也不知道母親在說些什麼。正在發著呆。一動不動。最後還是母親對她說：「快點，上課去吧！別遲到了。快點，上課去吧。」

十、小道消息：地下黨王幹不

不久之後，廣場上流傳起了一則小道消息。說王幹不就是明翠的親生父親，王幹則是明翠的同父異母的哥哥。消息的源起也許是從張貧那兒來的。因為他在資本家胡井支家裡做過工。

一開始，他說：「我知道，胡井支沒有生育能力。有一年他還專門詢問過我，可不可以找到一種能讓男人有生育能力的藥。」
旁邊的人問：「那麼，你怎麼回答呢？」
張貧說：「我當然說，有。我一個遠房親戚就有一副祖傳的秘方，可以讓沒有生育能力的夫妻生出孩子。」
有人就迫不急待的問：「他跟你要了麼？」
張貧得意地說：「那當然。我從鄉下老家找來了一個親戚，給他把了一個脈，而後就開了一副藥給他。」說著張貧就哈哈哈哈地大笑起來。
聰明的人馬上就聽出了貓膩，說：「你們聯起手來騙人嘛。說，老胡給了你們多少錢。」
張貧答道：「不多，五十個大洋。」停了一下，張貧又露出滿臉的疑惑說：「唉，還真是奇了怪了，胡井支吃了藥之後，不出兩月，明淨的肚子還真的就大了起來……唉，真是搞不懂了。」
有心人說：「說不定你誤打誤撞，還真的是配出了一個好方子了。」
張貧痛心地說：「我也是這樣想的，可是當時我們胡亂地開了一個方，壓根就沒有去記都開了些什麼藥材。」
這次議論如果缺少一個人，那麼就到此為止了。最多張貧再感嘆一會，後悔當時沒有將藥方再重抄一份，讓世間少了一份寶物。可是後悔又有什麼用，這個世界上是絕對沒有後悔藥賣的。湊巧的是在這一群人裡面，有一個人是成都市黨史辦公室的工作人員，他在人群即將散去之時，拉住張貧問道：「你說的那個時間是什麼時候？」張貧說：「我也記不清楚了。你看，都過了那麼多年了。」那個人懇求著：「你再仔細想一想。求你了，求你了。要不，老哥請你去喝一杯小酒？」張貧沉吟了一會兒說：「好，那我就仔細的想一想。」

說著，他們兩人在廣場邊的一個臺階上坐下來。那個人回去拿來了一瓶酒，而後兩個人就對著酒瓶子，你一口、我一口地喝了起來。在酒就要見底時，那人焦急地問道：「想起來了沒有？」張貧把酒瓶子拿過來一口氣喝了個底朝天，而後一拍腦門子叫起來：「我想起來了，應該是一九四八年的夏天。」

聽到了這句話之後，那個人站起身來，將雙手背在身後，頭也不回的就走了。那個人也不回家，而是直接奔向成都市黨史資料室，在裡面翻閱起來。

猛烈地他看到了這樣一句話：

一九四八年夏天，我黨派東北局的王幹不同志到四川省成都市進行地下工作，在剛到成都的第二天受叛徒出賣，於是從所住地出逃，被敵特尾隨而追。不得不潛入大資本家胡井支的家中，躲藏一夜一天，後於第二天夜裡才成功出逃……

看到這裡之後，那個人臉上露出了難以察覺的微笑。他在房間裡來回地走了幾趟之後自言自語道：「一夜一天……一夜一天……這一夜一天都能夠幹些什麼呢？製造出一個孩子還是足夠的。」

這一夜一天是一個歷史的空白，需要我們去填補它。那個人在心中默默地下決心：這是我們黨史工作者的職責。

於是，第二天，輕風細雨地，在廣場的一些偏僻角落裡流傳出了一個故事：

在一九四八年的炎熱夏天，王幹不一個人帶著我黨的重托，一身塵土的從北方進入了中國西部的這個重要的城市——成都。

一進成都，他便向一個站在路邊抬著頭望著天的人問：「請問，這就是成都麼？」

那個抬著頭的人低下頭來看了一陣子地再看了一陣子天之後望著他說：「正是。」

「那麼再請問一下，成都市的中心在哪裡？」

那個人想也不想就回答說：「當然是老皇城壩嘍。」

「請問，老皇城壩怎麼走？」

「這樣，你一直往前走，凡遇到有岔路時，就選擇更寬路走，一直到了一個空空的壩壩子，那就是老皇城壩了。」

說完「謝謝」之後，王幹不向前走去。一路走著，一路在想，成都真是一個好地方。根據這樣的城市規劃——從自然角度來說，這像是小溪歸入大海的整個過程；從戰略的角度上來說，這應該是一座易守難攻的城市。

就這樣，一路上，道路越走越寬廣。王幹不心情好極了。他在心中哼起了一支歌：

解放區的天是明朗的天，
解放區的人民好喜歡。
……

他沒有唱出來，因為這裡並沒有解放。一想到這裡，受黨教育多年的王幹不馬上發現自己剛才犯了一個政治上錯誤。自己怎麼會在白區裡，在心中唱起了「解放區的天是明朗的天」的歌呢？這支歌只能在解放區唱的呀。王幹不放慢腳步，悄悄地向左右看了看，幸好沒有人注意他。幸好還沒有人可以窺透他的內心。

走了大約有十五分鐘，王幹不站在了一個廣場上。廣場的正北方是一個宏偉而古老的建築。廣場的中間有許多張方桌，桌邊坐滿了喝茶的人們。真是悠閒得讓人忘了這是一個戰亂的年代。

站在廣場的中間，如果不坐下來，以王幹不這個北方人的軀體，很容易引起別人的注意。

王幹不站在廣場的中間——像是數十年之後矗立在廣場上升國旗的旗杆一樣——他在想，我為什麼會站在這裡呢？他只記得來之前組織找他談話說：「組織上研究決定，派你打入敵後……成都……敵人的中心。」最後，在王幹不上路時，組織部的部長還拍著他的肩膀說：

「聽說，成都可是一個出美女的地方。是一個『來了就不想離開的地方』。可要小心呀。」王幹不沒有聽出部長這句話是警告他還是在羨慕嫉妒他。在戰爭的年代，對於兒女之事，王幹不沒有考慮的太多。他現在的這個老婆就是隨便找一個女人回來，睡在身邊就成了，目的就是為革命生出下一代，接下來就是為黨培養下一代。他只是在思考著這一句話，「……成都……敵人的中心」，一直在思考著，直到他站在成都市的邊邊上時，看到了那個抬頭望天的人，他才靈機一動地問道：「請問，成都的中心在哪裡？」現在王幹不站在廣場的中央，抬頭望著天，他在想：這個地方一定就是與其他的地下黨接頭的地點。

由於王幹不的個頭本來就高出成都人一個頭，再加上別人都是坐著的，而只有他一個人站著，這無形給這個廣場上的人帶來了一種壓力。有一個喝茶的客人也站起來，跟著他望了一陣子天，沒有看出什麼名堂，於是便問他：「天上有什麼？這麼好看？」

王幹不吃了一驚，才發現別人都在注意著自己。急切之下便答道：「今天的天氣真好。」喝茶的人轟的一下就都笑了，說：「真沒有創意。應該這樣回答——是我的鼻子流血了！」

王幹不情急之下竟又答：「是，是，是我的鼻子流血了。」

廣場上，所有的人都大聲笑了起來，說：「你可真是幽默。」

「不，不」王幹不一時不知應該說些什麼，只能是順著人們的話：「我不幽默……我不幽默……還是成都人幽默。」

王幹不真想找一個地縫鑽下去。就在這萬分緊急的時刻，有一個人向他走了過來，在經過他時有意無意地碰了他一下，問：「貴姓？」、「王幹不。」、「王幹部？」那個人望了他一眼之後輕聲地說：「王幹部，跟我來。」

他們兩個人鑽進了座落在廣場正北方的古老建築裡。裡面陰暗曲折，那些古老的木梁放出一種黑黑的光，像是將死的人的眼神。幽靜而沉寂。在一個陰影的下面，在確定了左右沒有了人之後，那個人說：「你都看見了？」王幹不一時不知道他問了一些什麼，便反問道：「看見了什麼？」那個人說：「成都人。」那人又加重了語氣：「我們成都人的精神風貌。」王幹不說：「是的。挺悠閒的。好像不知道歷史正在發生著深刻的變化。」那個人贊賞道：「不愧是上級派來的，見識果然非凡。」

王幹不擔心那人就此拍起了馬屁，打斷他說：「這裡的情況怎麼樣？」

那個人嘆了一口氣說：「你都看見了。整個城市裡的人都在喝茶，悠閒的很，哪裡會有什麼革命的熱情。」

王幹不說：「我看，這是好事。他們沒有理想，沒有追求，只是在等待，等待一個事實到來並進入充實他們的身體與生活。他們所做的就是被動接受。」

那個人又由衷地讚嘆道：「果然是上級派來的，看問題果然深遠。」

王幹不說：「不怕沒有思想的人。沒有思想交由我們來替他們思想就行了。怕就怕那些有自己的思想的人。那樣還要費時間將他們的思想抹去再重新進行灌輸。那樣，可就麻煩多了。」

有道是話不投機半句多。王幹不與那個人的談話真可謂是投機，轉眼間天就黑了下來，那個人拉著王幹不的手說：「走，我帶你休息去。」

他們兩個人走出了這個古老的建築。廣場上忽然間就空了，好像是人都被太陽收拾走了。靜。

王幹不感覺到了一絲的不安。像是暴風雨前的平靜一樣。靜。

廣場上只有他們兩個人。只有他們兩個人的腳步聲音在廣場上靜靜地迴響。在走出廣場時，行街道兩邊的路燈突然間亮了，於是他們的腳步下跳出了兩道斜斜的影子。隨著離路燈的遠近而伸長、縮短，縮短、伸長……

周而復始。無聊。空洞。但是世界就是這樣，由各種有意義與無義意的事情組成的。哪管你是一個唯物主義者，所有想要做的都是有意義的看得見摸得到的事情。

王幹不與那個人來到了一個小旅館。那個人熟練地喊道：「老闆，要一間客房。」

老闆說：「好，好。客房有的是。有的是。客人隨便挑一間吧。」

王幹不明知故問道：「老闆，生意這麼秋？」

老闆說：「是啊，是啊，在這個亂世，如果不是不得已，誰還到處亂跑呀。」

王幹不邊說邊上樓梯：「說的也是。說的也是。」站在一間房間的門口時，又說：「不過，很快就會好起來的。」

老闆接下話頭說：「是啊，是啊。老百姓都盼望著安定啊。」

安置好王幹不之後，那個人說了聲：「王幹部，好好休息」之後，就告辭走了。王幹不在床上躺了一下，怎麼也睡不著。本能的動物性經驗告訴他，有什麼事就要發生，於是他便悄悄地下樓，出了旅館的大門，蹲坐在大門對面的一個陰暗的胡同裡，面帶微笑地望著旅館深黑的大門。等待著什麼事情的發生。

大約五分鐘之後，他便看到有一隊黑衣人，撞開旅館的大門就直撲了進去。緊接著裡面傳來了「咣、咣、咣、咣」的撞門聲。在夜晚的寂靜中傳出了很遠、很遠……

而後是一陣罵罵例例的聲音：「媽的，沒有人。跑了。床還是熱得，一定沒有跑多遠。快，四下好好搜一搜，別讓共匪的地下黨跑了。」緊接著就是下樓的零亂的腳步聲。

聽到這句話，王幹不像是一隻受了驚的兔子，跳起來就向小巷的黑黑的深處跑去……

與進來的時候相反，在遇到岔路時，哪條路窄王幹不就往哪裡鑽。呼呼的風聲在耳邊急驟地響了起來。眼前猛然間就明亮了起來，一個顯然是富人的小院子，王幹不想也不想地就翻牆過去了。低矮的灌木，水泥與鵝卵石沾製成的假山。有人在院子外面喊：

「不見了。是不是跑進了胡會長的家裡？」

「一定是的。」

「走，進去搜。」

敲門的聲音。開門的聲音。緊接著是喝叱聲：「你們想幹什麼？不要命了？」

「噢，是這樣，剛才我們追一個地下黨，到了這裡就不見了。我們懷疑他躲進了你們家裡。」

「混帳的東西，我們家裡怎麼會藏地下黨呢？」

「怎麼回事呀？」一個平穩而厚實的聲音問道。

「老爺，是這樣，他們說我們家裡藏有地下黨，一定要進來搜。」

「會長，是這樣的。我們追到這裡，他就不見了。我們也是擔心您老的安全。」

「哦，是這樣啊。那就讓他們進來搜一搜吧。」

聽到這裡，王幹不慌忙地就往小院的深處鑽進去。一條小徑，碎石子鋪成的，拐著彎，蛇一般地爬到一個長廊上。順著長廊，一直到盡頭，一扇半掩著的門，王幹不正猶豫著進不進去，這時從門裡面伸出了一隻手，一下子就將他拉了進去。

王幹不看見眼前站著一個美麗的女人。那個女人一臉焦慮地看著屋子裡，想找一個地方給眼前的這個高大的男人藏身，可是怎麼樣也找不到適合的地方。這時院子裡傳來了嘈雜的聲音，並且有腳步聲向他們這裡走來，那個女人慌忙中將眼前的這個男人推到了床上，用被子蓋得嚴嚴實實的說：「躲在這裡，不要出聲。」剛做好這些，門就被推開了，胡井支站在門口問：「明淨，看到有人進來麼？」明淨說：「哦，沒有。我正準備洗洗睡呢。」胡井支充滿著關切地說：「還是要小心一些。朱隊長說剛才有一個地下黨，逃到這裡就不見了。他們懷疑是跳進咱們家裡。」明淨答道：「我知道了。我會小心的。」說完話胡井支關上房門就走了。

現在明淨懸著的心終於沉靜了下來，她在梳粧檯前坐了一會兒，之後，將臉上的彩妝擦淨，再靜靜地聽著窗外漸漸散去的聲音，越來越遠，最後再也找不到了。

四周冷靜得像是深深的湖底。

夜開始深了。

明淨讓自己砰砰跳著的心平靜下來，她想看看那個在床上躲著的男人，她輕輕地走過去掀開被子，王幹不竟然已經睡著了。明淨輕輕喚了兩聲：「喂，喂，」沒有回答。她又輕輕地搖晃了一下他，還是沒有動靜，看來他確實是太疲倦了。

明淨關上燈，靜靜地坐著。夜開始深了，涼了。明淨覺得身上有些涼意，疲倦像藤蔓一般在身體裡面爬行、伸展。生長。她再也熬不住了，便和衣上床，在王幹不的身邊靜靜躺下來。

睡夢中，明淨感覺到自己的身體中癢癢的。她睜開眼睛，看到睡在她身邊的男人正在用手撫摸著她的身體，她想用手將他的手推開，但是又感覺到渾身沒有力氣，軟軟的像是一團濕濕的面。她想說：「不要。」卻又聽見自己發出的聲音成了歡愉的呻吟。於是她只有咬住嘴唇不發出一點聲音，任憑那雙粗大的手在自己的身上撫摸著。將她身上的衣服褪盡。後來猛然地、一剎那，明淨覺得自己的身體被脹得滿滿的、緊緊的，隨之，靈魂也在這一瞬被注滿。

那究竟是一場夢，還是一次意想不到的結局？明淨一直不敢給自己下結論。後來的一個月中，明淨的月經停了。再後來她感覺到了噁心、嘔吐……去看醫生，醫生告訴她說：「恭喜太太，你有喜了。」

胡井支高興得像是一隻狗，整天圍著明淨轉個不停——說：「蒼天有眼，真是蒼天有眼吶。」

十個月之後，明淨準時生下了一個女兒，胡井支在高興之餘還是有一些失望地說：「是女孩兒。兒隨父、女隨母。就隨著你吧。」明淨喘著氣說：「也好。就叫她明翠吧。」

故事說到這裡，這條小道消息的最終指向已經是很清楚了。總結起來就是以下的因果關係鏈：

王幹不——明淨（姦夫淫婦）

明　淨——明翠（母女）

王幹不——明翠（父女）

王　幹——明翠（同父異母之兄妹）

十一、官方記錄：叛徒內奸王幹不

明淨從新疆逃回到成都半年之後，這一天廣場上又一次堆滿了人。張解放一早就在那個木頭搭成的臺前占了一個位置，為的是能夠更清楚地看到臺上站著的人。一刻鐘之後，這個看臺下就已經站滿了人。再一刻鐘之後，從正北方傳來了噪動的聲音，接著人群的正北方準確地裂開了一條口子，像被刀子砍開的一樣，整整齊齊的。

從人群的外面押進來了一個高大的男人，現在看起來他的精神與信心好像不足，顯得有一些萎靡，但這也絲毫不能夠影響張解放一眼就認出這個人就是王幹的父親，在他的脖子上掛著一個寫著「叛徒、特務、內奸王幹不」的牌子。其中「王幹不」三個字被反寫著，以從字面上就可以看出此人被打倒了。這還不夠，「王幹不」三個字上還被打了一個大大的紅叉，以表示一種落井下石，打翻在地、再踏上一隻腳的決心。

王幹不被五花大綁著押到了臺上，臺的兩邊站著張解放的父親和那個請張貧喝酒的成都市黨史辦公室的工作人員。張解放對於自己的父親能夠站到那個臺上去批鬥王幹部感到非常的興奮。他高興地對旁邊的人叫喊道：「看呀，快看哪，那是我父親。」

批鬥大會開始了，主持人說：「同志們看清楚了，站在臺上的人是誰？」

臺下的人一齊喊道：「王幹部。」

「不，他不是王幹部，他是一個大叛徒、大內奸。」

臺下的人於是便一起喊著：「打倒叛徒、打倒內奸。」

接下來就是張貧的揭發，他說：「我親眼看到王幹部逃進了大資本家胡井支的院子裡，親眼看到國民黨軍警追了過來，親眼看到國民黨軍警進去抓人，親眼看到那些人空著手出來……」

站在另一邊的成都市黨史辦公室的工作人員啟發著說：「大家想一想，為什麼國民黨沒有抓他呢？而將他從眼皮子底下放走？」停了一下，他放眼向臺下掃視了一周，而後提高了聲調：「只有一種可能，就是他叛變了。投降了。」

（以下是推理的片斷）

國民黨抓住了他；

拷打他——拷打，多疼啊——他受不了皮肉這苦，招了；

給他施展了美人計——美人計，多麼可怕啊——他經不住皮肉誘惑，順從了；

不論怎樣，他投降了，與國民黨反動派達成了某種協議——叛變了。

於是，他從此背叛了革命的道路，而潛伏下來，成了一個國民黨的特務。

多麼有力的證據。

多麼有說服力的推理。

臺下的人喊道：「打倒叛徒、打倒叛徒、打倒叛徒……」

待喊聲結束了之後，主持人最後宣佈：「將大特務王幹不，拉下去槍斃。」

半小時之後，在這個城市的東邊，九眼橋下的一片開闊地上響起了一聲槍響——「砰」

——王幹不的腦袋在這一聲槍響之後，開花了……

在王幹不個人檔案的最後寫著：

大叛徒、大內奸、大特務。王幹不。一九五九年月十月一日被執行槍決。

第二幕　神像、凡人、死人

一、黨使絆：塑造出了幹部的形象

王幹不被槍斃之後。確切地說，也就是在那一聲槍響之後的第五秒鐘，一個高大的女人就出現在了明淨的面前。首先她低下頭，朝身體小巧精製的明淨的臉上吐了一泡口水，而後就一把扯住了她的頭髮罵道：「你這個狐狸精，為什麼不死在外面？還要跑回來害人。」

這兩個女人正站在廣場的中心，因為廣場上人的資源本來就豐富，所以她們的身邊一下子就聚集起了一大堆的人，圍著看這兩個女人的抓扯。

站在後面的人，無法瞭解到圈子中心發生了一些什麼，焦急地打聽：「怎麼回事？快說說，怎麼回事？」

站在最前面的，有一點文化知識的人總結性的回答道：「紅顏禍水。紅顏禍水。」

「什麼紅顏禍水？」

「笨蛋。紅顏禍水就是女人不能長得太漂亮了。」

「為什麼？為什麼？」

「笨蛋。因為紅顏是禍水嘛。」

「嘿嘿，哈哈，嘻嘻。幸虧我的女人長得不漂亮。」

「啪」的一記耳光聲，一個女人尖叫道：「你敢說老娘長得不漂亮？」

「不、不。我沒有說你長得不漂亮。」

「那麼，你是說你另外還有女人嘍？」

「不、不。我另外沒有女人。」

「那麼，你還是說我長得不漂亮嘛！」

「不、不，我不是這個意思。」

「那麼你是什麼意思？」

「我、我，我沒有意思。」

很容易聽出來，這是兩口子的家務事。「清官難斷家務事」，況且臺上的王幹部還是犯了錯誤自身難保的幹部。於是，沒有人打斷爭吵著的兩口子。

……

就這樣廣場上吵成了一團，亂七八糟的。直到最後大家都意識到再這樣吵下去，所有的家庭就都完了。男人與女人由夫妻變成為敵人，也就是像毛主席說的那樣，由人民內部矛盾變成為敵我矛盾。在這種嚴重的後果之下，廣場上的人就都不出聲了，各自低著頭往家走。回到家之後，關起門，所有的夫妻都抱頭痛哭，泣不成聲地說：「紅顏禍水。紅顏禍水。紅顏真的是禍水呀。」、「我只知道在萬惡的舊社會，婦女沒有被解放，那時的紅顏是禍水，被惡少欺負；我可沒有想到如今解放了，婦女都頂了半邊天了，紅顏還會是禍水呀……王幹部就是被那個漂亮的女人給害了。」

在那一次的混戰中，王幹不的老婆，趁亂狠狠地打了明淨兩個耳光，而後牽著王幹走了。明淨則一下子蹲下了身子，抱著明翠哭道：「我不是禍水，我不是禍水呀……」在母親的哭聲中，明翠最後向哥哥王幹望了一眼，她看見王幹也正扭頭朝她這兒望著，一副戀戀不捨的樣子。此時明翠的眼淚一下子就流了出來，將母親的衣袖打濕了一大片。

王幹不的老婆這次走了之後就一直沒有再回來。有人說曾經在夾邊溝勞改農場看到過她。她在那裡給送去改造的人做飯。聽到這個消息，有人便放心地說，她不會被餓死的，她一定會活下去的。原因是她在做飯，只要隨便的偷吃幾口，就可以躲過饑荒。

王幹部被槍斃了之後，他以前的位置就空了出來。它需要有人去填補。上一級領導經過討論之後決定，這個位置由舉報他的人來填補。理由是，要鼓勵那些舉報的人，讓他們充分地體會到舉報所帶來的好處。同時，這也可以教育人民，讓廣大的人民群眾都加入到舉報的行列中來，讓那些曾經做過對不起黨的事情的人陷入到舉報者的汪洋大海中來。

在這樣的治國思路下，那個舉報人——成都市黨史辦公室的工作人員就自然而然地當上了官。升官之後的他在我的這本書中也就有了他自己的名字：黨使絆。（由此可以得出一個結論，任何歷史都是為官員寫下的。人民群眾只是歷史的配角、陪襯，是可以被忽略的。而當官的則完全不能夠被忽略，因為他們是歷史的主角，是一個個繞不開的路標。）

張貧為什麼沒有借此當官？張貧自己的解釋是：吃虧就吃在沒有文化上。所以他一直這樣教育張解放：一定要好好讀書，只有讀好書了才能夠當官。學而優則仕嘛。

民間有一句話叫做：「小人得志、雞走貓步」。我認為他們也許並不是小人，而是因為他們祖祖輩輩都沒有當過官，他們的血液裡流淌的都是順從、躲避與刁蠻，所以他們並不知道當官是一個什麼樣子？應該如何當官？於是從他們身上體現出來的種種言行，總是讓人覺得彆扭和不適應。

黨使絆就是他們當中的一個。剛當上官的那一天，黨使絆試著向前走出了第一步，這是他人生轉折點的第一步，可一定要走好。他這樣想著，便邁出了腳和手，待走到了第三步的時候，他自己也覺得有什麼不對頭，有一點兒彆扭，於是在第四步時他仔細地觀察了一下自己的動作，這一觀察，他禁不住「噗茲」一聲笑了出來，原來他的右手與右腳、左手與左腳都走到一起去了。黨使絆立即將這個錯誤糾正了過來，同時讓一種從未有過的嚴峻出現在臉上。

應該怎麼樣來形容這種嚴峻呢？是不苟言笑？還是冷若冰霜？還是因為感覺到了肩上擔子的沉重？都不準確。

我想了很久，得到的答案是兩個字：距離。幹部與群眾之間的距離；權勢者與弱勢者之間的距離；上級與下級之間的距離。為了使這種距離更加地明顯和有效，黨使絆還將頭抑得更高了——整個就像是憂天的杞人在望著天，又像是一個流著鼻血的人將頭高高地抑起——同時為了配合高高抑起的頭所帶來的失重，保持身體的平衡，他相應地將肚子也挺了起來，再將雙手背到身後。好了，至此一個從未有過的、空前絕後的、驚世駭俗的，全新的黨員幹部形象已經塑造（包裝）好了。這個形象從正面看過去就像是哈哈鏡中的凸透鏡中照出的樣子；從側面看過去就像是一個英語字母「C」；如果此時他的雞巴也是挺起的，那麼從側面看過去又像是開弓欲射的弓箭。箭在弦上，不得不發？黨使絆的這支箭總是要射出去，目標會是誰呢？誰會是那個倒楣蛋？受害者？替罪羊？

這一切的後果都怨不得黨使絆，因為，前面說了——「箭在弦上，而不得不發」。這可是民族的文化長期積澱的結果。

二、張貧：讓毛主席成了一名人質

一九六七年，成都地區各種名目的群眾組織林立。形成你死我活對立的兩大派系山頭：一、是「成都地區革命造反派聯合總部」（簡稱「地總」），它由紅衛兵成都部隊（「紅成」）、紅衛兵工人成都部隊、工人硬骨頭戰鬥團等聯合而成；二、是「成都地區解放大西南聯合總部」（簡稱「解大」），由川大東方紅八・二六戰鬥團（簡稱「八・二六」派）、成都工人革命造反兵團（簡稱「兵團」）等聯合而成。兩派爭權奪利，都想當全省唯一「響噹噹、硬梆梆」的左派，都恨不得一口把對方吞下肚裡！於是長期武鬥不止。

張貧加入的是「地總」。為什麼要加入「地總」，而不是「解大」？現在的人都會這樣問。因為這個問題可以解決這兩派有什麼不同的問題。其實這兩派並沒有什麼不同，他們共同的宗旨都是忠於毛主席。按現在的話來說，他們的老闆是同一個人——毛主席。

那麼他們爭的是什麼呢？爭寵。爭著表達忠心。就像是兩個奴僕，都想向主子表達忠心，就只有相互拆臺、鬥爭。

話再說回來，張貧為什麼加入的是「地總」而不是「解大」呢？原因很簡單，那就是「地總」的勢力範圍正是在展覽館廣場的周圍，它的總部也正是設在老皇城裡面，而張貧的家也正是處在這個範圍以內。由於有了這樣的獨特的地理位置，「地總」像是那個時代的武鬥的核心。凡是有利必有弊，「解大」因此而指責說「地總」是守舊的保皇派，而「解大」則是真正的革命派。

誰是誰非？誰優誰劣？只有靠拳頭來說話。武鬥越演越烈，只有誰吃下了誰，誰才可以單獨地向毛主席表忠心。

「地總」與「解大」誰更凶一些呢？這是關心結果的人必須提出的問題。那個時候的革命大格局是「以農村包圍城市」，共產黨的政權就是因此而奪得的。依照這個理論，位於城市中心的「地總」必然就是處於守勢，而位於城市外圍的「解大」就必然是攻勢。

每一回「解大」都是從人民南路攻過來，子彈從正南方而來，向正北方，「嗖」、「嗖」、「嗖」、「嗖」……地竄去，就像是風在某一個時間裡忽然間改變了質量——在它的中間夾雜著堅硬的鐵質的顆粒。為此，在廣場的正南方，面對人民南路的方向，「地總」搭起了幾層沙袋，並在沙袋的後面架起了機關槍，朝著人民南路上「噠噠噠噠」地掃射。

子彈就這樣相互對飛著。張貧與黨使絆躲在沙袋的後面，對方的子彈從他們的頭頂上飛過，砸在身後的廣場上，像是雨點打在細沙上，在廣場上留下了一個個密密麻麻的印記。

那些日子，沒有聚集著的被教育的人群，是廣場唯一顯得空曠時候。沒有一個人，偌大的廣場因空洞而顯得沒有一點生機。好像是在武鬥中人們都死光了？

不。在那一排沙袋的後面，還有著一排「地總」的堅強戰士，他們緊握著手中的槍向正沿著人民南路向廣場衝過來的人掃射。寬敞的人民南路上，倒下了很多人。血將整條路染得通紅。傍晚時分「解大」撤退了。張解放隨著父親來到人民南路路口，向正南方望去，夕陽下，他看到血紅的路向天邊沿伸出去——壯烈、宏偉、感人。張解放這才理解到為什麼紅旗是紅的，紅領巾是紅的。書上也說共產黨的勝利是用鮮血換回來的。

這一天，張解放的眼裡流下了清澈的淚水。

還是這一天晚上，張貧摸著黑來到了黨使絆的辦公室。望著三層的辦公大樓裡唯一亮著的一盞燈，心裡頭知道黨使絆還沒有讓自己下班。

自從一起揭發了王幹不，他們彼此都意識到他們兩個人成了拴在一根繩子上的螞蚱。張貧主動地經常去找黨使絆，而黨使絆也不是一個忘恩負義的人，對張貧的態度就像是溫暖的春風一樣，和煦而感人。

張貧輕車熟路地走到黨使絆的辦公室前，敲門，裡面傳來了一聲：「是老張麼？」張貧在外面應了一聲。裡面便又傳來了：「進來。」兩個字。

張貧進去就問：「怎麼，還沒有睡？領導！」

黨使絆背著身子望著黑黑的窗外說：「我睡不著呀。」過了一會兒，他轉過身來反問道：「你不是也還沒有睡？」從黨使絆沉默的時間，和轉身的速率、節奏，張貧從心底感嘆到自己面對的這個人，已經越來越會當官了。他是親眼看著他走上幹部這條路的，從不習慣到習慣、從習慣到熟練、從熟練到玩弄操縱，這一步一步的成長，他是看在眼裡，記在心頭。

張貧無端地讓自己默思了一會兒，才從對領導的崇拜中回過神來，說：「聽說他們正在想辦法找大炮，如果……一旦找到了，那麼對我們是相當不利的。」

「這個，我也知道了。如果『解大』真的找到了大炮，那麼我們還不是只有等死了！」

「怎麼辦呢？」

「怎麼辦呢？」

「你說怎麼辦？」

沉默……

沉默……

在沉默中，在封閉的房屋裡面，非人的東西往往就顯得特別的突出。張貧的眼睛看到了擺放在書架上，馬列恩毛選中間的毛主席的半身石膏塑像。盯著，死死的盯著它，像是一個幾天都沒有吃飯的人盯著一個白麵肉包子。足足盯了有五分鐘，張貧猛地叫了一聲：「有了。」

「有什麼了？」

「有辦法了。」張貧興奮地說：「我們在廣場的正中央修建一個毛主席的塑像，那麼就是借給『解大』一萬個膽子，他們也不敢向廣場裡開槍了。更不用說打炮！」

聽到這，黨使絆緊緊地握住了張貧的雙手說：「妙。真妙。這真是一舉兩得、一箭雙雕的好辦法。既向毛主席表了忠心，又阻止了『解大』糾纏不休地進攻。好——就這麼辦。」最後在他們分手時，黨使絆還小心的提醒張貧說：「今天晚上的事情只有我們兩個人曉得。」

「是，我明白。」張貧補充道：「天知地知，你知我知。」

黨使絆想著想著，就感覺到自己背上的寒毛都豎了起來：「這可開不得玩笑，如果傳了出去，我們的罪名就是拿毛主席當人質……這可是死罪……」

沒有做不到，只有想不到。在那個時代講究的是：「人定勝天」、「說打就打、說幹就幹」、「人有多大膽、地有多大產」。黨使絆第二天就專門組織成立了由九人組成的「毛主席塑像成都委員會」（也叫著「萬歲館敬建辦公室」）創作組。並專門從「砸爛」掌權的四川美術學院調來楊發榮老師搞塑像工作。

黨使絆對毛主席塑像的設計，一直很傷腦筋，他對九人組成員說：「如果『醜化』了，後果不堪設想！啊…啊…」啊！啊！了一陣之後，最後還總結道：「這是『壓倒一切』的政治任務」。九人組成員中有人提出了毛主席的塑像站在一個舊的建築（老皇城）前面，有一些不合適，因為毛主席是破舊立新的領袖，怎麼能守在一個代表著封建的老皇城的前面呢？黨使絆聽後驚出了一陣冷汗，他問：「有什麼解決的辦法呢？」楊發榮說：「澈底地推翻，重新修建，可以將其稱為『萬歲館』。」黨使絆高興地拍著桌子說：「好。這本來就是一個改天換地的時代，我們要幹就幹一個澈底。」沉默了一會兒，他又說：「叫『萬歲館』好像太簡單了一點，不能夠準確地表達廣大人民群眾對毛主席的忠於與熱愛，我看還是複雜一些好……我看……就把它叫做『毛澤東思想勝利萬歲展覽館』吧！」在場的人一起稱讚道：「好，這個名字好。將我們心中的話兒表達得清清楚楚明明白白透透沏沏。」於是，萬歲館敬建辦公室的成員們領命去了。

當天晚上設計方案就拿到了黨使絆的面前：從地面到三個梯形的臺面共八米一，象徵建軍節；毛主席塑像的基座七米一，象徵著黨的生日；毛主席像高十二米二六，象徵著毛主席的生日；基座四面的各七朵向日葵花，象徵著四川七千萬人民（當時人口數字）向著太陽毛主席；三層臺基，象徵著馬克思主義、列寧主義、毛澤東思想的三個里程碑；正門大廳外的四根大柱，象徵著向毛主席表忠心的「四無限」……

「萬歲館」整體佈局則離不開中國文化的象形思維：從高處俯瞰，是一個「忠」字。「萬歲館」主體建築構成「中」字，當中一豎，是「東方紅展廳」，檢閱臺和周邊走道及旁邊建築彷彿「心」字，檢閱臺正中的毛主席像，就是「心」字正中一點……這就與人民天天掛在嘴上的「敬愛的毛主席，我們心中的紅太陽！」有機地聯繫成了一體……

那一天，張貧對黨使絆說：「這個建築，可以說是古今建築史之奇觀！」

黨使絆不無憂慮的說：「你聽說了沒有，『解大』準備在東郊也建一個毛主席的塑像。」

張貧說：「修在東郊，偏離市中心，革命群眾參觀不方便；更嚴重的是，聽說他們把毛主席塑像規劃成坐東朝西，在方位上存在明顯的錯誤！西方，那裡是『帝國主義』的大本營，毛主席怎麼會將『帝國主義』放在眼裡！我相信他們建不成的。就算了建成了，到時候去告他們一狀，那他們就死定了」。

黨使絆聽到張貧的這一席話，懸著的一顆心就放了下來。可是過了不久，就傳來了「解大」停建「敬祝毛主席萬壽無疆展覽館」的消息。「看來他們那裡也有高人！」黨使絆對於「解大」沒有自尋死路，多多少少存在著一些遺憾。

現在的情形是：一邊是上馬——快馬加鞭，一邊則下馬——偃旗息鼓。

一九六七年六月六日，豔陽高照。由成都軍區李文清副司令員代表張國華（省革籌主任、軍區政委）、梁興初（「省革籌」副主任、司令員）等四川領導，主持隆重的動土奠基典禮。萬歲館開工了。同一天，黨使絆指揮著一個解放軍的工兵連和號稱「三忠於」勞動大軍，在老皇城壩埋下了數百公斤的炸藥，在幾聲巨響之後，那個矗立在廣場正北方位的上千年的建築就灰飛煙滅了。爆炸聲之後，皇城僅存的石獅、城門洞、城樓及著名的明遠樓，統統化為「遺臭萬年」的垃圾堆。還沒有等到炸藥的硝煙落定，張解放便隨著一群紅衛兵衝進了煙塵中，他們高呼著革命口號：「東風吹，戰鼓擂，這個世界上究竟誰怕誰。」處於廣場上的人的情緒被調動起來了，他們臉色通紅、揮汗如雨，熱情高漲的勞動著。

第二天出版的《戰鬥報》這樣記載：「在一中、三中等紅衛兵搖旗吶喊鼓動下，身強力壯的石工一個下午，就把廣場上一對幾千斤重的石獅子打翻在地，砸得粉碎……紅衛兵小將張解放興奮地誇獎石工說：『勞動人民真偉大，不但為國家節省下了炸藥，還砸出了造反派的氣勢』。」

在「大破」的同時，毛主席塑像的「大立」也在緊張進行。

與此同時，「解大」派設在鹽市口（當時改名為英雄口）的「解放大西南廣播站」幾十個高聳入雲的高音喇叭，每天播放震耳欲聾「最後通牒」：勒令「地總」立即停止施工！否則採取「革命行動」，要打進來！

「地總」卻不為所動。他們提前將一個毛主席石膏塑像的模型放在廣場的中央，名為讓毛主席親自指導工作，實為讓毛主席做自己的擋箭牌。同時為了顯示實力，表示忠心，儘快的將毛主席這個護身符矗立在廣場的中央，「地總」調兵遣將、搶運物資。日夜苦戰終於完成地下混凝土基礎及基座。

由於廣場上有毛主席站在那兒日夜守著。「解大」也是因為投鼠忌器，而只敢動口不敢動手。只有站在一邊乾著急。

但是，「解大」也不會就此罷休，就像毛主席所說的「一切反動派（站在『地總』這一邊來看『解大』就是反動派）都不會善罷甘休，他們還會做垂死的掙紮」──毛主席他老人家說的沒錯，「解大」還在做最後的垂死掙紮，請來了「重慶砸派」中「武鬥精英」──「西南師大紅衛兵『八‧三一』戰鬥團」的「重慶崽兒」，怪吼亂叫地衝進廣場。這些以亡命徒自居的「砸派」幹將衝進廣場，看到了他們面對的是一尊毛主席的塑像時，嚇得面色蒼白，夾著屁眼，屁都不敢放一個就灰溜溜地撤了出來。據說回去後「重慶崽兒」還與「解大」翻了臉，怪他們太陰險，不把事情的來龍去脈交待清楚，害得他們差一點就與毛主席為敵了。從此這一對患難與共的階級弟兄為了一尊毛主席的石膏像反目成了仇敵。

這一次戰役不但使「武鬥精英」──「西南師大紅衛兵『八‧三一』戰鬥團」倉皇而逃，還意外地離間了其與「解大」的戰鬥夥伴關係。對於這次勝利，黨使絆在這次總結發言中，激動的、語無倫次地說道：「毛澤東思想是戰無不勝的……毛主席是戰無不勝的……只要有了毛主席，勝利就一定、也必將屬於我們……所以，我們一定要緊握毛主席的書、高舉毛主席的旗幟、沿著毛主席為我們開創的——不管是什麼道路，一直、堅定、澈底、毫不猶豫地走下去……」

三、張貧老婆：奇蹟般地死在「毛主席」的下半身

自從「地總」在廣場上矗立起了毛主席的塑像之後，「解大」就再也沒有前來進攻了。原因很簡單，子彈是不長眼睛的，一個不小心子彈打在了毛主席的身體上，那可就是大是大非的革命與反革命的問題。可以一下子由革命變成了反革命。誰也不敢去冒這個險。

我要說的是，在毛主席像矗立起來之前，發生的一個事件：

頭一天，張貧回到家裡時，臉上露著興奮。看到老公高興的樣子，老婆問道：「什麼事，讓你高興成這個樣子？」

張貧激動的說：「明天，就在明天，毛主席的石像就要矗立起來了。」

「真的嗎？我也要去看看。」

現在已經是高中生的張解放說：「我也要去看看，見證歷史。從此毛主席就活在我們的身

邊了。」

「對，是應該去看一看，受一受教育。」

……

第二天早晨，八點才過一點，張貧一家人就出了門，穿過東禦街，就來到了廣場上。剛到廣場上，就看到站在廣場上的人都仰著頭在望天，就像是所有人的鼻子都流出了血一樣。看到大家都在望天，張解放也仰起頭來，看著天空。天空晴朗，從廣場上望上去看不到一絲雲彩，但是就是在這樣的空無一物的空曠中，竟奇蹟一般地掛著一條彩虹，由於背景色的單一，這彩虹竟然像是被貼在了天空中一般，顯得格外的突出。看到這種場景，廣場上的人紛紛地議論了起來，說：「毛主席是真神，你看天上的彩虹。」

此時，也許只有張解放一個人與大家想的不一樣。看到天空中的那一道突兀的彩虹，他的思維奇怪地與流鼻血聯想到了一起。他想：「也許是老天爺在一個晴朗的日子裡流鼻血了。而他老人家正巧又忘了帶紙，沒有辦法將這血擦去。」想到這裡，他的臉上就掛著了笑容。不知道他在想什麼的人，會以為他的臉上露出了幸福的微笑。

就這樣，張解放對著天露出了微笑。如果老天有眼，他老人家會看到廣場上眾多的沒有表情的臉中夾著一張可愛的單純的笑臉。那可是一種真正的幸福。

就那樣，張解放對著天空發了一陣呆之後，低下頭來看到眼前又出現了一道彩虹——一個少女正美美的站在人群的中間，嚴格的說起來是被人群淹沒掉了，但正是因為她憑藉自己的獨特的美麗，才讓他一眼就能從一種眾多的同一性中一下子就將她從大眾中分離出來——那是明翠，她也是剛剛把仰望的頭低下來。就這樣他們相互看到了：

「是你？」

「是你！」

「你怎麼來了？」

「我怎麼不能來？」

「不、不。我不是這個意思……你、你，你能來，能來，接受教育嘛。」

「你也用接受教育？你那麼根紅苗正的！光教育別人都足足有餘了。」

「哪裡，哪裡。還要學，還要學。學無止境嘛。」

「……」

聽到這一席對話，還真讓人有一些摸不著頭腦。還會以為是他們在對暗號。如果不發生什麼意外，這樣正式、嚴肅、空洞而枯糙的對話也許就會這樣一直的進行下去。好在這時人群的躁動打斷了他們。此時，人們將高舉著的頭低下來，蜂擁地向廣場的正北方擠去，那裡，毛主席的塑像正在被一臺高大的吊車拉著站起來。

那塑像正隨著吊車手臂的伸長、長高而漸漸地站立了起來（這個過程極容易讓五〇年代的人聯想起那一句，也是這個石像主人說過的著名的話：「中國人民從此站起來了」——現在，這個石像就是在詮釋著這一句話的真諦。還有，這個形象也像極了一個粗大的陽具正在勃起的過程——現在，這個石像就像是在演繹著人性中偉大的生理變化。）圍觀的人群在這一時刻不由自主的都歡呼了起來，十度、二十度、三十度、四十度、五十度、六十度……眼看這個石像就要與地面成九十度的角了。按理說這個工程在數秒鐘之後，就要由這次行動的總指揮——黨使絆——宣佈勝利結束。從力學的角度來分析，這並不成什麼問題，因為從吊車的承重來說，已經過了最重負荷，所以所有的人都歡呼了起來，紛紛地湧向石像的腳下，以便可以在第一時間向這個沉重的石像表達自己對其的敬意。可是就在這時，人們奔跑到它的腳下時，意外發生了，那個石像像是有什麼心願尚未完成，而一下子又向地面倒了下來。嚴格的說來是石像向蜂湧而來的人群撲了過來，驚慌的人群向左右兩邊逃開，這種情形有一點兒像是一根竹杆呼嘯著向平靜的湖面打去，在擊打到水面時而飛濺起的水花。唯一有所不同的就是眼前的這種情形就好像是那根竹杆在沒有碰到水面時，水花就已經飛濺起來了。人們迅速地逃開了，只有一個人沒有跳開，也許是她當時所處的位置太中間了，來不及了；也許是她的反應比別人要慢一拍，還沒有來得及做出任何動作；也許是她本來就是想要迎接這個偉大的擁抱。這個千載難逢的機會是絕對不會放棄的，就這樣，那個石像就硬生生地壓了下來，剛好將她正正地壓在它的褲襠下面。她發出了一聲沉悶的聲音，像是從嘴裡發出來的，又像是一個什麼封閉的東西被擠破了一般——廣場上的人只聽到了「噗」的一聲，而站在前面的人也同時感受到了臉上有熱乎乎的液體在爬行，伸手一摸，發現整個手掌已經紅了。「鮮血染紅了手掌。」

可以說正是有了石像下面的那個她墊著，在經過工程師認真細緻地檢查完石像之後驚喜地發現石像竟然完好無損，於是，他興奮地對黨使絆喊道：「好的、好的、好的……」

黨使絆也是一臉焦急地問：「什麼——好的？」

工程師答：「主席。主席……主席是好的……」

「你瘋了！」黨使絆對著他訓叱道：「主席當然是好的！主席永遠是好的！！主席永永遠遠是好的！！！」

聽得廣場上的人都哄然大笑起來。黨使絆對著人群嚴肅地說，「笑什麼？有什麼可笑的？嚴肅一點。」

接著他又揮指著吊車司機：「還愣著幹嘛？快點把我們的主席拉起來。」吊車司機已經是嚇得一身冷汗，聽到總指揮這樣下命令，才又起動吊臂，將石像又拉了起來。這一下子，石像終於穩穩當當地站著了。

待石像站穩了之後，人們才圍聚到那個倒在石像腳下的屍體，看到屍體被石像的襠部壓出了一個清晰的「V」字。

由於屍體已經被壓得面目全非，完全無法辨認出是誰，再加上所有的人衣服穿得都是一個顏色，沒有辦法從她身上穿的衣服來認領。因此屍體在廣場上躺了足足有半天，一直到晚上，夜幕降臨，才由火葬場的工人直接拉去火化了。

這個死去的女人是誰呢？沒有人能夠肯定地對自己說是誰。只是有些人的生活從此發生了變化。

張解放只知道從那一天——石像矗起來之後，他就再也沒有看到他的母親了。張貧的身活也發生了很大的變化——從那一天之後，他的枕邊就再也沒有伴他入眠、為他暖被窩的老婆了。

有人在廣場毛主席的石像下碰到了張貧，問道：「老張，你的老婆呢？」

張貧答：「回她娘家去了。」

那人用手比了一個「V」字形（表示那天死去的人）接著問：「那……那……那個被壓死的人不會就是你的老婆吧。」

張貧匆匆的答道：「不會是，絕對不會是的。她真的是回娘家去了，說不準過幾天就回來了。」

那個人也真有一股子纏勁：「回來？你是想見鬼去吧。」說著便哈哈地大笑起來。

張貧也不跟他糾纏下去，就匆忙地離開了。在張貧離開之後，廣場上便盛傳著張貧老婆的死訊。人們說，張貧不敢承認，那是因為他老婆被毛主席「用」過了，借給他一百個膽子，他也不敢去跟毛主席他老人家爭女人呀！

那個死在石像下半身的女人究竟是誰？確實，一直到現在都還沒有一個權威的說法。流傳最廣，也是最有說服力的就是說她是張貧的老婆。

在廣場上傳播的較為正面並帶有一定思考在裡面的小道消息這樣說：

「張貧的老婆一死，毛主席的像就矗立起來了。一死一生，代表著宇宙間需要有一種平衡。沒有死，焉能生？」所以，在廣場中間流傳著那個高大石像是活著的傳說。說它的眼睛時刻注視著廣場上的每一個人，無論站在廣場的哪一個角度都能感受到毛主席在注視著自己。包括人們心裡面想的是什麼它都知道。張貧的老婆以她的死，換來了石像的生。「生得平淡、死得偉大。」

四、張解放、明翠、王幹：在毛手勢下離開成都到農村去

耗費巨大財力人力，這座「毛主席揮手指示我們前進」的巨型雕塑及周邊配套建築，最終在一九六九年新年前全部竣工！算是為新中國成立二十周年獻禮。

據統計，當時參加「義務勞動」的單位有七一〇個。學生、工人、市民，都要到府南河搬運河沙卵石或到工地勞動，浩浩蕩蕩。宜賓地區為敬建毛主席展覽館，獻上了珍貴的楠木和白果木；寶興縣把開採出來的大理石，專門築路運到雲南去打磨，而後經成昆線運回成都……

當時中國和蘇聯為「珍寶島事件」嚴重武裝衝突，為配合宣傳，「萬歲館」在修建過程中就發揮著重大的政治作用。

其舉辦的第一個處女秀就是——「《打倒新沙皇》展覽」。在尚未完工的建築裡展出了新沙皇赫魯雪夫的修正主義路線。展出了被我軍打趴下的蘇聯坦克，和在修正主義路線下生活在水深火熱中的蘇聯人民。「不堅持革命，就會落後挨打。」展覽告訴群眾，只有紅色中國才是世界無產階級革命的中心。

第二個現場秀是：毛主席目送「知識青年到農村去，接受貧下中農的再教育」。

頭一天晚上，張貧對張解放說：「去吧，到農村的廣闊天地中去，在那裡大有作為。」張解放則反駁道：「我去的可不是什麼好地方，那可是鹽源啊。鹽源、鹽源，用鹽不用買、汗水滴成鹽。天高地遠的，據說那裡在以前是流放囚犯的地方。」

張貧安慰兒子說：「去吧。不去那裡你又能去哪兒呢？我又不能養你一輩子。」張解放憂慮而絕望地說：「我可是要在那裡待一輩子啊」。這父子倆人就沉默了一會兒，張貧像是有一個重大的發現，臉上露出了笑容問：「你們不是明天要在毛主席像下面誓師出發嗎？」張解放點點頭，他不知道父親為什麼要提起它，這與他到農村去有什麼關係：「那又有什麼關係？」

「你注意看毛主席像了沒有？」

張解放嘆了一口氣：「天天都要看到，已經沒有感覺了。」

張貧點點頭：「是的，天天看，天天看，到後來的感覺就像是什麼也沒有看到一樣。可是你注意到沒有？」

「什麼？」

「毛主席向前伸出的手。」

「那又有什麼？」

「毛主席向前伸出了五個手指頭。」

「那又代表了什麼？」

「伸出的五個手指代表了最多在農村待五年。」

說到這裡，張解放的臉上露出了笑容。這是這一段時間以來，張解放第一次在臉上露出了笑容。就像是一個溺水者抓到了一根救命的稻草。張解放在這一刻，在抽象的意識中抓到了一根回城理論的尾巴。

五年……五年……說長也長，說短也短。總之只要有了時間表，就有了希望。有了希望，就可以慢慢地熬（正面的詞就是——等待）了。

第二天一大早，有人來叫張解放。張解放提起早已經準備好的包袱出門去，看到一個平日要好的同學正在家門口等他。一臉興高彩烈的樣子。

張解放說：「那麼高興幹什麼？」

那個同學說：「響應毛主席的號召到農村去，知識青年到那裡將大有作為。」

張解放說：「我正在擔心回不來了呢。」

「沒想到這句話竟然會從你的嘴巴裡說出來，」那個同學氣憤得滿臉通紅，「毛主席手指向哪裡，我們就戰鬥到哪裡。我已經準備好了，在農村廣闊的天地裡，紮根、戰鬥一輩子。」

一路上張解放沒有講話，因為他知道自己剛才的那一番話，是不適合在公眾場合說出來的，它只能夠說給自己最親的親人或朋友說。從那位同學剛才說出的那一席話來判斷，張解放確定他們已經不是朋友了。況且再往前走離廣場越近，那裡的人已經足夠算作一個人海了，他的那些話就更不能說出口了。於是，他便只有將嘴巴閉得緊緊的——如果不知道剛才的場景，而僅僅是看到這一個片面，那麼會覺得張解放臉上表現出的是一種堅定的如同鋼鐵一般的義無反顧的氣質。

好像抓住了一個表現自己的機會，那個同學一路上不停地重複說：「毛主席指引的方向不會錯的。毛主席指向哪裡，我們就戰鬥到哪裡。」說著他們已經可以看到廣場上那高高矗起的毛主席像了，他更加激動了起來，指著石像揚起的手臂說：「你看看，毛主席揮起的手，不正是說：『到農村去，那裡將大有作為』。」

張解放聽到這裡，便在心底笑了出來，他想：每一個人真的不一樣，人人都根據自己的需要來理解事物。我理解的是，毛主席說——「小夥子們去吧，放心的去吧，我保證五年之內就讓你們回來。」但是，心裡是這樣想的，嘴裡卻不能夠這樣說，一直以來在廣場上接受教育的他知道什麼是應該說的，什麼是不應該說的。張解放只能順著他說：「是的。是的。是的。你說的是，完全正確。你的覺悟高，我要好好向你學習。」

聽到張解放這樣表揚，那位同學就更多話了。頃刻之間，張解放就感覺到耳朵邊有一千隻鴨子在「呱、呱、呱，呱、呱、呱……」地亂叫著。張解放一邊忍受著耳邊的噪聲，一邊為了分散聽覺的精力在想著──自己真是「瞎了狗眼」，不，不是狗眼，應該是「聾了狗耳」，怎麼會交上這樣的朋友？這樣懊惱著，便覺得耳朵邊的噪音不是那麼獨一無二的響亮了。

到了廣場上，去農村的知識青年已經站成了整齊的兩排，正在等著市裡面的幹部，黨使絆發表「重要」講話。「講話是重要的、計劃是成功的、會議是圓滿的、工作是勝利的……」。一想到這張解放就又想笑，他一直忍著，憋得滿臉通紅，正在這時黨使絆在隨從的陪同下大步走了過來，在經過張解放時，黨使絆停了下來，他站在張解放的面前，伸出手拍了拍他的肩膀說：「小夥子，看你激動的滿臉通紅的樣子。是不是想要長上一雙翅膀立刻就飛到讓你們大有作為的農村去呀。」張解放緊閉著嘴，使勁地點了點頭。他不敢說話，害怕一張嘴，那些笑就會如打開的閘門，一發而不可收。張解放的臉更紅了，紅得像太陽。好在黨使絆在拍了他肩膀之後就離開了他，站到了毛主席像下面的臺階上，發表「重要」講話。

黨使絆身後「毛主席思想展覽館」建築外面的腳手架還沒有拆除，有幾個工人正站在架子上給窗戶刷油漆。紅色的油漆在陽光下面閃耀的像是剛剛從鮮活的生命裡流出的鮮血。刷好油漆的窗戶就像是一張張張大的剛吮吸了鮮血的嘴巴。窗戶中間空白處的鐵欄杆則像是巨大的牙齒。

遠遠地望過去，黨使絆一張一合的嘴與身後「毛主席思想展覽館」血紅的窗戶組成了一系列的嘴巴──遠近高低、近大遠小、重重疊疊，很是好看。

黨使絆說了些什麼？已經沒有人能夠記清楚了。但是，不用他說，別人也會知道他會說些什麼，因為人們知道他「只能」說些什麼。「只能」——就是別無選擇。由此廣場上一些善良的人會這樣同情這些官員：我們沒有自由，但是，你看看，他們也是沒有自由的。於是彙集在廣場上的群眾便對自由不是那麼的計較起來。原因就是大家都沒有。我沒有，你沒有，他也沒有，大家都沒有。這就是公平。共產主義的基本原則——平均主義。

站在張解放右手邊數過去第三個人是明翠。張解放將頭向右邊扭過去，看到一對挺起的胸部，就像是一座山突然間站了起來。「那是長在明翠身上的珠穆朗瑪峰」，一想到這裡，張解放下體中的山峰也長高了起來，為了掩飾，他只有將手放進褲子的口袋裡，做出一種那凸起的地方是手的假像。除此之外，唯一能做的就是——等黨使絆講話結束。

廣場中央的高音喇叭傳出了雄壯的歌聲：「四海翻騰雲水怒，五洲振盪風雷激……」、「乘東風，迎朝陽，時代的列車奔馳在祖國的原野上」這些聲音像是具體的包袱似的填滿了明翠的心。不覺得，她把胸脯挺的更高了，看得張解放的鼻子流出了血，他悄悄的抬起衣袖將血擦乾淨。還好別人的注意力都在空洞的未來之中，沒有人注意到他的這一舉動。自從懂事以來，明翠深切地感受到自己與其他根紅苗正的人的不平等，今天她終於與他們一樣了，可以一起參與到上山下鄉的這場偉大的運動中去……裝滿知青的專車，喘著粗氣準備出發了。在歌聲的伴奏下廣播員在念著慷慨激昂、振奮人心的廣播稿：「毛主席教導我們說，知識青年到農村去，接受貧下中農的再教育很有必要……」

不知是被毛主席的話感動，還是想到自己就要離開家，擦鼻子、抹淚的哭聲響起來了。像潮水一樣一浪高過一浪：「兒呀」、「媽呀」——哭著、嚎著。市革命委員會組織的龐大的樂隊奏出雄壯的管樂——「向前，向前，我們的隊伍向太陽，腳踏著祖國的大地……」、「無產階級文化大革命就是好，就是好，就是好來就是好……」進行著。整個廣場上，哭聲、叫聲、管樂聲響成一片，鮮花，人群，口號，一片沸騰。多少母親、父親、七大姑八大姨哭成淚人兒。明翠的媽媽哭得暈過去，被兩個人架著雙臂送回了家。這讓明翠覺得自己有一些丟人，就是在這一刻，明翠猛然間覺得自己有些恨母親了：是她去做了資本家的小老婆，是她將自己在資本家就要沒落時生了下來，是她在被送去當兵以洗清自己身上罪惡的改造中獨自跑回來了，是她非要長得這麼漂亮而讓人們將目光停留在她的臉上；為什麼她不待在新疆改造不回來？為什麼她不將自己的漂亮臉蛋割破，讓別人從此不敢再看她？為什麼、為什麼？

這時也有少數人一言不發，默默地注視著一切。可能在想：「哭什麼？哭什麼？當初的雄心壯志哪去了？」……終於黨使絆的話講完了，一聲下令：「出發」。話音剛落地——就像是一把扇子對著一堆麵粉煽動著——陣陣喇叭長鳴，灰塵從地下卷了上來，裝著知青的汽車緩緩地駛出了廣場。只剩下車輪和地面磨擦的聲音，還有輕輕的抽泣聲。在汽車就要駛離廣場時，不知道是誰指著高聳的毛主席像高喊了一聲：「孩子們，放心的去吧！毛主席說了，最多過五年你們就可以回來啦。放心的去吧！放心的去吧……」

聽到這喊聲，不但沒有讓孩子們高興起來，反而更深地觸動了他們的離別之情，不知誰傷心地大哭起來，引起了一呼百應，整個車廂頓時一片哭聲。明翠那天正好是十九歲的生日。這是她十九年來，過的第一個望著媽媽背影遠去的生日。剛剛的離別怎能叫明翠不落淚？在這一天，總有許多可以哭的理由，總有特別傷感的淚水要流。終歸，哭聲一次低於一次。確實，哭不僅傷心而且挺累人。還不如唱革命歌曲來勁，於是有不少知青唱起了歌來，唱的是革命歌曲，意志可堅強啦。這也許就是「革命的樂觀主義精神」的直觀表現。

夕陽西下，知青專車出了成都，過了一座被紅衛兵砸光了欄杆上石獅子的石橋。在飛揚的塵埃中大家拿出雞蛋、粽子。打開軍用水壺蓋，開始吃「晚飯」了。張解放帶了十個粽子，是包糖芯的，在成都也難得吃到的美味佳品，那是憑「支邊青年」的牌牌，不排隊在春熙路糖果店買到的，享受到一回黨和毛主席給支邊青年的最好待遇：不排隊買好東西。吃起來，從嘴裡到心裡都甜透了。

這一天是一九六八年五月四日。

望著知識青年們遠去的背影，黨使絆感慨地對緊跟在身邊的張貧說：

「人民創造了歷史，但是我們創造了人民。」

「精闢，太精闢了。你看黨中央讓這些剛畢業的學生到農村去，於是他們就到農村去了，接受貧下中農的再教育，成了一名知識青年。這可是空前的新生事物呀！」陽光下張貧的臉白得像是一張紙。

黨使絆對張貧的吹捧不置可否，他說：「我認為，黨中央讓這些學生到農村去主要的原因是這兩個：一是，城市已經安置不下這麼多人口了（他稍微停頓了一下，接著說），換一個角度來說就是城市養不活這麼多閒人；另外就是，紅衛兵小將們鬧得已經有些失控，但是又不能直接說他們的革命熱情是錯誤的，那樣會打擊他們純潔的革命激情。於是乾脆將他們送到農村去，讓他們過剩的精力到那裡去發洩。」

張貧這才恍然大悟地驚呼道：「高，真高。妙，真妙。這可是一箭雙雕呀。」

一回到辦公室，關上門，黨使絆就給市公安局局長打電話，在電話中他叫喊著：「你一定要把那個喊『毛主席說了最多過五年你們就可以回來啦』的人給我挖出來。太不知天高地厚了，毛主席都沒有表態，他就說什麼五年之內就可以回來，這不是破壞我們的下山下鄉的政策麼。記著，你要把這件事當作一項嚴肅的政治任務來抓。」

一聽到這是「政治任務」，電話那頭的人馬上意識到了事情的重要性，他表態道：「請領導放心，我們就是把廣場掏空了也要找到他。」

五、明翠、張解放、王幹：那些經歷像泡茶一樣漸漸的由濃變淡、變透明

王幹、張解放與明翠一同被下放到鹽源的一個荒涼的地方去插隊。

以下是多年以後，那些回城的知青們在處於廣場西南角的清真寺中茶館裡的話題。經歷就是一切。沒有那些經歷是沒有資格坐在這一群人中間的。無論怎樣，還是讓我將他們述說的東西抄錄下來，作為一種聲音置放在這個廣場上。這個廣場既然已經承載了那麼多——垃圾、人群、運動、政治、別離、歡聚——就讓它再承載一些聲音、話題吧。

經歷成為茶館裡的話題：

張解放（分配到生產隊）：

下鄉之前，學校工宣隊請了幾個六〇年代初自願下鄉老知青介紹經驗。哪想到同學們以剛剛經歷了文革鍛鍊的、敏銳的大腦發現，原來鹽源是「三窩」：麻風窩、土匪窩、勞改犯窩。於是大家發揚造反精神、鬧了起來，堅決要求換個地方。工人師傅只引用毛主席的一句話「下定決心、不怕犧牲，排除萬難、去爭取勝利」，就讓我們背上背包出發了。因為毛主席的戰士是可以「戰勝一切困難」的。

我們準時出發了。連續坐了四天汽車，穿過奔騰不息的雅礱江，又翻過高高的折多山，終

於抵達了只有兩排房子夾著一條街道的縣城。因為剛下過雨，街道上的泥濘漫進了鞋裡，每走一步都啪嘰啪嘰的響，像是鼓腳掌歡迎我們的到來。這天是一九六八年五月八日。五月八日，「我發」，算得上是一個好日子，遺憾的是一直都沒有「發」。以後我無數次在各種表格裡填寫這個日期。工齡就從這天開始算起。哈哈，不到十八歲參加工作，算個「老革命」吧。

按照政策，知青每人有兩百四十元安家費，由國家直接撥給生產隊，作為知青第一年的口糧、農具、生活用品和修建住房的費用。剛開始我和幾個同學被分配到一個富裕的生產隊，隊長領我們回去，把住的地方安排好，還請我們吃了一頓豐盛的晚餐。不過那個地方離公路還是太遠了，上公路要走好幾十分鐘的路程，交通很不方便。

當時我心裡的感覺就是公路連接著家，靠公路近就等於靠家近。公社黨委書記同意了我們的要求，把我們安排在緊靠公路的一個生產小隊。但這是一個比較窮的小隊。

明翠（住宿和吃飯）：

剛到地方，隊裡就把我們安排在生產隊的保管室裡。看上去這是那兒最好的房子。保管室有一排房間，騰出其中兩間來安頓我們。一間的樓上住了七個男生，下面是生產隊開會的地方；另一間的樓上搭幾張床，住三個女生，下面當廚房兼農具保管室。所謂的樓上就是閣樓，用木板鋪了半邊。在閣樓上伸手可摸到屋頂的瓦片，邊上架一把活動木梯，斜度很小。我在這裡一住就是近十年，練出了上下木梯的好身手。那時剛好在看七俠五義之類的小說，上下木梯有飛簷走壁的感覺，於是我就自稱為「本姑奶奶」。

剛開始新生活，隊長派了一個五保戶婆婆做「技術指導」，教我們做飯。做飯哪個不會？在家裡我也是做過飯的。想要表現一下自己，搶著先忙碌起來。哪兒想得到，這兒燒一種奇怪的煤，是當地煤礦出產的，好像沒有完全進化好，半木柴半煤炭，沒有木柴好燃，又不如煤炭燃燒時間長。要不就點不燃，要不就沒有火、只冒煙兒，而且每頓飯都要現生火，不像一般的爐火，可以連續不熄，揭開爐蓋就能用。所以生火的技術成為做飯的關鍵。記得剛開始，每當新手做飯時，「本姑奶奶」們就像遊擊隊員突破鬼子的封鎖線一樣，冒著滾滾的濃煙，飛速跑下樓梯，逃奔到屋外，大口大口的哈氣。

那裡的習慣是一天只吃兩頓飯。早上九點吃早飯，飯後出工，中午稍微休息一下又出工，下午四點收工吃晚飯，之後就是自由活動時間了。我們剛去很不習慣，早飯至晚飯之間，勞動強度大、消耗大，常常忍受著飢餓，搞得胃都疼。後來發現農民們中午都要吃點零食，比如玉米粑粑之類的，我們沒有，只好忍住。

王幹（鬼故事）：

住下之後斷斷續續地聽說了一些我們住的房子的故事。將它們連接起來大至是這樣：這房子是當地地主在快解放時才修建好的。共產黨打過來後，將房子的主人槍斃了，於是這幢房子順理成章地成了共產黨教育群眾的地方。

在這裡開批鬥會，在這裡宣佈將某某槍斃，甚至還直接在這裡吊死過土匪。最嚇人的情節是，用一根細且結實的麻繩將地主婆吊在她自家的屋簷下，然後往她的褲子衣服裡一個一個地裝進鵝卵石，直到地主婆的脖子斷掉。據說身首分家時，斷裂處並沒有流出血來。地主婆身體裡所有的血都跟著她到了地獄，這就意味著她將變為厲鬼。

張三（鬼故事）：

共產黨派來的幹部當然不相邪，他們在的時候什麼怪事也沒有發生過。這個窮山惡水的地方，上面派下來幹部自然不願久留，在將當地人制服之後，就回大城市享受勝利果實去了。將這地方的管理交給了當地人。

也許是鬼也會審時度勢，在共產黨幹部走了之後，就出來鬧事了。在這個房子裡工作的人，經常會經歷一些奇怪的事情，總覺得耳朵裡有奇怪的嗡嗡聲。回家後晚上睡不著。睡著了後就做同一個夢：一個沒有頭的女人，一隻手提著一個頭，另一隻手拿著一根針，念叨著「把我的頭縫到身上去、把我的頭縫到身上去……」聲音淒慘得像是黎明前的霜霧，冷冽。於是沒有人敢在這裡工作了，這裡就成了保管室。

明翠（鬼故事）：

表面上看起來，我們往的是當地最漂亮的房子。是當地重視我們這些上山下鄉知識青年。

其實背地裡是因為有鬼。

這可是真正的有鬼。奇怪的是，我們從來就沒有看到過鬼。當地人解釋說，我們知青是毛主席派來的。在神仙界，毛主席比閻王大，所以鬼不敢出來騷擾我們。

（正說著，明翠看到有一個人盯著她在看。明翠看了他一眼，就將目光轉開，以免長時間與這個不禮貌的人對視。沒想到這個看她的人在看到她看他之後，反而向她走了過來。他說：「我認識你。」明翠有點兒吃驚：「你認得到我？」、「對，我認識你。你可是鹽源知青裡的大美女。哪個敢不認識？我是你隔壁生產隊的……」他說了那個大隊的名字。王幹，哦了一聲說：「哈哈，我們兩個隊為了搶水還打過架。來、來、來，不打不相識。坐下來喝茶。」因為共同的經歷，大家成了朋友。）

王二（**出工及分工與工分**）：

接下來就進入最主要的程序，開始出工。工分多少全憑貢獻大小。比如說栽秧、收割，拔草等等，按每塊地的大小劃定工分。可以幾個人承包一塊地一起栽，然後這幾人平分工分；小塊地也可以一人包做。如果是背東西（那裡人習慣背，不像北方人挑），背到地頭由記工員過秤，按斤數記工分。如果是大片地的除草，挖掘、播種、收穫等活路，就站成一排，每人一壟，齊頭並進，先幹到地頭的就休息等待，然後大家又重新開始下一壟。在這種情況下，大家就拿一樣的工分。對女娃娃來說，這種情況最苦了，因為力氣小，別人都到頭了，她還吭哧吭哧沒幹完。剛剛到頭，大家又開始繼續了，於是歇都歇不到一會兒。最喜歡的事情是摘葵花籽，人手一盤葵花，一邊收，一邊吃。如果是在場上打糧食，因為混戰在一起不好量化，就按勞力強弱分成幾等，一般男的強勞力記十分的話，婦女就是八分，半大的小子就是六分。

說人民公社是吃大鍋飯的制度，實在是天大的冤枉。那兒是真正的按勞分配，我倒是巴不得能混上一口「大鍋飯」。不要低估當時農民兄弟的智慧和管理水平。山野出刁民，這民間智慧的結晶。那時候勞動效率不高，主要是因為勞動成果不直接是自己的，所以大家都沒有主動性。

鹽源地廣人稀，一年四季，有永遠幹不完的活路。出工全憑自覺，有事打聲招呼，不去就行了，反正不出工沒工分。多勞多得、少勞少得，不勞動者不得食。大隊屬於窮隊，年終按工時結算時，一個工時只有二角三分錢左右，旁邊搞得好的生產隊，可以達到五角。一個工時等於十個工分，最小單位為零點五分，強勞力每天可以掙十多分甚至更多，體力弱的人，每天只能掙六分或者七分。知青一般只能掙夠口糧錢，從來沒有分到過現錢。零花錢還要靠家裡頭給。年底結算後，每人除掉口糧錢，剩下的按工分多少分給社員，叫做分紅。

明翠（體質與自留地）：

我那時有個毛病，在炎炎烈日下幹活時，經常一低頭就流鼻血，用紙堵上，很快就全被血浸透。就這樣也要一刻不停地幹活，沒有休息的餘地。起立時則常常眼前一黑，站立不穩。這毛病經常反復發作，發作時，幾乎天天流鼻血，有時一天流幾次，無藥可醫。親人遠在他方，沒有人有能力幫助我，不曉得我是怎麼挺過來的。多半是全憑著年輕旺盛的生命力。那個時候我們那兒有個女知青，才十七歲，體弱怕累，但是手很巧、會打毛線，她就多數時間在家為別人打毛衣來充工分。

噢，有一次收到過一個回成都探親的知青捎來的兩斤白糖，當著眾人說是胡井支的老婆托他帶的。我問：「是姓明麼？」答：「是。」我一下子就將白糖丟進了門前的水塘裡。叫喚著：「資本家的東西我是不會要的。」其實，心裡頭想要得很。那個時候糖的吸引力太大了，但是又害怕這是黨在考驗我，只有忍住口水了。那個水塘裡的水，甜了好久，塘邊的飛禽走獸比以往多了好多。

每個社員都按人頭分有自留地。一人一分地，我們十個人加起來正好一畝自留地。隊裡把緊靠水渠又緊靠我們住處的一畝好地劃給我們作自留地，為的是我們澆水照管方便。於是乎，每天下工吃完飯後，我們就要伺候自留地，澆水拔草施肥。等到蔬菜們都發芽並茁壯成長之時，我們卻都沒有了興趣。也不知誰帶的頭，開始是兩個、三個，最後是全體，向自留地宣佈罷工，不伺候它了。結果，自留地的菜除了黃豆，全部枯萎、死光了。

黃豆成熟以後，我們嫌麻煩，也不去收。有一天，副隊長背著一捆豆秸闖進院子，大聲吼叫：「你們這些娃娃呀，到嘴邊的東西都不收回來，懶透了！我都幫你們割下來了，跟我去收回來。」副隊長又手把手地教會我們做豆腐、豆花，美美地吃了一段時間。以後，我們就只種黃豆了，種下也不管，由它自己去長。根瘤菌是個好東西。

（閒扯到這裡，明翠的母親明淨來喊她回家吃中午飯：「明翠，快回家吃飯了。」說著還責怪道：「這麼大了，都不知道自己找點事做。一天到晚就曉得吹牛。」明翠說：「不是還沒有分配工作麼？好的。媽，我馬上就回去吃飯。」等明淨的身影消失之後，李四問：「明翠，你母親的病好了？」明翠輕描淡寫地回答：「我媽其實沒有病。當時為了回成都，裝的。」

說完大家就散了。臨走時，王幹提醒到：「吃完飯再回來，接著吹哈。」）

王幹（讀書）：

大家一定想知道，收工以後做啥子呢？雖然是小小的中學生，但還是有點資產階級殘留的。收工後，首先要把自己洗得乾乾淨淨，還要把衣服洗得乾乾淨淨，以至於老鄉說我們的衣服不是穿爛的，而是洗爛的。在月光明媚的時刻，常常詩興大發，拿起琴，坐在水渠邊，對著月光，盡展歌喉，抒發情感，常常惹得過往行人駐足傾聽。

另外，最主要的事情就是讀書。我們的中學歷史久遠，原來有豐富的圖書館藏，文革趁亂之際，許多書被學生們「搶劫」了，以後又大批的帶到鄉下。再加上個人的書籍，成為豐富的流動圖書館。大家不分彼此，不分遠近，互相借閱，晚上基本上就是我們的讀書時間了。在一盞盞煤油燈下，如饑似渴地閱讀，馬恩列斯毛，黑格爾，費爾巴哈，歌德，普希金，海涅，托爾斯泰，巴爾紮克，傑克・倫敦……許多書，都是在「農村大學」讀的。油燈是自製的，用墨水瓶裝油，牙膏皮當蓋，中間挖一個孔，買來燈芯安上就成了。在農村還有一個額外的收穫，我剛上初中時眼睛就近視了，下農村後近視眼不治而愈。但以後上大學時，又成了近視眼。

在我這一輩子中，文革期間讀的書最多。因為有大量的孤獨，只有用讀書來填補。

王二（工作組）：

剛下去的日子，每天收工，都陸續有人找上門來，開口就稱「王同志」或「李同志」。然後就開始反映問題，對這個、那個有意見，要求我們解決這個、那個的問題。原來把我們當工作組了。這裡以前下來過工作組，有部分社員沒搞清楚知青是怎麼回事，認定我們是來「工作」的。我們只能一遍又一遍說：我們是知識青年，是來接受貧下中農再教育的。通過傾聽，我們發現，這裡的主要矛盾是宗族之間的矛盾。都是雞毛蒜皮的利益之爭。隊裡主要分為呂派和李派。兩大家族，隊長姓呂。生產隊的領導包括記工員等是社員定期投票選舉產生的，人多當然勢力就大。

不管哪派，對我們知青都是相當好的。我們也沒興趣參與他們之間的爭執。

李四（工傷）：

剛開始勞動時——大概三個月左右吧，天漸漸變冷了，凍得手和腳都想像烏龜一樣縮進殼子裡頭。那個時候我覺得烏龜是世界上最幸福的動物。有一天，我和王幹在挖渠道——就像現在城市裡挖路一樣。那時候也是挖了又填、填了又挖，折騰唄。我實在是不想幹了，對王幹說：太累了，真他媽的不如死了。王幹說：就是。我問：有啥子辦法能休息幾天？王幹只說了兩個字：工傷。這真是他媽的好主意。我找來一塊石頭，砸自己的小手指。下不去手，便讓王幹幫我砸。起先王幹不幹，說這是破壞社會主義生產。戴上了這頂帽子那可不得了。我保證不會把他供出去。最後還答應給他五個雞蛋，他才肯用石頭砸我的手。那一石頭砸下去可真狠，骨頭都斷了，僅只剩一層皮連著。不狠一點怎麼能裝得像？那些土裡吧嘰的農民精著呢！用一根小指換來了一個月的休息，也算是值了。

張解放（回家過年）：

第一年勞動最艱苦，但生活不愁，有國家給的生活費墊底。一轉眼就要過年了。臉上曬得黑黑的，手上帶著鐮刀砍出的傷痕，踏上了回家的路程。

因為我們是第一批大規模插隊的知青，那時的政策還不明確，不曉得能不能回城，也不曉得幾時能回城。人民南路廣場上，那座冰冷石像的右手高高舉起，手掌向前伸展。當時廣泛流傳著一種說法：毛主席他老人家的手勢預示了招工的時間。有人說，毛主席表示五年不招工；也有人說，不對，是四年，大拇指是握著的。於是同學們就約在一起，去人民南路廣場，看看毛主席的手勢究竟是怎樣比劃的？看了之後大家都說是五個手指。可是有一個心細的人轉到了毛主席像的身後，猛然驚叫起來：「快來看呀，你們快來看呀，這後面還藏著四個手指頭呢！」才冒出的一點點希望就破滅了。

王二（手抄本）：

從成都回到農村，突然知青隊裡冒出來了好幾本黃色手抄本。什麼《少女之心》《曼娜日記》等等。我每天晚上都躲在被子裡邊看手抄本邊打手槍。那段時間，大家一收工有的連飯也顧不上吃就上床了。幹什麼？彼此都心照不宣。於是，陰冷潮濕的屋子裡面彌漫著一股青豆的味道，終日不散。現在想起來都覺得噁心。

明翠（手抄本）：

有一天，李四很神祕地對我說：我這裡有一本很好看很好看的書，要不要我借給你看？看到他一臉壞相，我就知道不是什麼好書，斷然拒絕了。後來聽說他借給了鄰村的一個女知青看。當時就給她「就地法辦」了。幸好，我覺悟高，沒有上當受騙。

張解放（手抄本）：

那時，憑著手抄本，男知青不知道破了多少女知青的身子。唉！

張三（手抄本）：

那些日子，所有的知青上工都是無精打彩、有氣無力的樣子。公社發覺不對頭，追查下來，在知青住的地方搜出了上百本沾滿了斑斑精液印記的手抄本。據說，有一個生產隊的知青因為正在用複寫紙抄手抄本，被抓了個現形。以「破壞知識青年積極生產罪」被判了十年刑。算是殺一儆百吧，從此手抄本就極少了。

王幹（砍柴）：

春節返回，首先面臨的就是解決做飯的燃料。引火的木柴，按照政策，生產隊沒有義務繼續供應，要麼買，要麼自己上山去砍。為了省錢，大家決定自己砍。

萬一上山失去聯繫，迷路了怎麼辦？有人提議，都學會吹口哨，用口哨聯繫，於是，就開始練習吹口哨了。哇，我發現我是天才，將食指和拇指合攏成圓圈，壓在舌上，舌尖微翹，嘴唇收攏，「噓——」的一聲，響亮的聲音就出來了。有的同學怎麼練都不行，總是破響破響的。於是我就成了重要的砍柴聯絡員，想要不走丟，跟著我就是了。

天朦朦亮，我們就背著背兜、帶著砍刀出發了。離大山越來越近，順著蜿蜒的小路一步步向深處行去。爬著爬著，開始氣喘吁吁，背著空背兜都這麼累，回來背上木頭，還能走得動路嗎？乾脆就近找一片林地，歇口氣，男生砍，女生幫著收拾，男生背大頭，女生背點小樹枝。口哨終於沒能發揮作用，真正出力的時候，嘴巴成了毫無用處的東西。

（起了一陣風。在成都這塊盆地裡頭，能有風吹進來，是讓人感覺興奮的。身體涼爽爽的，像是脫下了一件汗衣服。王幹抬頭望了一下天空，烏雲已經在不知不覺中佈滿了天空。心一下子就潮濕起來。張解放說：「不會下雨吧？」張三說：「就是下下來也不會太大。」果然，雨就打下來了。他們幾個人，端著蓋碗茶轉移到了一棵枝葉濃密的大樹下接著吹。雨細細地下著，在他們的頭頂上發出滴滴嗒嗒地輕響。就是透不進來。）

明翠（討菜、偷菜）：

討菜的方式是這樣的，飯做熟以後，舀滿滿一碗，端著飯，拿上筷子就出發了。一開始，是去附近的農戶，剛去時人家一臉熱情，拿出自家做的酸菜，豆豉、豆腐乳，甚至炒菜盡情招待。後來被要怕了，遠遠看到這幫人，就開始堅壁清野，藏起所有的菜。於是只好向更遠處的農家進軍，又重複那過去的情節。也有好心的姑娘媳婦送菜上門，以報答我們幾個女知青平時送給她們的小恩小惠：幾支繡花線，一點洗衣粉，一小盒百雀靈，一面小圓鏡等等。有疼愛之心的老婆婆也會請我們幾個女生去，享受一頓豐盛的飯菜。男生們很可憐，享受不到此項優惠，他們人多，又能吃，人家可請不起。

最後討菜也不行了，不知誰提議去偷。偷之前是這樣做思想動員工作的：我們蓋房子的錢，全被生產隊挪用了。別的小隊都給知青蓋了房子，他們不給我們蓋房子。我們偷點菜也不過分吧（我們的錢確實被生產隊挪用滿足急需去了，隊長跟我們講過。其實我們內心也並不在乎，因為誰也不想在那裡安家過一輩子）。解決了來自道德方面的心理障礙，於是開始籌劃，選擇時機。在一個月黑風高的晚上，男生拿著麻袋、鐮刀、出發了。其實根本就談不上出發，集體的菜園就在我們旁邊，幾步路就到了，整天望著流口水，不打壞主意才怪。女生望風，規定了報警的暗號，結果什麼警也沒有發生。總之，非常順利地偷了滿滿一麻袋蓮花白。不知又是誰靈機一動，學著電影裡的情節，把蓮花白外面的老菜葉沿著與我們住處相反的方向拋撒了一路，用以迷惑「敵人」。第二天一早，菜園被盜的情況很快被發現，隊長卻一聲不吭，農民們也一句沒罵。

張解放（養豬）：

有一天傳來一個令人高興的消息，隊裡摔死了一頭小黃牛，問我們知青敢不敢吃死牛肉。三月不識肉滋味，肉送上門，豈有不敢之理？於是，磨刀霍霍向死牛。請來有經驗的農民，現場指導破膛剜肉，給臨近生產隊的知青們送去一部分，又請來緊靠我們生產隊的知青戰友們。大家開懷大吃，加上腸腸肚肚，五臟六腑，記不清到底吃了幾頓，終於把這條小牛從世界上澈底消滅了。

有村民趁機勸我們：養頭豬嘛，你們打穀子的糠，還有豆渣，賣了也不值幾個錢，還不如喂頭豬，以後有肉吃。剛剛嘗到牛肉甜頭的知青們這次爽快地同意了。於是，買了一頭小豬仔。此後數月，小豬成為我們的夥伴，每天與我們同吃同住。

從下鄉一直到回城，從來沒有過飯桌。飯菜都擺在鍋裡或灶臺上，大家盛在碗裡，就隨便找個地方一坐，或者一站、一蹲，各吃各的。有了小豬以後，小豬成為我們的就餐中心。大家常常在院子裡圍著它吃飯，看著它吃飯，口裡還念念有詞：小豬小豬快快長，再長一指膘。通過養豬，我們學會了有關豬的技術指標的概念，農民賣豬之前是不管重量的，主要用肥肉部分的厚度來衡量豬的成熟度，厚度尺寸也不是標準的度量衡，而是手指頭。把指頭並在一起，看豬的肥肉長了幾個指頭厚了，就是幾指膘。其實豬沒有宰殺時，根本無法用指頭去測量豬肉的橫斷面，但勞動人民就是這麼聰明，他們說是幾指膘，殺出來果真就是幾指膘。

由於我們心情迫切，就誇大其詞，天天叫嚷著說：我們的小豬又長了一指膘，有兩指膘，甚至三指膘了。村民則認真地搖搖頭說：「沒對喲，好像一指膘都沒得喲。」過了一段日子，一晃，又要回家過年了。豬怎麼辦？大家商量著。隊長說，可以寄養在他家，或其他什麼人家裡幫著喂。我們給穀糠就行了，大家商量來商量去，最後還是忍受不住饞涎欲滴的嘴巴的誘惑，決定殺了它，先吃為快。小豬果然只有一指膘。跳蚤肉也是肉。於是將豬雜燉了滿滿一鍋，又是一頓開懷大吃。吃完後，離回家還有一段日子，大家的眼睛不自覺的瞄向房梁，那裡掛著準備春節回來以後吃的肉。乾脆先吃一塊吧，同意；乾脆再吃一塊吧，好嘛。一塊又一塊，還沒等到春節回家，小豬就在這個世界上消失得無影無蹤了。

張三（打架）：

一群年輕人在一起，不打架是不可能的。那時候農村的青年還沒有像現在這樣到城市裡打工，全都是待在家裡「修地球」。小小的山野裝不下年輕人旺盛的精力。於是打架就成了一種娛樂。那時候人們眼中的英雄全是拳頭硬的漢子。

有一次，我們去鹽源縣城趕集。只因多看了一個村姑一眼，惹到了那裡的地頭蛇，於是一場知青與農村青年的大戰開始了。好在我們團結，雖然人比他們少，但還是全身而退了。或許是那時農民天生就覺得自己比城市人低，少了先天的氣勢。

那之後我們很久沒有再去縣城，害怕再遇到他們。一直過了大半年，天冷了再又開始回暖。小草從地裡鑽了出來，尖尖的、青青的。我們才又夾著尾巴地去縣城逛了逛。嘿嘿，什麼事也沒有發生。看來農民兄弟是不記仇的。

（此時，廣場上傳來了一陣喧鬧的聲音。張解放立即停下話語，衝了出去。明翠笑了：「他愛看熱鬧的毛病就是改不脫。」過了一會兒，他回來了，說：「是幾十個老工人在市政府前鬧事。有幾個人被武警打得頭破血流。」王幹說：「這麼好看，你怎麼不繼續看下去？」、「哪裡還敢多看？湊近的人都被打了。還有便衣在旁邊拍照。可不能莫名其妙地捲進去了。」王幹自嘲道：「媽喲，現在這個社會只有老人家才有勇氣站出來，敢出聲、敢上街。我們這些人，只能忙於糊口。」、「別管他們……想管也管不過來。」於是，大家又接著往下說——）

張三（看電影）：

看電影要走近二十裡的山路，到公社去看。不吃晚飯就要上路，否則就趕不上開頭。看完電影回來，摸黑走山路，到家都十二點過了。如果有月亮的話還好，在月光下男女知青們一路唱著歌一路尖叫著，還是挺浪漫的。如果沒有月亮，天黑得像是悶在鍋蓋裡。只有小心地慢慢摸著走。到家都是深夜一、二點左右了。

不過，黑有黑的好處，可以牽著女知青的手。心裡別提有多幸福啦！

張解放（看電影）：

那時候有一部電影是我們必須得看的。只要知道是放這部片，就是再遠的生產隊我們也要走路去看。

對，就是《渡江偵察記》。片中有一個鏡頭：解放軍的偵察小分隊完成偵察任務要回到江對岸，被國民黨士兵給發現了，追了上來。可是木船的纜繩還沒有解開，偵察隊長抽出手槍，

「啪、啪、啪」，三槍就將纜繩打斷了，木船及時地起航了，逃過了國民黨士兵的追捕。當時，這個鏡頭就像是現在的大片一樣。

這個電影我們看得太多遍了，也就是這個鏡頭讓人特別提勁。每次放完這一節，看電影的人就基本上走空了。黑暗的空地上，只留下了放影機「啰、啰、啰、啰、啰……」的旋轉聲孤獨地回蕩著。

王幹（看電影）：

那時的紅色電影也可以當作黃色電影來看。比如說《紅色娘子軍》就有吳瓊花被鞭打，露出脖子下面一部分的鏡頭。白白的皮膚加上紅紅的鞭痕，真讓人浮想聯翩。還有《白毛女》，白毛女被地主強姦了。「強姦」。如何強姦？怎樣幹的？當時都在我的心裡排演了無數次。電影裡白毛女住的山洞裡有一塊石頭，有消息靈通的人指著電影屏幕說：白毛女就是用那塊石頭砸死她生下來的地主孩子的。生孩子？孩子是從哪兒生出來的？這也弄得我的心裡癢癢的。

還有《沂蒙頌》裡，婦女擠奶給受傷的紅軍喝，我都能夠透過那杯人奶的現象（碗），想像到奶水出來的地方的本質（乳房）。這就是透過現象看到本質啊！

李四（看電影）：

一九七六年夏天，聽說鹽源縣城要放一部內部電影。很好看，是一部只有領導幹部才能看的內部片子。我們知青點上的人商量著一起混進去看。果然，我們翻牆進去看了。是一部日本電影《砂器》，裡面有一組鏡頭，一個資本家的少爺強姦一個女工人。鏡頭中直接看到少爺的手伸進了女工的襯衣裡面一陣亂抓亂摸。這是我們第一次看到男人直接摸女人胸部的鏡頭。這也許就是這部電影不能公映的原因。

回家的路上。在明亮的月光中，我們都在興奮地議論著：那個男演員到底真正地摸到了那個女演員的胸部沒有？如果摸到了，那真是不可思議。當時人的保守，從一部電影的臺詞就可以看出：一個男人看了一眼女人的胸部。那個女人說了一句：「你看了俺，就要娶俺」。可見男女之事的嚴重性。所有的男知青都說：「肯定摸到了。」所有的女知青都說：「絕對沒有真正的摸到。」於是，分成了兩派人。爭論著：「摸到了」、「沒有摸到」。爭論越來越激烈。有一個女知青急了，說：「女人的衫衣裡面還有一件小衣服。」男知青們假裝都不相信。那個女知青情急之中只有在月光下解開衫衣的紐扣，讓男知青看清她裡面的那件小衣服，才徹底地結束了爭論。最後，大家都一至肯定：「沒有真正地摸到。」

王幹（招工）：

日復一日的勞作，使我們幾乎麻木、不再幻想。就在絕望之際，一個消息幽靈一般在知青的耳朵裡流傳：開始招工了。省、市幾乎所有的單位開始了大規模的招工，這意味著經濟秩序走上正軌。幾年來，形勢發生了較大的轉變，我們學校的大部分走資派子女，又變成了革命幹部子女，重新受到社會的青睞。下去時，分到了最苦的地方，招工時，好單位爭著要。結果第一批來招工的國防工廠，除了家庭有政治問題的以外，把出身好的，或一般家庭沒問題的知青全招去了，招工名額還沒用完。剩下的就是家庭有問題和父母都不是正式職工的知青，其中就包括我。

我父親由於政治問題還沒有得到解決、還是「頑固不化的叛徒特務」。我成為我們小隊中唯一家庭有「政治問題」的男知青。革命幹部、知識分子的子女們全部走光了，只剩下我與明翠（她是因為出生成份不好）。我第一次強烈感受到社會不公平的待遇。於是對人世間的不公開始有了深切的體會。以後又有單位陸續來招工，我一直不願意再報名，心想報了也沒得用。此時遠處的生產隊也還有零散的知青，公社考慮我與明翠孤男寡女，想讓我換到其他生產隊，跟那裡的知青合併。可我不願意，還是想守著這條公路，這條通往家的公路。當然更重要的是可以守著明翠。

李四（談戀愛）：

在廣闊的天地裡，城市的男知青找農村姑娘談戀愛很容易。農村裡的男青年找城裡下去插隊的女知青則比登天還難。如果誰有那種想法，真就是賴蛤蟆想吃天鵝肉了。當然，男知青也不願意與農村的姑娘談戀愛。是怕被套住，回不了城。

與我同一個屋子住的男知青，憋不住就與一個農村姑娘好上了。每次約會回來之後，就繪聲繪色的給我們講感受：上面的乳房像兩只手捧在一起，但還要多一些；下面的那個地方像一隻手掌捧著，但是要欠一點。

說就說吧，他還用兩只用比劃著，弄得我整天想著女人性器官的大小、模樣。晚上睡不著覺，白天沒有精神勞動。連以前喜歡看書的興趣也沒有了。在學校學的知識澈底荒蕪著。我的人生就是這樣被毀掉了。唉！想想就不甘心，兩頭都沒有占到。

王幹（書記部長來看我）：

有一天看書太晚，可能快天亮才睡著，睡得很死。熟睡中被急迫有力的敲門聲驚醒，睜眼看屋外已是明晃晃的太陽。我趕緊答應著爬起來，穿好衣服打開門，原來是公社書記、武裝部長和其他幾個公社幹部來看望我。他們知道剩下的知青不多了，一一走訪，看我們有什麼要求，有什麼困難需要解決。我回答說，啥子要求也沒得。我不想說任何廢話。沒有人能夠拯救你，自己把握自己的命運。這後來成為我一生的信條。

幾個月後，當我準備回城時，才明白，書記那天的敲門聲為什麼那麼沉重，那麼急迫。鄰村有個知青因為返不了城自殺了，於是他們便聯想起了相同處境中的我。在我從睡夢中驚醒之前，他們已經輕輕敲了好一陣子門，沒有一點回答和動靜，這令他們更緊張不安，以為我也想不開自殺了。當我打開門時，他們小心翼翼的，不敢在我面前流露這種想法，擔心刺激我。

現在想起來，在農村最累的還不是身體，而是心累。擔心一輩子都回不了城，想著、想著，就會產生深深的絕望。鄰近的生產隊動不動就有知青回不了城自殺的消息傳來。也有傳說某女知青為了回城與公社幹部睡覺，換取招工的指標。我相信那些都是真實的。

明翠（返城）：

是的，在那時所有的人都認為農村是落後的代名詞。因為越大的官在越大的城市，這種中央集權式的行政管理結構，使得「官大一級壓死人」。權力首先是為自己服務的。於是人們相信，城市會越變越先進、農村會越來越落後。雖然說毛主席一直強調說，要消滅農村與城市的差別。沒有人會真正的相信，「反著去理解政府說的事情」在文革中期就已經深入人心了。

「你要忍受命運的安排／嚴冬劫掠去的一切／新春會給你還來……」這是王幹經常念的詩。至今我還能背下來。

林彪事件發生後，中國的政治局勢發生了變化。軍管會開始移交權力，退出地方政治舞臺。過了不久，母親來信說，雲南的知青集體在鬧事。組織上已經不再派人上山下鄉了，叫我耐心等待招工。這時整個知青點裡只剩下了我與王幹。隊上擔心我們孤男寡女發生什麼故事，就將我們分別安插在老鄉家裡住。不用自己做飯了，這是下鄉最快活的日子。

一九七八年十二月，辦完所有的手續，把用品全部送給了老鄉，包括衣物，和煤油燈燻黑的蚊帳。盼回城，終於成了現實。就在上車前還擔心著事情會不會有變化，比如上面突然又來了一道命令，不准我們走了。直到汽車開動，漸漸地遠離那個邊遠的地方。進了成都，一顆懸著的心才放了下來。

終於回到家中，不再是過去那個天真爛漫的女孩兒了。

六、市民們：為躲避大地震在廣場上搭起了帳篷

那一年（一九七六年），中國相繼地發生了幾件大事。幾位重要的政治人物死了。還有就是唐山大地震。在廣場上到處都流傳著這樣的分析：「在大地震中死去的人，是去給這幾位偉大的人物陪葬的。」

這一年，成都也有一些震感。雖說人們都很熱愛他們的領袖，但是也許只是口頭上說說的一種表達，而並沒有深入到每一個人的內心。人們都不願意去當陪葬。因為廣場上已經擠滿了為躲避地震而從家中逃出來，把廣場當著大床、當著家的市民。

這是人們第一次把廣場當著私人的地盤佔領了。這是人們第一次將自己家的鍋、碗、瓢、盆，床褥、馬桶、長凳搬到了以宣傳和教育為目的的廣場上。這是廣場第一次脫離了政府的意志——形而上——「教育群眾」——而下降到了形而下——「民為所用」。

黨使絆為廣場上聚居的人民群眾深為頭痛。廣場的「重大意義」被破壞了，如果上面追查下來，他可負不起這個責任。從辦公室出來他深皺著眉頭，穿過廣場上人們搭建的亂七八糟的帳篷，往家走，一邊走一邊想著如何能夠將廣場的人趕回家裡去。有什麼辦法呢？人們之所

以把家搬到廣場上，那是因為怕死。因此如果要讓他們自覺地離開，除非能夠製造出比死亡還要可怕的事情。有什麼事情是比死亡還要可怕的呢？黨使絆在心中對自己說：那就是要讓他們「生不如死」。

有了這個結論之後，他加快了步子往家走，一到家門口他發現大門敞開著，怎麼回事，他謹慎地進了門，看到家裡面已經被搬空了。是遭了賊了？有誰有這麼大膽？難道是活得不耐煩了？在他的頭腦裡就這麼一連閃出了這幾個問號。這也許是他一生中，第一次碰到了自己不敢下結論的事情。站在家門口，彷彿是處在了人生的十字路口。

正在這時，他老婆從廣場上回來拿鍋鏟，看到黨使絆呆呆地站著，不知到發生了什麼事。她從來沒有看到老公臉上有這樣一種不自信的表情，於是在他身後站了一會兒之後小心地說：「你怎麼啦？」

這句話嚇了黨使絆一跳，不過他畢竟是從官場中大風大浪裡過來的。他馬上調整好了情緒讓臉上沒有任何的表情，回過頭來，看到身後站著的是自己的老婆，平淡地說：

「家裡怎麼弄得亂七八糟的？」

老婆理直氣壯的回答：「難道你沒有聽說嗎？成都可能會有地震。我把家裡的東西都搬到廣場上去了。」

……

黨使絆一時語塞。夕陽從西天將暗紅的光線投下來，將他的臉塗抹的像是沾上了豬血一樣。說真的，此時他非常想煽老婆一個耳光，但是他忍住了，受黨教育那麼多年，這一點小事都忍耐不住，那怎麼對得起黨呢？事情就這樣來了，「存在的就是合理的」這是符合唯物主義原理的。

「看來不僅僅是人民怕死，連長期和自己睡在一起的老婆也是怕死的啊！」黨使絆心中這樣想著，嘴裡卻說：「好吧，那你就到廣場上去睡吧！我還是睡在家裡好了！」

「你不要命了？」

「我是領導幹部，覺悟怎麼能像是普通的群眾那樣。」

「難道幹部就不怕死了嗎？」

「幹部也是人，怎麼會不怕死？但是怕死也要忍著。什麼叫修養？什麼叫深藏不露？瞧，就像是我這樣。」說著，說著，黨使絆竟然就覺得自己已經成為了一個脫離了低級趣味的人，他做了一個電影中常有的那種高大形象的動作：「你看，我是不是已經脫離了低級趣味？」

也許是老婆愛老公愛得太深，想打擊一下他的這種積極性，隨口就說出了一句：「我看你不是脫離了低級趣味，而是脫離了人民群眾。」

聽到老婆竟敢說出這樣的反動言論，黨使絆大怒道：「你怎麼能說出這樣的話！滾，你給我滾。要不是看到我們同床共枕幾十年的份上，我一定要把你送到監獄裡去。」

當天夜裡，黨使絆一個人一直也無法入睡。不知道是因為身邊少了一個人不習慣，還是因為擔心地震，房子塌下來將自己壓死。於是，他只有自嘲地自言自語：「領導幹部也是人啊！

領導幹部也是怕死的……可是，誰讓我是幹部呢？」他想，今天晚上，全成都市也許只有我一個人是睡在家裡的。我是一個英雄，一個連死都不怕的英雄。嗅，其實並不是不怕死，而是為了體現出自己與群眾的不同才不怕死的……

就這樣胡思亂想的一直到了天亮，懸著的一顆心終於放了下來——幸好沒有地震。

第二天上班在辦公室，一直精神不好。昏昏欲睡。有人敲門。黨使絆在裡面說道：「進來吧。」

門開了，進來的是一個中年的女人。很漂亮，歲月的痕跡並不能掩蓋住她美麗的容顏。一看到她，他就知道她是明淨，那個資本家的小老婆。那個他曾經忍不住多次悄悄的將目光在她身上抹來抹去的女人。那種美是時間在歷史中種下的果子，歲月很長很長，需要幾代人才能沉澱出來的高貴氣質。無論是再高明的演員，如果不是與那個歲月有直接的血緣關係，那是學也學不到的。

看到這個日思夜想的女人進來，黨使絆的頭有一些暈，也許是昨天晚上沒有睡好？正迷胡著，這時他聽到明淨說：「我女兒明翠下鄉已經好多年了。我想請您幫忙，將她招工上來。」

「嗅，是這個事呀？我怎麼沒有想到？你看這麼辦怎麼樣？啊……我現在正忙，你等下班後到我的家裡來找我好嗎？」

從市政府裡出來，進入廣場，那裡到處都是人們搭建起來的帳篷。在黨使絆老婆搭的帳篷邊，人們在議論著唐山大地震死亡的人數。有人說：「報紙上說了是數千人。」另一個說：「我看不止，至少也有幾萬人。」還有一個神祕地說：「我聽敵臺（美國之音）上說，唐山從此就將在地球上消失了。唉，干擾太大，我只猜出了這一句。所以我猜測，至少是死了幾十萬。一個城市裡有多少人？總應該有百把萬吧！就算是死了一半也有五十萬人了。」明淨知道，人們這樣議論著，無非是想讓自己更有理由在這個廣場上待下去。一下子有那麼多人被埋在了地底下，那多可怕呀。況且聽到成都郊縣的人說他們也感覺到了地震。說不定哪一天，成都一下子就震了起來，那還不就直接進了地獄。這時有人問黨使絆老婆：「嘿，你老公怎麼不住過來？」女人答：「他說，他是共產黨的幹部，共產黨員怎麼能夠怕死呢？」於是，人們便一起感嘆著共產黨員確實是由特殊材料製成的。「就是，」有人下結論說：「如果不是，那麼他們怎麼可以打敗國民黨的八百萬大軍呢？」話題由此又轉向了共產黨的「偉大、光榮、正確」。

明淨在人群邊坐下來，她在廣場的邊上用破蚊帳搭起了一個比棺材還要大一點的篷子，再在上面搭上一塊塑料布，可以擋一擋從天而降的露水，如果下起雨來，那就什麼也擋不住了。幸好這些天來一直都沒有下雨。看來老天是心疼她的。明淨望著天，盼望天早一點黑下來。看來老天爺是心疼明淨的，天很快就黑了下來。她也無心吃飯，穿過廣場中零亂的帳篷及鍋、碗、瓢、盆發出的碰撞的聲音，向黨使絆的家中走去。

到了。

敲門。

裡面的男人打開門迅速地說：「請進，快請進來。」彷彿是怕被別人看到了。只見門裡面白光只閃了一下，就又閉合了。現在門外除了白晃晃的如一張白紙之外，什麼內容也沒有了。門裡，黨使絆盯著明淨，覺得眼睛就像是被清泉水洗了一樣——舒坦、涼爽。

明淨環顧了一下屋子，只有黨使絆一個人。她感到有一些彆扭，說：「是您喊我來的……唉……是這樣的，我女兒明翠下鄉已經好多年了。我想請您幫忙，將她招工上來。」

「噢，這個嘛，好說。來，你先坐下來，」說著，黨使絆就拉著明淨的左手，讓她挨著坐在自己的身邊。他那只拉著明淨的手一直沒有鬆開，明淨也不好掙脫，只有讓他就那樣抓著，畢竟是自己在求人家。看到明淨沒有什麼明顯的反感，他就將她往自己的懷裡拉過來，緊緊地貼著她說：「這個好說，只要我一句話就行了。不過……不過，還要看你的表現了……嗯，是這樣，這個世界是公平的，你說是不是？有付出才會有得到，你說是不是？唉，嗯，這個世界是公平的……」

聽到這裡，明淨已經知道了他想要些什麼。一開始，他叫她晚上到他家裡去找他的時候，她就隱隱地感到在他家裡會發生些什麼。但是她還是不敢讓自己相信那些猜測，因為從她一直以來接受的宣傳教育，知道共產黨的官員全部都是好的——無情無慾——不好的已經全部被揪出來打倒了。不可能所有的壞人都讓自己碰上，歷史是不會那樣只眷顧她一個人的。正這樣想著，她聽到黨使絆在她的耳邊讚美著：「你真美，真美。不像是普通的那種美。你的美簡直是美到骨頭裡去了。」

不知道是聽到了讚美全身的骨頭都酥了，還是因為自己正有求於眼前的這個人，她的手腳已經是動彈不得了。

雖然她的手腳不聽使喚了，但是他的手腳卻顯得格外的敏捷。幾下子，三下、五下、最多是六下，她身上的衣就被解除乾淨了。望著眼前的她，他咽了一口口水說：「美，真美，真是美到骨頭裡去了。」

一開始他只說了一個字：「緊」。

而她也只回答了一個字：「痛」。

他更加快了動作，以證明自己的強大；而她則緊閉著嘴，承受著發生在現實當中的一切。就這樣他們一直到做完都沒有再說第二個字。認真地體味著每一個動作，每一個感受，完事後，他說：「感覺真好。以後你就作我的情人吧。」她說：「好多年都沒有做這件事了。好像我又回到了少女的時候。」說完之後他們又彼此沉默著，一直到天快要亮了，她覺得自己應該走了：「我該走了，這裡不是我應該待的地方。」他沒有阻擋她，看著她穿上衣服，向門口走去。在走到門口時，她停了下來，轉過頭來對他說：「明翠的事，你可要記住。」他拍著胸口說：「放心吧，包在我的身上。」

這一天晚上，全成都市也許只有他們兩個人是睡在家裡的床上。一個是因為自己是黨員而不能像一般群眾那樣的有覺悟的幹部，另一個是為了自己的女兒能夠招工回城而獻出了自己身體的母親。由此可以得出了一個結論：黨的教育是偉大的、母親的付出是偉大的。

與明淨辦完事之後，黨使絆好好的睡了一覺。這一覺一直睡到了第二天的中午，他才醒過來，穿過擁擠著人群的廣場到對面的市政府辦公室去上班。廣場上的人很多，雜亂。遠處有人在爭吵，看到黨使絆過來，便停住了爭執。還有，有人在叫喊著自己的東西被別人拿走了，找不到了。從廣場走到辦公室，黨使絆感覺到廣場就像是一個巨大的火藥桶，隨時都有可能引發爆炸——「群體性事件」——一想到這個詞，黨使絆就覺得從心底湧起了恐懼。那個責任我可負不了。想到這裡，他拿起了電話，對著電話對面的那個人說：「我擔心，廣場那麼多人，不要引發成一場動亂。」

電話那頭的人說：「我也正在想著這事呢。」

「有什麼辦法可以讓人們回家呢？」

「有。」

「你說說看。」

「就是要讓人相信成都不會地震。」

「怎麼樣人們才會相信不會地震呢？你說說看。」

「通過宣傳攻勢。報紙、廣播、標語，等等。告訴市民成都不會地震。」

「市民會相信嗎？」

「哈哈、哈哈，怎麼會不相信？」電話那頭的人開玩笑道：「我們告訴人民共產主義會實現，他們不就是相信了嗎？您想想看，他們還會有什麼不會相信的！」

「嗯，你說的有道理。我們馬上就把宣傳機器開動起來。」

於是，第二天成都所有的媒體都在說，據地震專家說成都根本就不會發生地震，因為成都並不是處在地震帶上。

在宣傳的當天晚上，廣場上的人家就搬走了絕大多數，只剩下少數的幾家人還堅持在廣場上，幻想著地震的來臨，將別的人都壓死掉，而整個成都城就只剩下他們幾家人了。想住哪裡就住哪裡，想怎麼睡就怎麼睡。那可真是帝王過的日子呀。但是無論如何，這少數的幾個人是成不了氣候的。孤獨與恐懼的感覺漸漸地從地下升上來了，廣場上空曠得嚇人。一天之後他們就識趣地離開了廣場。

明淨是最後搬離廣場的，她不撤離廣場是因為她的那個家——一個破爛的棚子，搖搖晃晃的床，還不如睡在這寬敞的廣場上舒服自在。於是她便非常想一直留在這兒。她甚至還在想著，成都要是一直都在鬧地震就好了。

只是廣場上的人，一家一家地都搬走了，最後只留下她一個孤獨的破帳子——奇怪，在整個廣場都塞滿了帳篷時還不覺得自己的那個破蚊帳多餘，而只剩她一個人時——在空曠的廣場上卻顯得礙手礙腳的。與廣場擴大、平坦、空洞的整體氛圍格格不入。

這一天，就在明淨往家搬東西時，聽到電線杆上的廣播裡傳來了悲傷低回的哀樂聲。毛主席死了。

七、張貧：掛出了「四人幫」的諷刺畫並掉下大樓摔死

一開始，毛主席的死對於明淨來說並不意味著什麼。看到別人哭得那麼悲痛，她還在心中想：「為什麼？就像自己的親爹死了一樣。」不，就算是自己的親爹死了也不會哭得那麼難過的。她親眼看到有好幾個人哭得倒在地上，渾身抽筋，口吐白沫，給人的感覺是想直接下到地下去，給毛主席他老人家陪葬。

明淨不能理解人們的那種悲痛，也許是因為她的父母和丈夫死的時候她沒有哭。是不能哭、不敢哭。這樣的日子過得久了，也就沒有了眼淚。沒有眼淚的人，表面上看起來是麻木的，像是僵屍；不，僵屍太可怕了太兇悍了，況且也沒有那麼美麗的無知的僵屍，她更像是從水面上漂浮而過的一根仍掛滿綠葉的木頭。

人們都沉浸在悲痛之中。只有明淨一個人還在想著女兒明翠招工回城的事，心裡頭懸著的這件事怎麼樣也放不下來。她一個人低著頭穿過廣場，到市政府裡去找黨使絆。也不知道是怎

樣的一種心理，自從那天晚上與黨使絆發生了那件事情，她總是覺得黨使絆就是自己的最親近的人。也許就是那種「一夜夫妻百日恩」的傳統吧。這就是文化、這就是傳統，誰也擺脫不了傳統而成為一棵在文化意義上的無根無源的浮萍，風從哪兒來她便向哪兒去……

廣場上的人很少，甚至可以說只有明淨一個人踽踽地穿過這個平日裡擁擠著人群、聲音與小道消息的廣場。有一朵紙紮的小白花在廣場中間耀目地眩著她的眼睛，只有空曠寂寥的「多（大）」，才能夠襯托出具體的「少（小）」的存在。這朵小白花也許是從一個小女孩的胸口上滑落下來的，而後就安靜地躺在這兒。也許是因為廣場上的人少，所以這朵小白花才能夠一直這樣安靜並完好的躺在這兒。明淨看到這朵小白花，頓時心中生出一股憐愛，就像是看到了自己的孩子，她輕輕地彎下腰去，將小白花拾起，掛在自己的胸前。多美啊！明淨感覺到像是回到了從前，她還在做資本家胡井支的小老婆時，心中的那種安謐與美麗。一朵小白花開放在她的胸前，並隨著她一直向前走。穿過廣場。多少年了？多少年了，一直沒有將美麗花朵別在胸前的機會，今天終於有了這個機會，在透明的陽光之下，無懼地穿過廣場。挺著胸、昂著頭。那種美只有在她的內心裡才能伴隨著那朵掛在胸前的沒有生命的花像鮮花一樣綻放。

明淨的自信心隨著胸前的那朵花開放著。很久以來都沒有這樣過了，她有些感動，有一些想流淚。於是，眼睛裡面便含著淚水。在這個時間流淚是合理合法的。是不會被人懷疑的，於是明淨順利地進入了市政府的大門，上樓，一梯一梯的樓梯，她來到了黨使絆的辦公室門前，門開了一半，她看見他低頭坐在辦公桌前，心事重重的樣子。

她推門進去，他抬起頭看見是她，說：「你怎麼又來了？」

她說：「我想問一下明翠的事。」

他說：「我現在是泥菩薩過河自身難保。」

她的心一下子就沉了下來問：「怎麼回事？你不想幫我啦。」

他說：「我剛剛才得到的內部消息，葉劍英將江青給抓起來了。」

她說：「那不就是軍事政變？」

他說：「在我看來那就是一場軍事政變。」嘆了一口氣之後，接著說：「本來軍事政變也沒有什麼，在誰的手下不是混碗飯吃呀。」

「對於我們老百姓來講，那個皇帝都是皇帝。是一樣的。」

「你說得對，可是那只是針對你們老百姓來說的。對於我們官員來說，可是一朝天子一朝臣了。你們平民是體會不到的，一個人只要上去了，再要他下來，那真是比殺頭還要難受。」

明淨還是把話題轉到了明翠的身上來：「你是說明翠的事你就幫不上忙了？」

黨使絆無奈地點點頭：「是的，我很快就會什麼也沒有了，你想想看，手上沒有權力了，還辦得成事嗎？有誰會聽你的？我現在是比起你來說都還要差呀。」

聽到這裡，明淨低著頭哭著就衝了出去。「毛主席，你死的真不是時候，你怎麼不晚死幾天？等明翠調回城的事情解決了再死呀！」想到這裡，明翠的眼淚盡情地流、哭聲儘量地響。

在廣場上，配合著胸前的小白花，這哭聲、這淚水是多麼的合時宜。站在廣場邊上的人會說：「看，毛主席逝世了，她哭得多麼的傷心呀。看來，毛主席真的是偉大的。連一個資產階級都會哭成這個樣子。」

毛主席說：「要挽救一切可以挽救的力量。」看啦，這就是被毛主席挽救回來的活的典型。看到這個資本家的小老婆都哭得這樣的傷心，人們也都跟著哭了起來。這一場哭感動著人民，感動了一個在黨的陽光雨露下茁壯成長的詩人，於是他站在廣場中央朗頌著：

毛主席，你在哪裡？
你在哪裡呀！你在哪裡？
我們對著高山喊，
毛主席，你在哪裡？
你在哪裡呀，你在哪裡？
高山回答：
他剛離去，他剛離去。
我們對著大海喊
……

有人打斷了他，說：「這不是寫給毛主席的，這是寫給我們敬愛的周總理的。」

詩人說：「你這才是教條主義，我只要能夠表達自己心中的情感，只要能夠將我內心的情緒抒發出來，哪裡還管它是寫給什麼人的。」

詩人繼續說：「你知道什麼叫著，古為今用、洋為中用嗎？」

那個人顯然已經被詩人的氣勢壓倒了，驚惶失措的搖晃著頭。

詩人得理不饒人，幾乎是吼叫著：「這就叫——古為今用、洋為中用；這就是——古為今用、洋為中用——周為毛用——懂嗎？懂嗎？懂嗎？」

那個人一邊點著頭，一邊迅速地消失在了哭泣的人群之中。

經過詩人的煽動，廣場上的人哭得更加的兇狠了。好像是誰也阻止不了。這個廣場也許在一分鐘、二分鐘、三分鐘……之後就會變成為一個湖泊。如果讓人們就這樣哭下去，就會造成一場新的災難——淚水淹沒了人們，人們在淚水中掙紮、沉浮……並隨波逐流……

不過不用擔心，歷史之中總會出現拯救歷史的人。

在那遙遠的地方——北京——有一場行動已經全面地展開了。

就在人們一直在失聲痛哭的時候，從廣場的外圍傳來了雷鳴一般的聲音：「同志們都不要哭了，要笑，大笑，狂笑。英明領袖華主席在北京一舉粉碎了『四人幫』反革命集團。」

於是，人民在剎那間便又「破涕為笑」了。

人們臉上的表情就是那麼一下子被調整了過來。開心、喜悅、興奮、激動……於是，一個歡樂的海洋就這麼形成了。

看到眼前的場景，身處在廣場這個激蕩變化著的漩渦中心，明淨不知道怎麼回事，心中響起了已經忘卻了多年的聖經中上帝創世紀的描述：「上帝說，要有光，於是便有了光……」明淨在心中默默地念道：「共產黨說，要有哭，於是人們便哭；共產黨說，要有笑，於是人們便笑……」

是的，按照共產黨的說法，是他們「創造了新中國」。所以不經意間從心間流露出來這種創世紀的語碼，來對應自己所處的環境，或悲或喜或憂或慟。這一切應該說是一種「勝者為王，敗者為寇」只相信結果的判斷標準。

淚還沒有乾，她就看到張貧在廣場的毛主席塑像的對面——百貨大樓頂上掛出了諷刺「四人幫」的畫像。

張貧是一個無論在什麼時候都衝在最前面的人，也是一個轉變得最快的人。一點兒也不會臉紅、不適。比如說對劉少奇，他認為他是中國共產黨是最偉大的人物之一，後來毛主席說他是工賊，張貧就第一個跳出來說劉是工賊，他早就看出來了，只不過他一直不說；比如說對林彪，他說是毛主席最親密的戰友，後來林彪從逃跑的飛機上掉下來摔死了，也是他第一個在廣場上高呼打倒林彪的口號；現在「四人幫」又被打倒了，又是他以最快的速度在廣場正南方的百貨大樓上掛出了諷刺「四人幫」的巨幅漫畫。

令人奇怪的是張貧從沒有因此而建立什麼政治資本，撈到什麼好處，比如說混一個官來當當。他一生中最風光的時候也許就是他可以經常獨自地出入黨使絆的辦公室，跟他出謀劃策，那個時候他真有一種古代的謀士的感覺。他最得意的作品就是廣場中央那尊毛主席的塑像，雖然並沒有人承認它是他建造的，而把功勞都歸功於設計製作塑像的人。他自己在想，那是人們的目光短淺，只看的到現象、表面，而看不到更深的本質、內核。

別人也總是在明裡暗裡嘲笑他，說他是白忙活了。他總是引用毛主席的那一句話來做擋箭牌：「人民，只有人民才是創造歷史的動力」。這句話他是這樣來理解的：有了「只有人民才是創造歷史的動力」的這個前提，因之，我創造著歷史，我只能是人民。

張貧的這種阿Q式的精神勝利法，使他打心底覺得自己是創造了歷史的人。

他也因此而常常在心中偷偷地笑著：哈哈，沒有我，就沒有歷史。當然這些也僅僅只是在他心中徘徊著的故事，原先老婆還在的時候他還可以對老婆說一說。後來，有一次在酒後他對兒子張解放說了這一句：「兒子呀，你知道嗎，歷史是由我們勞動人民創造的。」沒有想到兒子竟然伸手過來，在他的額頭上摸了一把說：「老爸，你沒有發燒吧。那是老共的宣傳，這你都敢相信？」就這一句話，他就斷定兒子與他沒有共同的語言。是屬於不同政見者。從此後，為了家庭的團結與和睦，他與兒子便不再談政治了。他們的交流也僅限於：「吃飯了。」、「去買一包豆瓣回來。」、「把桌子上的水給我端過來……」等等、等等，這些很生活、很世俗化的語言了。

這一天，張貧將「四人幫」的畫像掛出來的時候，他在心中認真地體會著自己是創造了歷史的人的那一種感受。就好像是「四人幫」是被他親手抓起來的那種感受一樣。

當他在手中夾著那四張漫畫從底樓一直爬到樓頂的時候，他的這種感覺上升到了一個極限。微風在空曠地吹著，揚起了他的衣角及頭髮。這正是在電影中，留在歷史之中的英雄的形象。張貧徑直地走到樓頂的邊緣，將這四張剛完成的，油彩還沒有幹透的漫畫掛起來。對面——越過廣場——毛主席正在向他揮著手嗎？

毛主席在說：好，幹得好？

還是在說：「左邊一點，左邊一點，再左邊一點？」

還是在說：「再向前一點，再向前一點，再向前一點。好！好！！好！！！這樣人民才能夠看得更清楚些。」

張貧遵照毛主席的指導，一直將畫掛在了樓頂的邊緣，「再往前一點『四人幫』就會摔得粉身碎骨……」張貧在高處這樣得意的想著：「懸崖勒馬、回頭是岸？我看你們是再也回不了頭了。」

廣場上，有人看到了在百貨大樓樓頂上掛出的醜化「四人幫」的畫像，興奮地高呼起了口號。一個接著一個運動，一輪接一輪的宣傳，人們呼喊口號已經成了一種習慣：「打倒『四人幫』，打倒『四人幫』反革命集團。擁護華主席。華主席萬歲。」聲音在廣場的下面像水底的氣泡一般冒上來，進入張貧的身體。充滿著他。他覺得自己要飄起來了——「人民，只有人民才是創造歷史的動力」——這句話再一次魔咒一般地在耳邊響起。張貧抬頭，看見了站在對面的毛主席巍然地在向他招手：「老張，向前走，一直向前走，不要向兩邊看……」於是張貧做夢一般地向前邁開了腳步……

兩秒鐘，就在兩秒鐘之後……廣場上所有的人都聽到了「砰」的一聲悶響，張貧的身體就像是一個被填滿了的破口袋一般摔在百貨大樓前的最高一級水泥臺階上。

血……順著臺階往下，像射出的箭，穿過馬路，一下子就竄進了廣場之中。

血……所到之處，人們迅速地向兩邊分開。

血……一直流到毛主席像的座臺下，老婆被毛主席像壓死的地方才停住。

血……形成了一個具有中國特色的紅色道路……

由於，打倒「四人幫」是一件令全國人民都高興、振奮的事情，有人迅速地跳出來說：「大家要冷靜，不要緊張，不要哭，不要破壞了現在舉國上下一片歡慶的熱鬧喜慶氣氛。千萬不要上了壞分子的當……」所以張貧的死，沒有一個人為他哭泣。這就是國家與個體之間的相互關係。

這就是大敘述與小敘事之間的差別。人們歡笑著將張貧的屍體送到了火葬場，準備將其火化。

人們含著笑給還在鹽源農村插隊的張解放打電話：「你的父親死了。」

「你騙人。你是誰？」

「我是你的鄰居，真的不騙你。」

「那你笑什麼？」

「我不能不笑。」

「我的父親死了，你笑什麼？」

「別誤會，別誤會。我不是笑你的父親死了，而是笑打倒了『四人幫』。我高興，高興啊！高興……」說著竟有些語無倫次。

……

由於這兩人一直沒有能夠溝通好。所以張解放不相信自己的父親死了，而認為是有人在惡作劇。於是便沒有回來看父親最後一眼。半個月之後，張貧的屍體便在一個孤獨的環境中被一把大火給燒掉了。這個小人物的歷史就這樣結束了。

張貧死後，並沒有像慣常的那樣被追認為烈士。有人懷疑他是為了給「四人幫」效忠而跳下大樓的。有人反駁說，不會吧，你看他那麼積極的去掛那些畫像。有人說，知人知面不知心，誰知道他心底裡是怎麼想的。出於「絕不放過一個壞人」的原則，領導層決定放棄這個話題，於是這件事情就這樣在歷史之中擱置了。最後不了了之。

一直到現在，我講述張貧的這段歷史時，我也無法還原歷史的真像，告訴你——他是一個好人，還是一個壞人。他到底是不是「四人幫」的同黨、走狗、信徒、幫兇？沒有給出一個最後的結論，這至少可以說明中國共產黨在張貧是英雄還是狗雄，這一個問題上是沒有犯過錯誤的。

下卷（一九七九年～一九九五年）

第三幕　兒子與爸爸

一、明翠、王幹、張解放：回城及生活的片段

一九七九年，知青全部都回城了。張解放也跟隨著這一股潮流回到了家。站在家門口，看到一把已經生銹了的鐵鎖，還有塵埃，還有一些胡亂纏繞著的蜘蛛網。看到這種場景，張解放才意識到父親是真正的死了。兩年前那個給他打電話的人並沒有騙他。那一切都是真的。他覺得自己像是一下就回到了舊社會一般，自己猛然間變成了自己的爺爺。一種歷史的蒼涼感，一下子就爬上了他的額頭。這讓張解放一下子就成熟了許多。下鄉的那些年是讓他肉體上的成熟，今天是讓他心理上的成熟。如今他是從內到外全部都熟透了。

在空蕩蕩的家裡站了一會，張解放決定到廣場上去看一看。廣場還是那個廣場。但是廣場上的人卻已經不同了。

「人不能兩次踏入同一條河流中」，在張解放微薄的知識中，猛然地冒出了這一句話：「人不能兩次踏入同一個廣場中」他由衷地在心底感嘆道，哲學家就是偉大呀！這句話從形而

上的高度，像一隻大鳥一樣滑翔下來，降落到形而下的領域。依附在明確的現實之中，深深地打動了他，張解放放慢了步子，以便進入一個「磁」一般的「場」中……先是站在父親掉下來摔死的百貨大樓前，而後又來到母親被壓死的毛主席像下。風輕輕地吹，像是母親的手撫摸著他的面頰。後來，風停了，像是母親的手停了下來。用透明的眼睛在透明的廣場中凝神地注視著他。在剎那間，張解放真實地感受到了自己的父親和母親。如果歷史的悲劇不出現在這個家庭裡，那麼他的父親和母親應該現在就在這個廣場上——散步？休息？集會？還是一如既往地接受共產黨的教育，對反革命分子進行無情的批判？

他有一些想哭，不自覺地，眼淚就流了出來。

一個人，在一個空曠的沒有任何東西做掩護的廣場上哭是很危險的。他的情感很快地就暴露在人們的目光之中。在所有的人都戴起了假面具時，以真實而感人的面目示人，是很危險的。

很快就有人站在他的面前，問：「你怎麼啦？」

「你不要管我。」

「我們都是革命同志，我怎麼能夠放下你不管呢？」

「你不要管我，就讓我哭一下吧。」

「我怎麼能夠不管你，讓你一個人在這裡哭呢？」

「我沒有什麼。」

「那你哭什麼？」

「我沒有哭什麼。」

「沒有什麼？跑到廣場上來哭做什麼？是不是想損害我們四川省成都市的對外形象？讓外國人將照片拍去，然後在他們的報紙上登出來，說：你們快來看呀，中國人生活的一點也不幸福？」

聽到這，張解放一下子就意識到自己的錯誤了。他馬上反駁道：「你有沒有看懂？我流的這是幸福的眼淚。」說著他還把眼睛湊向那個人的眼睛：「看看，你好好的看看，這是幸福的淚水。看懂了嗎？」

那個人沒有想到眼前的這個人會有這樣一招，連忙說：「對不起，同志，是我弄錯了。你很幸福，很幸福……你流的是幸福的淚水……」說著便往廣場的東南角逃去。

張解放得了理不讓人，他對著他的背影叫喊道：「我看你才是想損害我們四川省成都市的對外形象！」

廣場就是廣場，它就是以容納和聚集為目地的。此時張解放的身邊已經聚集起了一大堆的人。他們盯著張解放，在等待下面的話。於是，張解放只好接著往下說：「同志們，我是剛從農村回城的知青。看到我們的成都變化的這麼快，我感動得流下了淚水。是的，我怎麼能夠不感動呢？看看這，看看那，看看周圍的變化，真是日新月異，一日千里……」說著便大笑起來。圍觀的人聽到這裡開始鼓起了掌。張解放一時興起，正準備就此再說下去，這時有一個一眼看上去就很「公家」的人擠進了人群，嚴厲地說：「都圍在這裡幹什麼？都散開了。都散開了。」

不知道是什麼原因，圍觀的人一看到這個人，就迅速地散去。好像是那個人帶著一種病毒，害怕被傳染一般。

張解放又是一個人孤零零地站在廣場的一角了。

此時，張解放像是一個稻草人一樣，站立在廣場的中央，不能哭、也不能笑……

張解放會就此變成一個石像嗎？這個廣場上可以容納兩個石像嗎？一個偉大、光榮而正確；另一個渺小、卑微而平常。「一山不容二虎」。同理：「一個廣場不容二座石像」。況且，在這個廣場上的石像並不是兩只老虎，而是：一個是龍；一個是狗（擬人）。

時間在張解放的身上停止了。但是不會在其他的人身上停止。總會有人站出來阻止這種不「平等」的現象出現的。

十五分鐘之後，王幹與明翠手牽著手出現在了張解放的面前。他們喚醒了眼前的這個像是石像的東西：

「解放，你怎麼會站在這兒？一個人。」

經過兩人這樣一問，張解放才明白了一個道理：「孤獨的人是可恥的。」

為什麼你是一個人？

你的群眾觀念呢？

是你脫離了群眾？還是群眾拋棄了你？

在這個人民革命的大熔爐中你為什麼還沒有被溶化掉，而還保留著這樣一個相對完整的個體？

還不趕快加入到人民革命的洪流中來？

還不趕快加入到革命人民的洪流中來！

兩分鐘之後，張解放跟著明翠與王幹的後面走了。明翠與王幹還是手牽著手。這意味著他們倆人的關係已經走到了這一步。

他們一路走著，一路相互詢問一些近況。明翠問張解放：「組織上給你安排了工作了嗎？」

張解放答：「昨天才去街道辦報了個到。他們讓我回家再等等。」

轉過頭來，張解放又問王幹：「你呢？」

王幹頭腦裡正在想些亂七八糟的東西，被張解放打斷了，他反問道：「你說什麼？」

張解放說：「你怎麼老是這麼的容易開小差。我是問你的工作解決了沒有？」

王幹說：「沒有。高考不是恢復了嗎，我準備去考大學。試一試。」

「唉，我現在拿起書來頭就疼。」張解放像是猛然間想起了什麼，轉了一個話題：「你父親的問題怎麼樣了？」

「平反？誰知道呢！」王幹嘆了一口氣說：「父親已經死了，如果還活著……應該已經進中央了吧！不過……現在……如果補發的工資……也許會有上萬吧……」

「就是萬元戶了！」

（一談到錢，話題就變得低俗起來。為了讓我的這些主人公心中尚有一些最後遺留下來的理想，我的故事將跳過這一段。）

經過一陣空白之後，他們的眼前出現了一個人。已經是徐娘半老的女人。是明翠的母親明淨。明淨死死地盯了王幹一眼，直看得他感覺到背上的汗毛都豎了起來之後，她對女兒說：

「你跟我回家去，我有話跟你說。」

「有什麼事？你就在這裡說嘛。」

「你先跟我回家，回到家裡再說。」

明淨拖著明翠就往家裡走，將王幹與張解放丟在了身後。到了家，明淨關好門，轉身過來對明翠說：「你是不是跟王幹在耍朋友？」

……

「我告訴你，你可不能跟他耍朋友。」

「你總要跟我說為什麼嘛。」

「我說不行就是不行。」

「你怎麼不講道理？你是一個獨裁者。」

「我不講道理？」明淨像是在哀求著女兒：「聽媽媽的話……聽話。媽媽是不會害你的。」

「聽話？我這一輩子犯的最大的錯誤就是太聽話了。我已經下了決心，今後不會再做一個聽話的孩子了。」

「好，好。」明淨不得不退後一步：「翠兒，你能不能答應媽媽一個條件？」

「什麼？你說。」

「你要跟王幹結婚可以，但是你們千萬不能要孩子。」

「為什麼？媽媽，我覺得你越來越奇怪了。」

「孩子，有些事媽媽不好對你說。也不知道應該怎麼說。難道你就不明白媽媽的心嗎？」

明翠怒吼著丟下一句：「我不明白。我也不想明白。」說完一甩門就出去了。明淨一個人在房間裡，淚順著臉頰滴落在地上。她在心中想：「報應，這一切都是報應啊。王幹與明翠這一對同父異母的兄妹正在談戀愛，就要結婚了。」本來她想將事情的原由一五一十地說出來，但是每一次話到嘴邊，她就不知道應該如何說出來。只有原封不動地將要吐出來的話又咽回到肚子裡。

每一次，明淨只有拿出明翠的照片，對著上面的影像說：「孩子，王幹是你的哥哥，王幹是你的親哥哥呀……」明淨希望用這樣一種方式來讓明翠「聽見」。會有作用的，在冥冥之中明翠總有一天會「聽見」的。

二、王幹、明翠：在毛影子下經歷了他們的第一次

夜色很深了。像是經過一整天的時間之後，飄浮在清水上面的墨汁全部都沉澱了下來，堆積在大地上——黑黑沉沉的一片。相反的，天空很乾淨，月亮、星星——閃閃爍爍的亮著。廣場上已經是空無一人。明翠和王幹從東禦街的方向走過來，進入到了這個空曠的廣場。沒有一絲風，所以大地上的黑色墨沉沉地沉著。沒有將天與地攪得昏暗的一片。據說盤古開天闢地時，天地初開，輕者上升，成為天；濁者下沉，成為地。也許就是今夜的這個樣子。月光從天上照下來，到大地上。在經過毛主席的石像時，在地上留下了一個不大不小的陰影。這個陰影有多大？現在沒有對比，我還沒有辦法對你說。等一下子、等一下子，等一下子廣場上的那兩個纏繞在一起的男女進入到了那個陰影下，答案就清楚了。

那兩個人進入到了陰影之中。剛好，那陰影將他們遮住了，一點兒也不多、一點兒也不少。站在遠處，看那兩個人，絕對不會看到那是兩個人，而會認定那就是一片陰影。

明翠有一點不放心，擔心有人會看到陰影中的他們。她跑出了陰影，站在廣場的中間對著

陰影仔細地看了一陣子之後，又跑進了陰影。

王幹問：「怎麼樣？看得到麼？」

明翠答：「灰灰暗暗的一片。除了陰影之外，什麼也看不到。」

所以在此時，處於那陰影之中的兩個人是最安全的。因為沒有人會將他們認為是有生命的，而僅僅就是一片從一個石像上面飄下的陰影。在以殘害生命為目的的時代，被認為是沒有生命的物質是絕對安全的。

所以此時明翠與王幹是絕對安全的。

他們似乎也已經意識到了這一點。因為他們正在幹那種──那時候有生命的人想幹，而又不敢幹的事。

此時王幹緊緊地摟抱著明翠，像是要將她揉到自己的身體裡去；而明翠也緊緊地貼著王幹的身軀，像是想要化進他的身體之中。從此兩個人就這樣合為一體。永遠不分開。

這僅僅只是一種想像。

遠距離的。整體感。想像力。

模糊，但是一個整體。整體，就必須模糊。

如果你厭煩了整體，那麼，讓我帶你走近，去看一看具體的細節：

他們兩個人緊緊地擁抱著，身體的溫度也因此而上升。如果此時有一雙紅外線的眼睛，那麼看到的一定是兩個紅紅的發光體。

「熱」。明翠輕輕地說，聲音就像是嘆息一樣幽靜綿長。

「我也是，好像是著了火。」王幹邊說邊將衣服的扣子解開……「脫了吧。你也，脫吧。」

「不……」

「別不好意思。你不脫，等一會兒衣服也會被燒化的。」

「你真壞……」

「男人不壞，女人不愛。」

「我可不是那樣，我不喜歡壞男人。我只喜歡好男人，你可不要學壞呀。」

「好！好！我不學壞，我做一個好男人……」

他們說話間，王幹就已經把明翠的衣服給脫盡了。王幹的手摸著明翠的乳房，感受著那兩個乳頭漸漸地變脹、變硬。手下的乳房剛好像一雙手掌捧起水時的那個動作一樣大。

一捧水的體積等於一隻乳房的體積。

這是王幹在實踐中得出的人生第一個經驗。他的心中有一些激動。思緒也像是羽毛一樣亂飛起來：現在全國上下都在討論，弄的婦孺皆知的是「實踐是檢驗真理的唯一標準」的問題。

這個標題就像是一根木棒硬生生的捅進了他的腦海——看來這個問題的發現者與支持者是在摸女人的乳房時得出這個結論的。怪不得有人說，真理是掌握在少數的人的手上的。你想想看，乳房是可以隨便摸的麼？一個普普通通的人隨隨便便的就摸的到乳房麼？「只有在不斷的實踐中才可以得到真理。」想到這裡，王幹覺得自己的悟性已經是很高的了，自己也只是摸到了一個乳房就得出了一個真理，如果是摸了很多個乳房呢？那還不是要把全世界所有的難題都給解決了？從此王幹便默默地下定決心，要摸更多的乳房，發現更多的真理。

所有的形而上的思考，都會轉化為形而下的動力。

王幹在摸了明翠的乳房之後，陌生的變為熟悉的，再加上人類的探索精神、喜新厭舊的本性，王幹的手合情又合理地向明翠的下半身摸去。在摸到一篷亂七八糟的毛髮之後，知識告訴王幹：到地方了，應該停下來了。其實即使他不停下來，她也會阻止他的前進的。她的手抓住了他的手。就在這時兩個人的解理出現了偏差。

她是這個意思——不、不行，我還沒有準備好。

而他呢，則直接理解成——是這裡了。別再到處亂跑了。

由此可以看出每一個人只是站在自己的立場上思考問題，並由此而得出結論。

（因此我得出的結論是：每一件事情的背後都有兩個或兩個以上的真相。）

他的手在她的「那裡」停了下來，她的手又放在他的手上。她想將他的手拿開，但是發現自己身上一點兒力氣也沒有了。於是，他只感覺到了她的手的重量，而絲毫沒有感受到她手上的力量。

於是，他很容易地就將手再往前走了半寸。這半寸可是有質的不同、變化，因為他已經感覺到穿越過了一片森林，手指尖觸摸到了一個凸起的肉堆。為此，她的全身一顫。由此，他天才般的無師自通地意識到已經到了一個關鍵的地方。他的手指輕輕用力，她全身又是一顫。他的手指開始慢慢地揉了起來，她的身體像是一個正在工作中的篩子般顫動起來。接下來，他的手指再向下，進入到一個隱密的縫隙裡……像是一個陰濕的下水道——蓋子已經揭開了……一股潮濕、終年不幾陽光的濕氣湧了上來，有一點兒臭，也有一片片神祕的陰影像是藏在氣味中，向他的世界遮蔽過來。

她的手沒有了力氣，但是她聽見自己嘴吧裡很清晰的吐出了一個字：不。

他也很清楚地聽到了這個字。但是，前面我說過：「每一件事情的背後都有兩個或兩個以上的真相。」她說：「不」。即使是她真的說「不」。他的理解是——女人在嘴裡說不時，在心裡面其實想的是：「是」（這是流傳在男人中間的民間的智慧）。如果她說：「是」。那麼他會順著這個意識理解，就是——「是」。不管女人是什麼意思，男人都是只有一個結論：幹。這個結論製造出的結果只有一個——他的手指進入了她的身體……猛然地她驚叫了起來——「痛」——他趕緊將手指拔出來，上面滴著鮮血。就像是將一把刀從一個肉體之中拔了出來。血從她隱秘的縫隙中流了出來，也從他的指尖滴了下來，在毛主席像的下面，形成了一朵朵盛開的紅花。就像紅旗是鮮血染紅的一樣，鮮血也染紅了毛主席像的基座。

他說：「我沒有想到你還是處女。」

她說：「本來是想留給它的，」說著她還撫摸了一下他的襠部，臉上流露出了時間無法倒流傷感，「現在，它已經沒有機會了。」

他說：「我以為你在當知青時就已經被公社幹部那個了。」

她說：「你都想哪兒去啦？你真壞。」

他說：「男人不壞，女人不愛。」

她說：「是的，我愛……是的。我愛。」

……

後來他再一次將手指伸了進去，問：「怎麼樣？」

她說：「好多了。」

「不痛了？」

「好多了！」

……

最後她的身體在猛烈地抖動了幾下後對他說：「我像是被你給掏空了。」

「空了？」

「是的，空了。什麼也不想了。就像是一切都結束了一樣。」
「這就是傳說中的高潮？」
「是的。我感覺到了。高潮。」
「是我掀起了你的高潮？」
「是你掀起了我的高潮。」

（故事到了這裡，可以閉上眼睛仔細地將這個故事梳理一下。讀者會發現，明翠的處女血與張貧老婆的血是流在同一個地方的。如果張貧老婆的鮮血沒有隨著時間而消逝的話，那麼這血上的血將會像是一個臺階一樣，將這流血的意義送上一個更新、更高的階段。）

明亮在天空上悄悄地移動，地下的影子依靠著月亮在走路。不知不覺中，毛主席像的影子已經離開了他們兩人。沒有了影子這紗幕的保護，他們的身體就赤裸裸的亮（涼）在了空曠的廣場上。

感覺到了涼意，同時他們也吃了一驚——兩人的身體同時抖動了一下。這不是高潮。她用著剛才的經驗來比較，而他也沒有「什麼也不想了，就像是結束了一樣」的感覺。由此可以斷定他們的顫抖是因為冷。現在，由於沒有了掩護，很遠就可以看到他們白花花的肉體。他們同時流出了冷汗——心中念道「毛主席保佑！阿彌陀佛！毛主席萬歲！」由衷的念叨完這些後，他們匆匆地穿上衣服，迅速的離開了廣場。

廣場上空無一人，他們兩個人就像是在陽光下天空中掠過的兩只大鳥投射到地上的影子，在廣場上一滑而過……

不留痕跡。晴空下，天空中什麼也沒有；大地上便什麼也不會留下。這就是自然界之間的相互映照、投射。

三、明翠、王幹：在毛影子下經歷了他們的又一次

自從一九七八年恢復了高考之後，王幹就下定決心要考上大學。他知道只有考上大學才能夠擺脫現在的這種命運。孔夫子說過：「學而優則仕」。這句話雖然不是這個排行老二的孔姓聖人親口對王幹說的，卻也是他的父親王幹不傳告他的。我們古老的文化就是靠這樣一代一代傳承下來的。那還是他很小的時候——應該是剛記事時——父親用盡心思將這句話灌輸到他的腦海裡面了。

父親對於王幹的影響可以說是似海一樣深。從父親的身上他看到了當官的好處與壞處。兩種極端對立的好與壞，在父親的身上展示得淋漓盡致。可以做正面教材，也同樣可以做反面教材。不同的性格就會選擇不同的教材。王幹自認為自己是一個有大志向的人，所以當然會選

擇它做正面教材：當官多好，有權、有勢！想怎麼樣就怎麼樣。「權力」，每當想到這兩個字時，王幹就會將手上的兩個拳頭握緊，讓它們結實的像兩個秤砣，隨時準備將它們砸在別人的身上。這就是權力，這就是權力的用處。

王幹開始複習，他將以前所有的書都找出來，在家裡昏暗的燈光下讀著。漸漸地腦袋裡被填得滿滿的，就像要爆炸一樣。他想，只有到一個空曠的地方才能解除目前的困境。空曠的地方？只要有這樣的提問，這個城市裡的任何一個人馬上就會想到那個空著的廣場。王幹出了門，順道到明翠的家叫上明翠。他聽見明淨在房間裡問明翠：「又是王幹？」明翠沒有回答，顯然是厭倦了這樣的問題。明淨又說：「我不是說過？你不能跟他好。」明翠在走到門口時丟下了一句：「為什麼嘛？為什麼嘛？總要有個原因嘛。」本來在今天，明淨想拉下老臉來對她說：「因為他是你的哥哥。」但是她還來不及說出來，女兒就已經出了門。很多故事都會像這樣，就像是兩個人在街道上錯肩而過，而沒有相互看上一眼。

明翠出了門，王幹看到她說：「讀書讀得頭都大了。」

明翠則心痛地挽著他的手說：「不要太累了。走，我們散散心去。」

就這樣他們來到了廣場。月亮很亮。這個城市就是這樣，雨一般都是在夜裡下。乾淨清新的空氣、萬里無雲的天空，也基本上都是在夜晚。天上沒有雲，月光直接從天空照下來，將廣場照得銀亮銀亮的。如果從高處看下來，這個廣場就像是一個在黑暗的環境中間亮著燈的陷阱。王幹和明翠現在就在這個陷阱中。廣場上只有一片陰影，就是「月光從天上照射下來，到大地上，在經過毛主席的像時，在地上留下了一個不大不小的陰影。」在明亮之下，影子更加的黑暗。只有那裡可以躲藏起一些什麼。因為需要遮蔽、庇護。一個隱密的空間。王幹與明翠自然而然地向那裡走，進入到了陰影之下。進入之後他們的心安穩了。上一次在這裡面就是安全的。這是他們的一次人生的經驗。歷史的記憶。

他用手摟著她。她將頭往他的懷裡鑽。

「熱。」明翠輕輕的說，聲音就像是嘆息一樣幽靜綿長。

「我也是，好像是著了火。」王幹邊說邊將衣服的扣子解開……「脫了吧。你也，脫吧。」

「不……」

「別不好意思。你不脫，等一會兒衣服也會被燒化的。」

「你真壞……」

「男人不壞，女人不愛。」

「我可不是那樣，我不喜歡壞男人。我只喜歡好男人，你可不要學壞呀。」

「好！好！我不學壞，我做一個好男人……」

話雖然是這樣說，但是他們兩個人還是把衣服都脫光了。好像上面的一番對話與行為完全是分開的。「他的手在她的『那裡』停了下來，她的手又放在他的手上」，這一次，她的手堅定地將他的手拿開了。他有一些吃驚：「怎麼了？……」她用熱熱的目光盯著他說：「傻。我不要它，我要它。」說著她將目光移向了他的下身，他看見了自己的下半身已經魔術般變大的器具。

她看著它說：「你真壞。」

他看著她說：「你才壞。」

她說：「女人不壞，男人上不了。」

他說：「男人不壞，女人莫激情。」

接下來他們開始幹「那」事。她問他：「我應該怎麼辦？」他說：「我也沒有經驗，你先躺著別動。」於是她就躺著不動，他左右擺弄了一會兒說：「你也別像死人一樣躺著，也配合我一下呀。」她說：「你不是喊我躺著別動嗎？」她動了幾下，他輕聲叫了起來：「好像對準了。」她說：「進來呀！」他剛準備進去，就感覺到身體中的某一道閘門猛然間打開了，一股熱流沖了出來，將她的潮濕黑暗的沼澤地帶弄得更加的濕滑。

他喘著氣說：「不行了。我不行了。」

她感到有一些失落：「我還沒有感覺呢！」

她又問：「你有什麼感覺？」

他答道：「有一種什麼也不想的感覺。」

明亮在悄悄的移動，影子依靠著月亮在走路。不知不覺中毛主席像的影子已經離開了他們兩人。沒有了影子的這床被子，他們的身體就赤裸裸地亮了出來。感覺到了涼意，同時他們也吃了一驚——兩人的身體同時抖動了一下。由於有了以前的經驗，可以斷定他們的顫抖是因為冷。現在，由於沒有了掩護，很遠就可以看到他們白花花的肉體。於是他們匆匆地穿上了衣服，逃跑般離開了廣場。

四、明翠、王幹：在毛影子下的關鍵性一次

為了考上大學，王幹開始了複習。他將以前的課本找了出來，在昏暗的燈光下學著。每天都是如此。到了夜深人靜時候，腦袋裡就被課本填充得滿滿的，就像要爆炸一樣——這就是所謂的「填鴨式教育」？還是到一個空曠的地方，呼吸一會兒新鮮空氣讓頭腦清醒一下。空曠的地方？只要頭腦裡一閃現出這幾個字，熟悉這個城市的人立馬就會聯想到那個在夜晚空著的地方——人民南路廣場。

王幹出了門，順道來到東鵝市巷明翠的家叫明翠。他聽見明淨在房間裡大聲斥問明翠（顯然是為了讓王幹聽見）：「又是王幹？」明翠沒有回答，顯然是厭倦了這個沒有新意的問題。明淨緊趕著又說：「我不是說過，你跟誰好都行，就是不能跟他好。」為的是有時間說出下面她下定決心要說的話。明翠沒有感覺到母親這細微的變化，在走到門口時頭也不回地丟下了一句：「莫明其妙」。本來，明淨想拉下老臉來對女兒說出自己與王幹不那一夜的情事：「因

為……所以……他就是你的親哥哥呀。」但是母親已經沒有機會說出來了，女兒將門一甩就出了門。而明淨也明確地感覺到自己的身體越來越不聽使喚了。想動一下手，腳卻動了；想動一下腳，手卻動了。想張嘴說：「女兒，你聽我說……」但只有出氣、沒有進氣……

明翠甩上門，氣鼓鼓地在他的面前站住。王幹沒有看到她的變化，還是自顧自地說著：「讀書讀得頭都大了。」彷彿是一臺錄音機在播放一盒錄音磁帶。

明翠只有調整好自己的心情，挽著王幹的手臂，順著他的思路說：「不要累壞了。懂得休息才懂得工作。走，我陪你散散心去。」

就這樣他們來到了廣場。月亮被雲遮住了。這個城市就是這樣，雨一般都是在夜裡下。而清新的空氣也基本上都是在夜晚。天上有厚厚的雲，雨滴還沒有從雲層裡掙脫下來。如果從高處看下來，這個廣場就像是一個在黑暗的環境中間張開著的洗漱的乾乾淨淨的沒有口臭的大嘴巴。王幹和明翠現在就在這個大嘴中間。廣場上沒有一片陰影，沒有「月光從天上照下來，到大地上。在經過毛主席的像時，在地上留下了一個不大不小的陰影」。在這種場景襯托下，石像有一點兒像是廣場上一隻尖利的牙齒。在陰暗之中，石像白色的漢白玉大理石，微微發亮。因為它的「發光」忖托出周圍的黑暗，使光亮之外可以淡化著一些什麼。因為有了明顯與隱逸，除了石像之外一切都模模糊糊，不被人注意。王幹與明翠大膽地向石像的底座走去，進入到了石像倒下可以被砸中的範圍之內。進入射程之後他們的心安穩了。上兩次在這裡面就是安全的。這是他們人生閱歷。是經過歷史檢驗的。

他用手摟著她。她將頭往他的懷裡鑽。

「熱……」明翠輕輕地說，聲音就像是嘆息一樣幽靜綿長。

「我也是，好像是著了火。」王幹邊說邊將衣服的扣子解開……「脫了吧。你也，脫吧。」

「不……」

「別不好意思。你不脫，等一會兒衣服也會被燒化的。」

「你真壞……」

「男人不壞，女人不愛。」

「我可不是那樣，我不喜歡壞男人。我只喜歡好男人，你可不要學壞呀。」

「好！好！我不學壞，我做一個好男人……」

話雖然是這樣說，但是他們兩個人還是把衣服都脫光了。好像上面的一番對話與行為完全是分開的。「他的手在她的『那裡』停了下來，她的手又放在他的手上」，這一次，她的手堅定地將他的手拿開了。他有一些吃驚：「什麼？……」她用熱熱的目光盯著他說：「傻。我不要它，我要它。」說著她將目光移向了他的下身，他看見了自己的下身已經魔術般變大的器具。他用手撫摸了一下它說：「傻。等一下才用它。我這是先給你預熱一下。」

她看著它說：「你真壞。」

他看著她說：「你才壞。」

她說：「女人不壞，男人上不了。」

他說：「男人不壞，女人手都摸不到。」

預熱之後，她渾身像煮熟的麵條一樣軟綿，問他：「你真壞……這，這，這是從哪裡學來的？」

他說：「書上。那天回家後，我就去找了一本醫生的書來看。」

「什麼書？這麼好？」

「我也不知道，書破得已經沒有封面了。」

接下來他們開始幹「那」事。她問他：「我應該怎麼辦？」他說：「你躺著別動。」於是她就躺著不動，他左右擺弄了一會兒說：「你也別像死人一樣躺著，也配合我一下呀。」她說：「你不是喊我躺著別動嗎？」他擺佈著她說：「這樣。這樣。這樣……」她動了幾下。他輕聲說：「好，就這樣。嗯，好像對準了。」她說：「準備好了就進來呀！」進去就進去了，她感覺到身體中的某一道閘門猛然間被堵上了。他一上一下的動。她覺得那道閘門一下被堵上，一下又被釋放，就像是潮水拍打著堤岸，一次比一次猛烈，隨時都有可能將堤壩沖塌……後來，她感覺到一股熱流沖進了身體深處，將她的潮濕黑暗溫暖神祕的領域弄得更加的濕潤、溫暖。

與此同時，天空中響起了一連串的響雷「轟隆隆……轟隆隆……」。幾乎是同一時間，暴雨隨著雷聲一起落到了空曠的廣場上。「嘩啦啦啦……轟隆隆隆……」他同時感覺到身體左上方的石像猛烈地顫動了幾下。像是石像在抽筋？

雨傾刻間就將他們全身淋濕了。她身體裡剛感覺到的熱流迅速變冷，像是注入身體裡的就是這雨水。他喘著氣說：「剛才是不是地震了？我感覺到石像在晃動。」

她說：「我沒有感覺到呢！」

他又問：「你有什麼感覺？」

她答道：「是一種什麼也不想要的感覺。」

「明亮在悄悄移動——月亮走我也走——影子依靠著月亮在走路」，但因為烏雲層遮住了月亮，烏雲下的大地上沒有一丁點動靜。沒有影子能在沒有月光的曠野中行走。只有閃電讓城市撕裂般顯現出來，而後又躲藏在光明的後面。不知不覺中毛主席像已經在暴雨中被雨水清洗乾淨了。像是一根骯髒的陽具在一個潔淨女人的身體裡進進出出之後反而被擦拭乾淨了一樣。

雨帶來了涼意——兩人的身體同時抖動了一下。由於有了以前的經驗，可以斷定他們的顫抖不是因為滿足了，而是因為寒冷。沒有了黑暗作掩護，閃電之下，很遠就可以看到他們白花花的肉體在電光中爆炸一般地呈現。於是他們匆匆地穿上了衣服，逃跑般地離開了廣場……

是滿足了？

在回家的路上，他又一次說：「剛才毛主席好像動了。像是在抽搐。」

她說：「是你用力太猛了吧。」

他說：「我也不可能有那麼大的力氣呀。」

她說：「你在動，太猛烈了，所以才感覺到毛主席他老人家在抖動。是錯覺。」

在走到明翠家門口時，他們同時問對方：「為什麼『那個』之後我們都有──『一種什麼也不想的感覺？』」

他們同時回答：「是滿足了吧！」

明翠剛進了屋子，沒有一會兒就又衝了出來。她衝著王幹就要消失在街拐角的背影驚惶失措的喊道：「幹……不好了，我媽媽死了。幹，不好了。我媽媽死了。我媽媽死了。」

……

五、王幹、明翠：王幹有了文憑、明翠有了孩子「王明理」

明翠的母親死了以後，剩下明翠孤零零的一個人。王幹安慰她說：「你看，我不也是一個孤兒麼？」明翠則依在王幹的懷裡學著一句電影臺詞說：「你糟蹋了俺，你就要娶俺。」王幹哈哈哈大笑著說：「好、好、好，我就娶了你。白撿了一個老婆。」

王幹與明翠結婚了。儀式很簡單，就是請張解放到一家蒼蠅館子喝了一次小酒。王幹為什麼只請了張解放一個人，原因很簡單，就是向他宣示主權。張解放喝得有一些醉了，說：「從小我就一直暗戀著明翠。那個女妖精生下的就是小妖精。小的時候，我只知道一個道理——妖精就是美女。」明翠說：「你喝多了。別喝了。」張解放說：「我沒有喝多，我今天比任何時候都清醒……」剛說完，就趴在桌子上睡著了。

人一喝醉了，重得就像是死豬。王幹使出了吃奶的力氣才將張解放扶回了家。將他丟進房門，關上門就回家去了。

在新房裡，兩個人面對著面。反而不像從前，今天一句話也沒有。沉默中他們也覺得有一些尷尬。但是又不知道應該說些什麼。還是王幹打破了平靜：「我們來做夫妻應該做的事吧。」就像是聽到了一個指令，明翠開始脫衣。脫完之後就往被子裡鑽。王幹也鑽進了被子。一陣動作之後，王幹喘著氣從明翠的身上滑下來，問：「感覺怎麼樣？」明翠反問：「什麼怎麼樣？」王幹：「高潮了沒有？」明翠：「我也不知道。」王幹：「有那種什麼也不想的感覺嗎？」明翠：「有。從你一開始鑽進被窩就什麼也不想了。」王幹：「我知道了，是因為沒有偷情的感覺了。」明翠：「我覺得是地方沒對。我喜歡在空曠的陰影下……的那種感覺。曠闊下的緊張、陰影下的透明；空、擠、彈、壓、收、放……那是一種說不清楚的感覺……」王幹：「那麼我們再去廣場做？」明翠：「算了吧。你已經都出來了。」王幹：「我還行的。」明翠：「算了吧，以後的日子還長。聽說男人的精液一生中總量就那麼多，用完了就沒有了。」黑暗中王幹有一些感動，由此可以看出明翠是愛他的，關心他的身體。但仔細一想，反過來看也是為了她自己。

結婚的第三天，王幹就收到了大學的錄取通知書。王幹知道自己的命運從此就改變了，他流著眼淚對明翠說：「從此以後，我的身分就是國家幹部了。我終於可以像我的父親王幹不那樣成為王幹部了。」半個月之後，王幹拿著錄取通知書離開家上學去了。那天是這個城市常見的陰天，這並不影響他們的心情，一路高高興興的到了火車北站。站臺上擠滿了去上大學與送人去上大學的人。個個都是鬍子拉碴、老氣橫秋的樣子，一眼就可以看出這就是「被『四人幫』耽誤的一代」。

在上火車之前，明翠小聲地對王幹說：「我可能是有了。」

王幹在喜悅之下不明白明翠說的「有了」是什麼，便大聲地問：「你有什麼了？」

明翠臉一下子就紅了起來。她責怪地打了王幹的胸部一下，說：「小聲點。」她轉頭向四下看了一看，好像大家都沉浸在各自的幸福喜悅之中，沒有人注意別人的幸福。難怪大文豪托爾斯泰說「幸福都是相似的」，所以沒有哪個幸福的人會去觀察別人的幸福，因為它跟自己的幸福是一樣的。在這個「時間就是金錢」的務實而匆忙的時代，沒有必要去浪費時間獲得一個相同的答案。看到沒有人注意自己，明翠就貼近王幹的耳朵小聲地說：「有孩子了！」事情就是這樣：王幹聽到自己將有孩子了，而明翠並沒有從他的臉上看到她想要看到的喜悅。本來她就是想在分別之時將這個喜迅告訴他，作為一個讓他驚喜的禮物。只是這個目的並沒有達到。就在這樣的平平淡淡之中，他們兩個人暫時地分開了。

八個月之後，明翠生了。是一個男孩子。表面上看上去這個孩子一切都正常，有胳膊有腳。王幹有一些不放心，用手在孩子的眼睛前面左右晃了一晃，他的眼睛也跟著王幹的手左右轉著。王幹又用手在孩子的左右兩邊各拍了一下，孩子的頭也跟著節拍左右轉了一下。王幹放心了，說：「眼睛可以看見，耳朵可以聽到。是一個正常的孩子。」

現在王幹放心了，因為他曾經隱隱約約地聽到父親與母親為了明翠的事吵架，好像是說明翠有可能是王幹的親妹妹。王幹當時就想：「天底下哪裡有那麼巧的事？那種事情只有在小說裡才能出現。」現在看到躺在床上的嬰兒不缺胳膊不少腿，眼睛看得見、耳朵聽得到，跟正常的小孩一模一樣，心裡面喜歡得就像是從舊社會跨入了新社會——天是晴朗的天，地是豐收的地。那個心情呀，就像是裡面住著一隻喜鵲一樣。

他對明翠說：「就叫他王明吧。」

明翠說：「不好吧。中共的前領導人就叫這名字。況且又是一個反面人物。是什麼機會主義、投降路線的總代表。」

王幹一拍腦袋說：「看我高興的都糊塗了，忘記了說後面那個字。叫王明理，明白事理，多好聽、也有意義。」之後，王幹又小聲地說：「機會主義者有什麼不好？我看，現在所有的人都是機會主義哩。」

明翠沒有反對、也沒有附和。沒有發表意見。於是這個孩子的名字就叫「王明理」了。

孩子滿月的那一天，假期正好結束，王幹不得不又要回到學校。離開時，他在孩子的臉上狠狠的親了一口，弄得孩子哭了足足有兩個小時。只不過這兩個小時裡，他沒有任何感覺，反而是明翠又是餵奶、又是哄搖，忙得像是雞飛狗跳。

等王幹乘坐的火車駛出成都之後，明理立馬就不哭了。緊閉著眼睛和一張皺皺小小的臉，猛地看上去就像是一顆核桃一樣。

王明理八個月時就能夠說話，體現出了他與一般的孩子不一樣。那是王幹放暑假回家，一到家裡就匆匆地與明翠上床，幹完了「那事」之後，靠在床上覺得無聊，便對明翠說：「走，抱上明理到廣場上看看去。」

明翠抱著明理跟在王幹的後面。緊趕了幾步才跟他並排著走在一起。在快要到廣場時，遇到了張解放，張解放對著王幹喊：「哎，大學生回來了。」

王幹對他點點頭說：「嗯。放假了。」

張解放顯得很懂事說：「你才回來家，你們團聚、你們團聚，我就不打擾了。」

王幹哈哈一笑：「改天再一起喝茶。」說著他們已經就錯開了十米。廣場上人很多，只要不下雨，不管是晴天還是陰天，廣場始終都是這個樣子，就像是煮了一鍋滿滿的餃子——這裡浮起來、那邊按下去，擠來擠去的。熱鬧得很。明理一直在明翠的懷裡睡著，在到了毛主席像下面時，他就猛然醒了，對著石像就喊：「爸爸、爸爸、爸爸……」正在看著毛主席像的王幹，聽到明翠手中的孩子叫「爸爸」，高興地想，這孩子像我一樣聰明，才半歲多就會說話了，低下頭來看孩子，可是卻發現明道並沒有對著他喊「爸爸」，而是一直對著石像叫個不停。王幹停下來，抱過孩子，將他的臉轉向自己，可是孩子卻又將臉扭向石像，不斷地叫著：「爸爸、爸爸、爸爸……」明翠被這突然出面的場面給嚇壞了，周圍有那麼多的人，被人看到、聽到了怎麼辦？她拉了王幹一把：「快，趕緊回家去。」

她一把搶過孩子，飛一般地就走，明理在明翠的懷裡，扭著頭，對著站在廣場正前方的石像拼命地喊叫著：「爸、爸、爸，爸、爸、爸……」就像是生離死別一般。

回到家裡，明理足足哭了一個星期。這一個星期裡，要不是明翠硬往他的嘴裡灌了一些稀飯牛奶，他一定會餓死。到了第八天，明理已經虛弱得哭不出聲音來了。他沉默著，像是再也沒有力氣了，又像是在思考著什麼問題。明翠再一次將奶瓶塞進了明理的嘴裡，這一回他沒有拒絕，而是幾大口就將瓶子裡的牛奶喝了個乾淨。喝完牛奶，明理喘了一口氣，之後就低著頭對著地面大喊了九聲：「爸爸。爸爸。爸爸。爸爸。爸爸。爸爸。爸爸。爸爸。爸爸。」喊完後就閉著眼睛什麼也不說了。也不哭、也不鬧。

從此，王幹與明翠再也沒有帶明理去過人民南路廣場——儘管是住在廣場旁邊。他們害怕那一天出現的那一幕重現。

有一天居委會有人來通知說，明天廣場上要搞一個以愛國為主題的活動，讓他們一家人都到廣場上去接受教育。

這一夜，明翠整夜都沒有睡著，她害怕。害怕明理喊爸爸的聲音。那一天明理銜著石像喊爸爸，驚的她嘴巴張得大大的，足足有兩個小時都沒有合攏。一直到後來她覺得嘴巴裡乾燥的就像是大西北沙漠——莫高窟——中的一個石窟。她才想起來要將嘴巴合起來，以保護嘴巴裡面的那些對於她來說是文物的內容。

第二天一早，明翠起床，坐在床上發了半天的呆。後來敏捷地找來一根繩索將明理綁在床上，固定好，而後匆匆忙忙地向廣場跑去。明理開始大聲哭了起來，但是這哭泣聲與廣場上浩大的人群所發出的嘈雜聲音相比是微不足道的。就像是一滴水，掉進了大海。

廣場上聚起了好多人。人山人海。除了一九七六年的地震，廣場上擠滿了躲地震人。其他時候廣場上堆滿的人群，則都是由居委會動員來接受教育的。

這是一九八三年的秋天，天還沒有冷下來，只穿一件單衣就行了。有些怕冷的人則要多披上一件外套。明翠是屬於怕冷的那種人，但是今天出門她卻只穿了一件單衣，因為她知道只要一接受教育，她身體中的血液就會沸騰起來。就會全身發熱，臉上也會紅得像太陽。

到了廣場上，已經裝滿了人。高個子的人平靜地站著，而矮個子的人則踮著腳尖，將脖子像鴨子一樣地向上伸著，想要看清楚前面發生了一些什麼。好在政府早就已經為人民考慮到了這些，他們在廣場的中間搭了一個高高的臺子，將要展示的東西往上面一擺，再遠的地方也可以看得見。無奈人總是想看到的更多，看到了頭還想要看到肩、看到肩還想要看到胸、看到胸還想要再看到腰、看到腰還想要再看到腿、看到腿還想再看到腳……這種現象只能證明人民的接受教育的求知欲太強，所以都踮著腳，將脖子像鴨子一樣的向上伸起。從這樣的人民身上，政府強烈地感受到了自己的教育政策是成功的，並由此而覺得肩上的擔子沉重了許多——由人民的求知欲可以知道他們遠遠地還沒有學習夠，所以我們還應該用更多的東西來填充他們尚能思考的大腦。

明翠踮起腳尖，看到廣場中間搭起的簡易臺子上，一字排開地站著十餘個人。他們每一個人都低著頭，脖子上掛著一個牌子，牌子上寫著名字，名字上面打著一個大大的紅叉。以她的經驗，明翠知道那些人是被判了死刑的。馬上就要被拉出去槍斃。把他們拉出來亮亮相無非是想讓人們看一下政府不是吃素的，而是吃葷的——是要殺人的。只要你不接受教育，不聽話，就有可能要吃槍子。

看到有人被殺，是一件很愉快、刺激的事情。最主要的原因是有人要被殺了，而且被殺的人不是自己。或者與自己無關。在一個人口眾多、又號稱為是社會主義制度——國家一切屬於人民所有——最終的目標是共產主義。多一個人被殺，就意味著自己在這個國家中所佔有的國有資源又多了一些。我這樣直白的說出來，雖然是有一些殘忍，但我想這應該是一個客觀存在的事實。否則人民為什麼那麼喜歡看殺人呢？

被槍斃的人中間有一個是女人，遠遠的看過去長髮及腰。或許還是一個美麗的女人。明翠想，自己是來晚了，沒有辦法擠到前面去仔細地看一看她的臉蛋。都怪兒子，要捆綁好他，否則自己就不會出來得晚了。想著，想著，明翠的心裡竟第一次生出了對兒子明理的恨意。這種恨只是淺淺地浮在內心的表層，隨著時間的河流一下子就不知道飄到哪兒去了。在內心的深處，明翠計算著：天底下又少了一個美女，我的美女排位又向前靠了一步……

廣場上就是這樣堆積著一群亂七八糟的人，和亂七八糟的想法。也可以把這看成為是一種自由思潮吧？

在廣場上，還有一些胡思亂想，只要不說出來，只是在心裡想想是不會有危險的。基於此，總有一些人會跳出來說：誰說我們沒有自由？誰說我們不能公開集會？

第四幕　真的與假的

一、王幹、張解放及茶友：在茶館裡的一番對話

大學畢業後，王幹就在家裡等著組織分配工作。「等待」是最節省時間的。所以王幹覺得時間過得真慢，像是一條被擰乾的毛巾，還要從它的身上擰出水來。

為了將時間從日子中擠走，王幹經常到廣場西南方向的人民公園裡去喝蓋碗茶。花上五分錢，泡上一杯花茶，一坐就是一整天。

這一天是晴天，出來喝茶的人很多，幸好王幹來的不遲，他剛坐下來，同時占了兩個位置給茶友。跑堂的就過來問：「還是照老樣子來一碗？」王幹點點頭算是答應了。等茶端上來了，王幹丟出五分錢說：「先把錢收了。」跑堂的收了錢之後，又一路小跑的離開了。今天喝茶的人太多了，看來這個跑堂的是停不下來了。

沒過多一會兒，兩個茶友同時披著一身的陽光來了。兩人坐下來，就從口袋裡掏出了幾張紙，說：「你看看這是我才寫的詩。」

王幹拿起詩讀了一遍後說了三個字：「寫得好。」就沒有話再說了。

那人顯然聽得不過癮，說：「再多說一點，就那麼幾個字，太籠統了。」

「寫得好，就是寫得好。真的沒有什麼可說的了。有些東西就是這樣，太完整了，挑不出什麼毛病了，那也就真的是沒有什麼可說的了。」

這時另外一個人說：「這是不是說，寫文章要留一點毛病，讓別人挑出來，這樣就可以製造話題，讓別人有話可說？」

「我可沒有這樣說。」王幹停了一會兒又接著說：「寫得好、沒有毛病，這是從語法上來說的。但是要真正的讓人有話可說，那也許就是要有一點兒突破……也就是跟常理不一樣……這樣也許有些人會認為好，有些人會認為不好。兩邊一爭論，不就是有話可說了麼？那樣，你也就出名了。」

「說得好、說得好。就是要有爭議，一爭論起來，就會形成焦點。」那兩個人齊聲說。

每一次與朋友一起喝茶，王幹總是能夠掌握著話語權，這也許跟他是一個大學生有關。這也使他在心理上有一些優越的感覺。他常在心中想著：你們是被文學搞的，而我呢，則是搞文學的。

茶水在時間之中越喝越淡，漸漸地由深色變成淺色，再漸漸地變得透明起來。道理好像也是這樣，越說就越明瞭。大概已經是中午十二點過了，張解放也來了，他一坐下來就責怪著：

「就知道你們在這裡，也不喊我一聲。」

「你不是要上班麼？」

「唉，那個班有什麼上頭。好的工作都給當官的孩子找去了，留給我們這些平頭百姓的就只有那些又髒又累錢又少的了。」說完他覺得還沒有表達清楚，就指著王幹說：「還有就是留給你們這些個大學生了。」

王幹說：「當初叫你跟我一起去考，你就是不去。看看現在後悔了吧！」

「後悔？有什麼用？」張解放從口袋裡掏出了五元錢放在桌子上說：「哪裡有後悔藥？你幫我買一打來。」

王幹一把抓過這五元錢叫道：「哈哈，『財不外露』。這句中國人的至理名言你怎麼到現在都沒有搞懂？」說著他對另外那兩個人說：「我們中午的飯，有門了。」

那兩個人也跟著一陣壞壞的笑：「張哥今天又要出血了。」

張解放也爽快地說：「唉，就當是買了後悔藥吧。」

於是王幹對著跑堂的叫起來：「老闆，來五碗面。」

跑堂的小跑著過來問：「要多少面？」

「四個三兩，一個二兩。」說完後他又補允說：「二兩的少放一點海椒。」

跑堂的走後，張解放問：「我們這裡不是只有四個人麼？是不是明翠要過來？」

王幹回答道：「明翠在上班。我等會兒把明理喊過來，我出來的時候，他被他媽媽綁在床頭上呢。」

說到明理，氣氛就一下子沉重起來。一個說：「王哥那麼聰明，怎麼會生下一個瓜娃子呢？」另一個說：「明翠姐也還是很精明的呀。」張解放說：「你們懂什麼？就是聰明的人才會生下傻兒子。你看毛主席老人家，他一個人把好運全占了，生下的孩子正常的全都死了，活著的盡是一些個瓜娃子。」

「看來，這個世界就是以這種方式來保持公平的。」王幹嘆了一口氣接著說：「你們等我一下，我去把兒子接過來。」

從人民公園門口出來，沒有幾步路就到了西禦街。還沒有到家門口，他就聽到明理的哭聲。那聲音就像是鐵器在玻璃上面劃過，聽的人心裡一陣一陣的緊張。王幹打開門。門一開，明理就不哭了。因為他知道大人回來了，自己有飯吃了。

王幹將繫在床頭上的繩子解開，拉著他就出了房門。一出門，明理就想往廣場方向跑。王幹早就防備著他這一招，緊緊地抓住他的手。明理使勁掙脫了幾下，沒有得逞，只有扭轉過頭去，對著廣場正北的方向高聲喊著：「爸爸、爸爸、爸爸……」聲音淒慘得就像是與親人的生死離別。

王幹拖著兒子往人民公園的方向走（如果這種情況出現在二十年之後，看到這種情形的人一定不會認為這是一對父子，而會認定王幹就是一個膽大包天的人販子）。在估計到廣場上已經聽不到叫喊聲時，明理及時的停止了喊叫。而是像一隻溫順的小狗一樣跟著王幹走進了人民公園。剛好，面端上來了。大家端著碗開始吃了起來。

吃之前，明理對著廣場的正北方向念叨著：「爸爸、爸爸，我要吃飯了。您可別餓著呀！」接著呼嚕、呼嚕的幾下，就將碗裡的麵條吃完了。之後又雙手叉腰站在樹的陰影下面，微昂著那一張小臉，望著廣場的方向。喊著：「爸爸、爸爸，我吃飽了。您吃了嗎？」

張解放聽著覺得奇怪，問王幹：「他喊誰爸爸？」

王幹說：「也不知道為什麼，他生下來，第一次看到老毛的那個雕像就喊爸爸。真是見了鬼了。」

「他這樣叫也有道理。你沒聽那首歌這樣唱：『唱支山歌給黨聽，我把黨來比母親……』從這句話來推理，我們每一個人都是黨的孩子。而老毛是共產黨絕對的老大，所以我們都是他的兒子。」

「沒想到，你兒子小小年紀，就有如此高的政治覺悟，以後一定是一塊當官的材料。」說著就哈哈、哈哈的大笑起來。

「搞政治？」王幹自嘲的說：「只要不被政治搞了，就謝天謝地了。」

這下話題就由文學轉到政治上來了。

張解放說：「昨天我在參考消息上看到了一篇標題為《總理的「特殊」要求》的文章。說是「文化大革命」中，周總理陪外賓外出參觀。那幾天他吃飯很費力，吃得慢，吃得少。陪同的人認為這是睡眠太少，過於勞累造成的，心裡很犯急。

記得是在參觀大寨的前後，在一次行動前，陪同人員感覺他有什麼事要說，便問：「總理，你身體不舒服吧？」

「不，我身體很好……」總理說得肯定。但陪同人員太熟悉他了，能感覺出那種看不見聽不出的異常，便再一次問。

「總理，你有什麼事吧？」

「嗯，」總理略一沉吟，用商量的語氣說：「這次活動，吃飯要一起吃。你看，能不能設法把我碗裡的飯弄軟一些？」

「可以。飯都是盛好了才端上來的麼。」

「搞特殊了。」總理笑了笑，有些不安和苦澀。他忽然輕輕嘆出一口氣：「唉，我的牙齒已經全鬆動了……」

總理發出這聲輕嘆時，我看清了他變得灰白了的頭髮；曾經英氣勃勃的臉孔已經血肉耗盡，臉孔和脖頸的皮膚鬆弛下墜，並且出現了老年斑；他那威武明銳的雙眼也深深地凹陷下去……

陪同的服務員鼻子一酸，眼前模糊了，趕緊把臉轉向一邊。

「我的牙齒已經全鬆動了……把我碗裡的飯弄軟一些，」這就是總理猶豫再三才說出的「特殊」要求啊！

聽完之後大家並沒有被感動，而是再一次哈哈地大笑了起來。

一個說：「太假了、太假了。」

一個說：「原來周總理也想『吃軟飯』啊！我也想吃！」

另一個說：「我還以為總理的『特殊要求』是那種『特殊』呢！」

「你說清楚一點，是哪種的？」

「那種的呀！就是那種的呀！特殊服務。」說著大家都哈哈的大笑著。

最後王幹總結著說：「真是淫者見淫呀。難怪、難怪。」

英雄所見略同，大家一起怪笑著說道：「不怪、不怪、不怪……」正開心地笑著，鄰桌的一個中年人一臉嚴肅地走過來告誡他們說：「你們這樣說話，再往回去五年，可是要殺頭的」。停了一下，他望瞭望天空，無限懷念地說：「只是可惜毛主席他老人家走得太早了……否則你們全都要被殺頭。」說到這裡時，在一邊睡著的明理，像是受到了刺激，猛地睜開眼睛對著廣場的方向叫著：「爸爸、爸爸、爸爸……快點，來殺了他們。」說著還用手指著王幹。

由於有了這個不速之客，大家都覺得掃興。但是也不好再說什麼。隔桌有耳。沉默了一會兒之後，一哄而散，各自回家吃晚飯去了。

二、明翠、張解放：在廣場上看了一場電影

明翠下班從廣場上經過看到在東禦街的街口貼著一張海報，上面寫著：「今天晚上七點

半，放映電影《渡江偵察記》。地點：人民南路廣場。」

回到家裡，明翠對王幹說：「今晚廣場上放電影，我們去看吧。」

王幹一聽還是有一些興趣問：「是什麼片？」

「渡江偵察記。」

「都看過十來遍了。放來放去，就是那幾部片。」

明翠說：「我覺得還是挺好看的。就去看看吧。反正待在家裡面也沒有事情做。」

「這個片還是好看的，」王幹望了一眼明理：「但是再好看的東西也經不起這樣反復看呀！」

明翠聽了有一些生氣：「你是說我看久了討厭吧？連看電影都不想跟我一起去了。」

「又來了，又來了。我不是那個意思。」王幹又望了一眼明理：「你先去吧。明理一個人在家裡，你是知道的，他不能去。否則又爸、爸、爸的亂叫。不要鬧出了什麼政治事件出來。」

「你不是一直喜歡看那個三槍就打斷纜繩的鏡頭麼？太精彩了。第三次看這部影片時，你還說，就是看上一百遍也不會厭倦。」

「好了，你先去吧！我在家看著明理，不要讓他跑出去了。」王幹打斷明翠，看到她仍舊有些不高興，就說：「不是七點半開演麼？我等一下算準時間去，專門看連長甩出那三槍好了。看完了就回來。」

明翠搬著一張小凳子就出門去了。剛到廣場就看到電影幕下站滿了人。電影正在播放正片前的新聞簡報。上面說一個工人搞了一項什麼發明，水平已經超過了蘇聯、美國。電影幕下面的人顯然並沒有在看這個記錄片，而是在各自大聲地說著話。

新聞簡報放完了，開始放正片，人群裡的聲音一下子就小了起來。

電影上說：解放軍的一個偵察小分隊到江的對面去偵察敵情，經歷了一系列的驚險，最後搞到了情報，可是就在這時國民黨士兵也發現了他們，追了過來，解放軍偵察員情急之下上了一隻小船，可是小船的纜繩還沒有解開，情況萬分危急，這時只見解放軍的偵察連長甩出手槍對著纜繩「啪、啪、啪」就是三槍，纜繩應聲而斷。小船順利地回到了江的對岸——解放軍的控制區。一回到對岸，天就變晴了，天也更藍了，太陽也更明亮了，人民也更高興了。這也正驗證了那首歌的正確性：解放區的天是明朗的天，解放區的人民好喜歡……

銀幕上的電影剛剛演完連長「啪、啪、啪」的三槍打斷纜繩時，看電影的人就一哄而散，回家去了。明顯的大家來到這裡只是為了看這一個鏡頭。只有明翠和少數的十幾個電影迷還坐在銀幕的下面仰著腦袋認真地看著。不放過任何一個細節——那怕是再熟悉不過的。

電影演完，開始現最後的字幕，明翠才站起身，這時她發現廣場上除了她和放電影的工作人員外，還站著一個人——張解放。

她吃了一驚：「你也一直堅持看完了？」在明翠看來，別的人都是一直堅持著看完電影的，而只有她一個人才是享受著看完的。結果是一樣的，但是過程卻完全不一樣。

張解放說：「不，我沒有看電影。而是在看你。」張解放本來想在最後加上「如癡如醉」四個字，但是一緊張，就乾脆放棄了。這四個字是他精心設計的，比如說可以說是她看電影看得如癡如醉；也可以說是他看她看得如癡如醉。到時怎樣解釋，選擇哪一個答案，全憑劇情的發展、需要。

「看我？」明翠沒有再問下去。因為她知道，再問下去，就會問出一個她難以回答的答案。明翠是一個聰明的女人。她低下頭，手上拿著凳子，往回走。

張解放也是一個聰明的男人。他知道明翠沒有給他一個回答問題的機會，這也就說明了明翠沒有給他一個表白的機會。

如果明翠問他：為什麼看我？

他就會回答她：因為我喜歡你！

愛的即將發芽的小草，就這樣被掐死在了萌芽之中。

張解放只好問：「怎麼王幹沒有來看電影？」

明翠說：「他在家裡看孩子。」

「他還挺模範的嘛。」

明翠說：「是。」

說完他們就已經出了廣場，快走到她家門口了。張解放向下邊指了一下不遠處的一個路口陝西街說：「我走這條路回家。你路上要小心一點兒。」

明翠「嗯」了一聲，就已經站在家門口了。

三、王幹：王幹參加了「革命」工作，任務是「搞」文學

王幹是在一個雨天接到招工通知的。成都的雨天，多得就像是耗子身上的蝨子。數不盡也丟不掉。這一天王幹在家裡正悶得慌。人在無聊的時候總喜歡在心中默默的幹上一件事。王幹一邊看著腦袋有一些問題的兒子，一邊在盤算著時間。畢業已經都快要三個月了，為什麼組織上還沒有給我安排工作？國家不是正缺人才麼？像我這樣的大學生，怎麼不立即、馬上、毫不遲疑地用起來？辦事效率真低。但是換一個角度，站在政府的立場上一想，他又馬上覺得我們國家那麼大，事情那麼多，總要一步一步、一項一項的解決嘛。這樣一想，他就又理解政府了。

如果是一般的人，想到這裡就到此為止了。可是，王幹卻與一般人不同，他是一個大學畢業生——一個如假包換的大學畢業生。他馬上又站在了另外一個立場上，想：既然國家太大了政府忙不過來，為什麼不把這個國家分小呢？這就像是農民的土地種不過來，與其荒廢了，還不如把它包給別人。但是，農民的土地能與國家相提並論嗎？但是為什麼又有一句話叫「由小見大」呢？就這樣胡思亂想的在腦子裡亂轉著這些東西，越來越不著邊際，直到腦子裡像是要瘋了一般，他才將思想收回來，想：剛才想的那些東西嚴重地跑題了。其實要盤算的問題只有一個：招工通知什麼時候來？

想的問題一落到實處，答案就出來了。王幹想：今天，一定是今天。招工通知一定是今天就會被送上門來。

儘管每次想這個問題時他都是這個結論，儘管每次他都是對這個結論深信不疑。但是今天他還是同樣相信——招工通知今天之內一定會被送上門來。為什麼呢？原因很簡單，因為他是人才，每晚一天使用他都是對他的浪費、都是對國家的犯罪。

「一、二、三，敲門。」

門沒有響。

「一、二、三，敲門。」

門沒有響。

王幹幾乎就要絕望了。

「一、二、三，敲門。」

門沒有響。

王幹幾乎就要絕望了。他開始懷疑起自己來了。

「一、二、三，敲門。」

門沒有響。

王幹幾乎就要絕望了。他開始懷疑起自己的判斷力了，及所學的知識。最後他還是抱著試一試的精神，在心底咆哮著：

「一、二、三，敲門。」

門還是沒有響。世界、事情、事件，真不像自己想的那樣。那個時間表並不是由人定的。而是由命定的。這一刻，王幹猛然地就根據需要，將自己由唯物主義者改變成了一個唯心主義者。「聽天由命」吧！這四個字剛剛在心底落下來，還沒有找準一個位置舒舒服服的躺好，這時——

門竟真的響了。

「咣、咣、咣」。

王幹打開門一看，是一個郵遞員站在門口。他問：「這是王幹的家麼？」

王幹說：「是。」

「哦，有你的一封掛號信。請在這裡簽個字。」

王幹簽下了自己的名字之後，郵遞員轉身就走了。王幹關好門，打開信一看，果然是招工通知。組織上給他安排的工作是《古城文學》編輯。

「哈哈，」王幹興奮地大叫了起來：「搞文學。我終於實現了夢想——我可以搞文學啦！」

第二天，王幹就拿著招工通知，報到上班去了。總編輯親自接待了他，並緊緊地握住王幹的手說：「歡迎、歡迎。我們太需要像你們這樣的剛剛從大學畢業的同志了。」王幹則謙虛的道：「我還是一點經驗也沒有，以後還要請總編多多指教。」

「那是、那是。噢，哪裡、哪裡。」總編在與王幹一陣客氣之後，就帶他進入了一個房間，指著一張空著並均勻地鋪著一層灰塵的桌子說：「以後你就在這裡看稿、改稿、寫稿。有什麼困難儘管說。我們能解決的就解決，不能解決的也會盡力解決。」聽到這一句話，王幹的心就放下來了，這就是說——在這裡，沒有解決不了的問題。包了。一切都被包了。包括解決不了的問題。

待總編走出去之後，王幹仔細地觀察了一下這個地方的環境——《古城文學》編輯部的辦公地點就在省展覽館的四樓——推開窗子向正南方望去，正好可以看到毛主席高大的背影。能夠如此近距離地看著一個偉人的背影，王幹猛然感覺到肩上有一付無形的擔子壓了下來。心理上他自然就向下矮了一截。

在毛手勢的上空，天是陰著的。像是那些陰雲就是這座石像用手招來的。又像是它想要驅散這些聚集在頭頂上的陰雲。不管石像的主觀願望是如何的，客觀上在它的上空是聚集著厚厚的烏雲的。

有可能很快就會下一場大暴雨。雨水可以把石像清洗乾淨。白色的大理石在雨後，會更醒目？還是更淡泊？就像是要被遺忘。白色的大理石在雨後，會更白？還是會更新？就像是更加清晰起來的記憶。這又是兩個完全相反的答案，選擇任何一個都不會有錯。關鍵是要看你所處的是哪一個位置。同樣的，你的答案也會讓人看清你站在哪一種立場之上。

從這樣來看，這真是一個絕妙的石像。它可以讓人明辨，人的地位的不同，視角就不同。

是受益者？還是受害者？說出你的答案，就可以一目了然。

想到這裡，王幹在心中問自己：在大雨之後，眼前的這座石像是會被（沖淡）遺忘呢？還是會（洗淨）更加清晰的呈現呢？

想了一陣之後，王幹在心裡對自己說：「如果是昨天問我這個問題，我的答案一定是前者；而今天問呢，答案就肯定是後者。」為什麼呢？因為昨天與今天的地位不同了。在昨天他還是這個社會的邊緣人物；而今天呢，他已經成功的擠進了主流的社會之中。成了一個徹頭徹尾的受益者了。就像剛才主編說的那樣：「能解決的就解決，不能解決的也會盡力解決。」現在已經是，沒有解決不了的問題了……

有了這樣一個結論，王幹看著那石像背影的目光也漸漸的變得親熱起來——「母親只生了我的身，黨的光輝照我心」。

在這樣的心態下，王幹開始在毛主席的背後進入了「工作」狀態。他的手在厚厚的稿件中上下左右滑著——這一篇？不，這一篇。不，那一篇？哦，不、不，還是這一篇吧！在這種選擇的過程中，王幹有一種上帝一般的快感。決定權在我的手上，想看哪一篇就看哪一篇。這麼多的稿子，光讀都讀不完，更不用說編輯了。另外還有大量的稿件在寄來的途中，所以能被編輯選中翻閱一下的文稿，都是一種幸運——上輩子積了德。

四、王明理：嘴巴上貼著一根口罩上學去

王明理就要滿七歲了，到了上學的年齡。

王幹和明翠在明理七歲快要到來的時候，猛然陷入了一陣憂傷之中。明理就要離開這個家獨自上學去了。怎麼辦呢？明理說他是傻孩子吧，但他除了不叫王幹「爸爸爸」、只叫石像「爸爸爸」之外其他一切正常。面對這一事實王幹與明翠也進行過認真的反思：

「我們不應該在石像下，當著他老人家的面做那事。」

「是不是，那天你被靈魂附體了？」明翠只那麼隨意一問，就驚醒了夢中人。

「難道天底下真的有鬼魂？」如果答案是肯定的，那麼自己眼前的這個「爸爸」不分的人不就是「太子」了？王幹驚出了一身冷汗。就在冷汗還沒有被身體捂幹的時候，明理過來對著明翠說：「媽媽，我快要七歲了，我要上學。明理不上學就不能明白道理了。」

「上學？」明翠重複了一句說：「上學！好，上學。」接著她伏下身子，讓自己的臉與明理平行，而後才對他說：「明理，你要上學了。懂事了，你為什麼不叫爸爸，爸爸呢？」

明理很乾脆的說：「他不是我爸爸。」

「我是你媽媽麼？」

「是。」

「他是媽媽的老公麼？」明翠指著王幹問明理。

「是。」

「孩子，媽媽的老公就是孩子他爸呀！」

「別人是。他就不是。」

明翠急了，提高了聲調：「傻孩子，他不是你爸爸，那誰是你爸爸呢？」明理很堅定地抬手指了指廣場正北的方向：「爸爸一直站在那。」轉了一大圈還是回到了起點。再一次得到這個答案之後，明翠有一些傷心。看來隨著時間的增長，明理的智力並沒有增長。她抬起手想要打他的耳光，這時王幹一反常態的衝上來，阻止她說：「算了吧。孩子還小。由他去吧。」

明理並沒有領王幹的情，而是盯著他們恨恨地說：「我要讀書。」就在這時，廣場上的宣傳車上，又傳來了嘹亮而高吭的歌聲：

唱支山歌給黨聽，
我把黨來比母親
母親只生我的身
黨的光輝照我心……

一聽到這首歌，明理立即就平靜了下來，側著耳朵，專注地聽著……

王幹看到眼前的這種情境，更加證實了剛才的猜測。他心裡懷著一種激動，有一點語無倫次地說：「明理，我一定會讓你去讀書的。」

從此，在王幹的眼裡，明理就像是換了一個人。而在明翠的眼裡，王幹就像是變了一個人。唯一沒有變化的是——明翠——只有她還保持著一種天然的本色。

這天夜裡，兩個人躺在床上，王幹一直等到明理睡著，才推醒身邊的明翠：「我給你說個事情。」明翠以為王幹又想要幹「那」事，有一些害羞的說：「不是前天才來過嗎？」王幹說：「你都想到哪兒去了？除了那事就沒有其他的事嗎？」聽王幹這樣一說，明翠就更不好意思起來。是的，自己怎麼會往「那」方面想呢？唉，也許是因為做夫妻太久了，除了做「那」事，就沒有其他的話可說了。明翠在心底裡嘆了一口氣說：「有什麼事，你就說嘛！」

王幹向明理睡的方向看了一眼，再聽了聽，並沒有什麼動靜，確定他已經是睡著了，這才對明翠說：「你覺不覺得，明理有問題？」

「他本來有點問題呀？你是不是開始嫌他傻了呀？」明翠有一點在責怪王幹。

王幹辯解道：「我不是那個意思，我是說明理不叫我爸爸，而叫那個石像爸爸，實在是有一點兒奇怪。」

「我一開始也是覺得有一些兒古怪，」明翠也在黑暗中看了一眼明理睡的方向，確定那邊沒有什麼動靜，便再接著說：「後來一想，我們不是住在廣場邊嗎？廣場上廣播不是經常宣傳教育我們說，黨是我們的母親嗎？而毛主席不又是代表黨嗎？日久天長、潛移默化，所以他叫那石像爸爸也是說得通的呀……就是被宣傳害的。」

「一開始我也是那樣想，可是今天我猛然間靈機一動，想到了另外一個答案。」說到這裡王幹像是恐懼一般，什麼也不說了。

這樣一停頓，反而激發起了明翠的好奇心，她用手推了推王幹：「說嘛，你想到了什麼？」

王幹還是顯得有一些害怕，身體抖動了幾下，就像是做愛到最後射精時的抖動一樣。

明翠又推了他一下，催促他。

王幹又沉默了一下，才說：「我們的第一次，不就是在那個石像下面做的嗎？」

「是呀。那又怎樣？」

「我在想：明理是不是你跟那個石像生的孩子？」

「胡說。」明翠推了王幹一把，竟然就生起氣來了。

王幹趕緊安慰她說：「我沒有怪你。你有沒有聽過一個笑話？」

「你說嘛。」

「說的是，毛主席身邊的一個警衛戰士與毛主席身邊的一個護士結婚。新婚之夜新郎發現新娘子不是處女，於是便要新娘說出姦夫是誰，好去雪恨。新娘無奈，只好說出了自己在當護士其間經常去服侍偉大的領袖毛主席。沒有想到，警衛員聽到這話之後，立即赤裸著身子就跳了起來，對著妻子的下體就敬了一個禮，並高聲說道：『向毛主席戰鬥過的地方敬禮。』從此，那個警衛員對那個毛主席戰鬥過的地方敬若神明，每天只是參觀、膜拜，從來也不敢使用。」

明翠說：「想出這個故事的人太壞了。應該槍斃一百次。」

「別扯遠了。」王幹將思緒拉了回來：「你相不相信有神靈？」

明翠說：「本來不信，但經你這樣一說，就有一點兒信了。」

「不信不行。」王幹肯定地說：「你看看我們明理，從哪一方面看都像是毛主席的影子。」

「你的意思，明理是太子？」

「對。明理是太子。」王幹再一次肯定道：「而你，就是國母。」

聽到說自己是國母，明翠從心底升起了一種強有力的感覺。她推了一下王幹：「還不快起來，向主席戰鬥過的地方敬禮！」

這一次，王幹沒有理她，而是說：「別搞那些個形式主義。快點睡吧。」剛閉上眼睛，他馬上又睜開了，在黑暗中用發亮的眼睛盯著明翠說：「現在的重點是：一定要保守祕密。」

這一刻，他們同時想到了歷史上諸多的叛黨追殺太子的故事。

這一夜，他們都處於驚恐之中，像是隨時要準備帶著太子逃走。一直沒有睡好。

二十幾天之後，明理背著書包，高高興興地到處於東鵝市街的成師附小去上學去了。

從西禦街到東鵝市街，必須要路過人民南路廣場。上學的頭一天，明翠一夜沒睡，她在給明理作了一個口罩……

這使我想起了一首感天動地的古詩（需要將它稍稍的改革一下）：

慈母手中線
學子口上罩
臨行密密縫
意恐亂喊爹
誰知眼前人
竟然是太子

第二天，天剛亮，明理就看到了因熬夜而雙眼通紅的母親。她將一個綠色的軍用書包，斜斜的跨在明理的肩上，整理端正之後，又拿出一塊乾淨的白布，將明理的嘴巴堵住。第一次，明理將嘴巴裡的白布吐了出來，說：「我不要這個」。看到明理這樣，明翠通紅的眼睛裡流出了淚水。她一把抱住明理說：「孩子，媽媽這都是為了你好呀！」

看到母親一臉認真的樣子，明理彷彿意識到事情的嚴重性，他伸手將母親臉上的淚水擦去，而後主動將那塊白布又塞回了嘴裡。明翠眼含著淚水將才做好的口罩給明理戴上，而後牽著他的手就出了家門。在經過廣場時，明翠的手緊緊地握著明理，生怕他從手中逃出去。而明理呢？也是一直扭著頭望著廣場上的石像，在快要走出廣場，進入東鵝市街時，明理的頭扭轉到了一個最大的極限，眼睛中飽含著淚水，真像是一幅生離死別的畫面。

每一天，當這一對母子穿過廣場時，廣場上總會聚合起一些人來觀看這一對母子。他們圍著這兩個人從廣場的東邊到西邊，像是看著一個耍猴戲的人牽著一隻小猴子。絕大多數人都是邊看邊笑。但是也有一些人沉思著皺起了眉頭，認為這樣子做是不對的，終於有一個人忍不住了，他跳了出來，站在這對母子有前面。堵住了去路。明翠吃了一驚以為是碰到了刺客，她準備以自己的生命來保護手中牽扯著的這個小王子。決心一定，就沒有什麼困難能夠擋住她了。明翠像獅子一般低聲吼道：「讓開」。聲音雖低，但穿透力卻足以抵達人的心臟。那個人竟然就顫抖了起來，說：「你……你。這樣……為什麼……這樣……不對……是錯誤……孩子，是自由的……」雖然斷斷續續、口語不清，但明翠還是聽明白了，他是在說她——「做得不對」。明翠也不想多搭理他，只用了四個字就解決了戰鬥：「禍從口出」。一聽到這四個字，剛從「文革」經歷過來的人們就全部明白了——這一定是一個在「文革」受到迫害，至今尚未從歷史的陰影中解脫出來的受害者。答案一有了，圍觀著的人的好奇心也頓然全無。伴隨著這種心情，圍在明翠母子倆身邊的人民群眾就消失了。

到了學校的門口，明翠才將明理嘴巴上的口罩解開，再掏出他嘴裡的白布，蹲下來，對著明理說：「明理，你已經是學生了，應該明白道理了。好好上學去。記住，要聽老師的話。」

明理就這樣開始讀書了。每天，不管是風是雨、是冬天是夏天，廣場上的人們都可以看到一個母親牽著一個戴著口罩的孩子匆匆地從廣場上經過。那孩子臉上的口罩是一種獨特的口罩，不像是那種普通的大的可以將鼻子一起捂住的口罩。而只是窄窄一條，僅僅可以將嘴巴捂住，那種樣子形像的說來就像是當時女人們用的月經帶。

樣子是非常的難看，而且也非常的不雅。但是明翠和王幹還是堅持要明理戴上它。由此可見問題的嚴重性。用犧牲尊嚴來換取明理「太子」的身分不被發現，足可見此事非同小可。

經過上面一形容，與其說明理的臉上是戴著一幅口罩，還是如說是他的嘴巴上貼著一個封條更準確些。這個封條在走出廣場時就被解除了。因此，明理的嘴巴在廣場之外獲得了解放、獲得了說話的自由。

在明理讀三年級的這一天，明翠像往常一樣，「拖著」明理到了學校的門口，將他嘴巴上的封條解下，原先她以為像往常那樣，危險就這樣過去了，但是她沒有想到在課堂裡面，還是發生了一件她料想不到的事情：

那一天上課，老師在同學們坐下之後第一句就說：「小朋友，我們又要來學習一篇關於毛主席看戲的故事。請同學們注意「席」和「戲」的聲調區別。」

接著老師開始講解分析「席」和「戲」的字形。

「席」：半包圍結構，廣字頭，裡面是「廿」和「巾」。

「戲」：左右結構，注意「戲」左邊是「虛」，右邊是「戈」。

理解題意：毛澤東自一九四五年三月起一直擔任黨中央委員會主席，所以大家都親切地稱呼他為毛主席。課文講的就是他擔任黨中央主席的時候一次在延安看戲的事。

老師在課文中舉了三個例子：

一、毛主席看見前面坐滿了人，就在後面找個位子坐下了。

二、毛主席看見大家給他讓坐，就站起來說：「大家還是坐原來的座位吧，一動秩序就亂了。」

三、毛主席看見大家不肯坐下，就走到前面，坐在一個小朋友的座位上。讓小朋友坐在他的腿上，一起看戲。

念完之後，老師開始提問：「從這些句子中，你體會到毛主席怎麼樣的一種精神呢？」

一個女同學站起來說：「我體會到了毛爺爺遵守公共秩序的品質。」

老師問：「同學們說說看，這位同學理解的對嗎？」

「對……」班上的同學一致說。只有明理一個人沒有說話。老師細心地觀察到了這一細微的不同，便問明理：「明理，你站起來說說，剛才那位同學說得對嗎？」

「不對。」

「為什麼呢？」老師顯然有一些吃驚。

「毛主席不是爺爺……」明理幾乎是叫喊著說：「他是爸爸！」

話音剛落地，就有同學反應了過來：「老師，明理的意思是說——他是我們的爸爸。」

老師明顯是被明理搞糊塗了。但她還是想給明理一個機會：「明理，你是不是說錯了。來，你再說一遍。」

這時，明理便一個字一個字，清清楚楚地從嘴巴裡吐出來：「毛主席不是爺爺，是爸爸。」恰好在這時，下課鈴響了。老師只好說：「下課。……來，明理，你到我的辦公室來一趟。」

在辦公室，老師說：「明理，你怎麼一點也不懂禮貌。毛主席的年齡足可以當你的爺爺了。」不管老師怎麼說，明理就是低著頭，只說三個字：「是爸爸」。

老師說：「好。我管不了你，放學後我讓你的父母來管你。」

放學後，明理還沒有走出校門，就看見有一堆同學圍過來，指著他的腦門說：「想占我們便宜，門都沒有」。一陣亂拳之後，要明理喊他們「爺爺」。

明理順從的喊了。

有一個人想換一個花樣，讓明理喊他們「爸爸」。明理就是不喊。

再有人讓明理喊毛主席「爺爺」，明理還是不喊。然而如果讓明理喊毛主席「爸爸」，他一張口就喊了出來。

沒有人搞得懂這之間的因果關係。好在大家都打累了，也餓了。便回家吃飯去了。

站在校門口接兒子回家的明翠，看到明理滿身傷痕從學校裡出來，上前去問：

「明理，誰把你打成這個樣子？」

「同學。」

「他們為什麼要打你？」

「他們要我喊毛主席爺爺。」

「你為什麼不喊呢？傻兒子？」

「不是爺爺，是爸爸。」

聽到這裡，明翠也就不再說什麼了。她是這樣來判斷這件事的——就像是經過了嚴刑拷打，他仍舊肯定的事情，一定就是真實的了。從此，明翠更相信明理是真命「太子」了。她在心裡面惡毒的說：「打吧，你們打吧！君子報仇十年不晚。到時候都要還回來。」

想到這裡，明翠的臉上就掛上了一絲陰陰險險的笑容。

很自然的，在拉著明理經過廣場時，明翠的腦海裡猛然間浮現了幾行古文：

天將降大任於斯人也

必先苦其心智，勞其筋骨……

明翠前腳回到家裡，老師後腳就到了。明理看到老師，嚇得躲到了一邊。明翠不知道老師為何而來，但看到她一臉嚴肅認真的樣子知道不會是什麼好事。

老師一進門就開門見山的問：「明理這個孩子怎麼回事？」

明翠假裝糊塗：「什麼，怎麼回事？」

老師說：「同學們都喊毛主席爺爺，而他卻說，毛主席是他的爸爸。你們家長是不是這樣教的？」

明翠說：「我們從來沒有這樣教。不過……從年齡上來看，毛主席當爺爺也足夠了。」話音還沒有落地，明理就衝出來說：「是爸爸、是爸爸。不是爺爺……」

看到明理這樣不懂事理，明翠一個耳光就扇了過去，說：「閉嘴。」明理一扭頭，就衝出了門。老師看到眼前的這個情景，也沒有辦法，她說：「你看看，就是這樣。你們好好教教他。如果他還是這樣亂喊、亂叫，連一點輩份都不講，我確實不敢讓他來上課了。影響太壞了。」說完，老師就走了。明翠送到門口，還衝著她的背影喊了聲：「老師——慢走啊！」

再說，明理衝出家門就直接奔向了石像的下面，抱著冰冷的石質基座就痛哭了起來。漸漸地，他感覺到石像開始溫暖起來，溫暖著他的那顆受傷的心靈……

哭著、哭著，明理就像是躺在父親的懷抱裡一樣睡著了。等他醒來時，發現自己睡在家裡的床鋪上，剛才的一切，就像是一場夢。明翠坐在床鋪邊上，眼含著淚水看著明理。明顯的母親是一夜沒睡。眼睛紅紅的，沒有光彩。看到明理醒來了，明翠說：「兒子，我們今天就不去上學了吧！媽去給你跟老師請個假。」

明理聽到這句話一下子從床鋪上就跳了起來，說：「不行，我一定要去上學。」看到明理有如此的決心，明翠心裡想：是的，不上學怎麼能行呢？以後沒有文化，如何能管理好一個國家哩？想到這裡，明翠就像是革命女烈士劉胡蘭、江姐一樣，挺了一挺胸膛，說：「好！好兒子。媽媽這就送你上學去。」沒有想到，明理卻在這個時候說：「我不要你送。我已經長大了。我自己可以去上學。」

明翠說：「兒子，我是怕你到廣場上時，亂說話。」

明理馬上就到裡屋拿出那塊貼在嘴巴上的封條，自己就將它圍在了嘴上。看到這裡，明翠再一次哭了。她蹲下身子抱著明理說：「孩子，你真的長大了。」

明理這是第一次出門自己去上學。他一個小小的身影從廣場上經過時還是引起了一部分細心而不明真相人的注意——這個小孩子為什麼在大熱天還戴著口罩？難道是有病麼？明理一家人是這樣在內心裡回答他們的：「你們才有病。你們不知道、你們什麼也不知道。我們這才叫著是忍辱負重。」但在表面上，他們卻裝著什麼也沒有發生一樣，臉色平靜得就像是沒有經過藝術加工的石頭一樣。

明理到了學校的門口，才把口罩解下來，放進書包，就發現有一堆同學向他包圍過來。說：「叫爸爸。」

明理低著頭小聲的說：「爸爸。」

他們又指著石像的方說：「叫爺爺。」

明理仍舊低著頭小聲說：「爸爸」

話音還沒有落，拳頭就雨點一樣落了下來。砸在他的身上。正在這時，校長來了，他喝令同學們住手。

「怎麼一回事？」

「他說我們是他兒子。」有人指著明理的鼻子指證說。

「是這麼一回事麼？」校長問明理。明理低著頭一句話也不說。

這時又有同學指證說：「他叫毛主席爸爸，而我們都喊毛主席爺爺。他這不是在變著法兒說我們是他的兒子麼？」

校長這才意識到了問題的嚴重性。他嚴厲地對明理說：「你到我辦公室來一趟。」說著，校長就在前面走，而明理就一直跟在校長的屁股後面，到了校長辦公室。

校長問：「其他的同學都喊毛主席爺爺，你為什麼要叫他爸爸呢？」

「他是我爸爸。」

「那麼，王幹是誰呢？」校長在一步一步勸導明理。

「他不是我爸爸。」

「那麼，你是誰生下來的呢？」校長不愧是搞教育的，還是很有耐心。

「我媽媽生的。」

「光有媽媽可生不下來你唷。還要有爸爸才行呀。」

「我有爸爸，我的爸爸是毛主席。」說著明理還朝廣場正北的方向指了一下。

校長果然是搞教育的，顯得很有耐心：「那麼，我們換一個角度來說，同學們都喊毛主席爺爺，而你卻喊他爸爸，這是不是說你的輩份要比其他的同學要高呢？」

「我沒有這樣想。」

「那麼，你現在就可以想一想。」

「我覺得我跟他們沒關係。」

「人是群體性的動物，是不可孤立的。你再想一想，如果你叫毛主席爸爸，那麼像我這個年齡，從輩份來說，豈不是要與你稱兄道弟了？」

說到這裡，明理已經是無話可說了。他低下了頭。但是他在內心裡卻還是堅信毛主席是自己的爸爸。只不過，這一次他沒有再從嘴巴裡說出「爸爸」這個詞。

校長看到這，以為是自己的政治思想教育工作再一次成功了。他在讚嘆地對自己嘆了一口氣之後說：「好了，認識到自己的錯誤就好，快回去上課去吧。」說完，還不等明理回話，就將他推出門——關在屋子外面了。

八、九點鐘，外面的陽光猛然間爆烈了許多。又是一個成都難得的好天氣。很多人在陽光中想到了毛主席對青年人說過的一句話：「你們是早晨八九點鐘的太陽，世界是屬於你們的」。明理這個年齡是早晨幾點鐘的太陽呢？按照時間比例來推算，應該是五六點鐘吧。那時太陽還沒有升起呢。

五、明翠與明理：在戰鬥與打架中成長

明翠在戰鬥中成長：明翠在市裡的一個五金公司上班，具體的說來就是站櫃臺。是一名售貨員。一九八五年全國開展了全國服務行業學習的運動，運動要求「要把顧客當成是上帝」。明確的內容就是——笑臉相迎、笑臉相送。服務員們一下子由上帝（顧客要看服務員的臉色）轉變成了服務上帝（服務員要看顧客的臉色）的服務員。一開始還不是很是習慣。

那時候的具體問題是：上帝是什麼樣子的？把顧客當成是上帝，應該怎樣面對上帝？這些問題在明翠的頭腦中纏繞著，沒有一個明確的答案。如果說要有什麼體會的話，那就是下班以後會覺得比以前累了許多。還有就是顧客對自己的態度也明顯的比以往糟糕了許多。指手劃腳、粗聲粗氣，一點禮貌也沒有，彷彿是剛剛從蠻荒地帶進城的一樣。

每一天明翠回到家裡，將袖套一脫，就倒在床鋪上叫道：「累死了，老娘的腰都要斷了。」每當這時，明理就會放下手中的作業，跑過來對母親說：「媽媽，我來幫你揉揉。」聽得王幹總要吃醋：「還是做媽媽好呀，你看我，連一聲爸爸也聽不到。」每當這時，明翠就會

來安慰他說：「我們明理，不是一般的人。你也得忍讓一點。吃得苦中苦、方得人上人嘛。」
「是呀，到時只有你的國母的好處，而我呢？早就成了犧牲者了。」
「看你說的。我成了國母，而我們又是夫妻，你不是國父？誰是？」
說到這裡，家庭中就會朧罩著和睦親切的氣氛。

有一天，明翠去上班，剛換好衣服，班長就過來跟明翠說：「上級要我們選一個先進，報上去。」
明翠警惕地回答說：「那跟我有什麼關係？」
班長說：「我看你就行。」
明翠說：「你罵我呀！你才是先進、你們全家都是先進。」
「你怎麼能這樣說話？我還不是為了你好？」
「你是為了我好？先進值多少錢一斤？不就是一張紅紙麼？拿來擦屁股還嫌硬呢！我知道，當了先進以後，加班、髒活、累活、苦活，就都輪到我了，而且工資一分錢也不會多……」
還沒有等明翠說完，班長就打斷她說：「好了、好了，是不是先進也不是我說了算，要大家一起來投票才能決定。」
明翠還是有一些不服氣：「該民主的地方不民主，不該民主的又偏要搞。真是搞不懂。」

班長提醒她說：「你的這些話，如果前幾年說，可是要坐牢的。」

「坐牢就坐牢吧！總該管飯吧。」話雖這樣說，但是明翠還是覺得自己剛才說的話有一些過頭了。於是便頭也不敢回地走了。

下午四點半，班組開會了。大家圍坐在一堆，班長說：「今天我們要評選先進，這次是民主評選，大家投票決定，誰的票數多，誰就是先進。」

馬上就有人問：「當先進獎好多錢？」

「不要動不動就談錢，」班長說：「要多想一想怎樣為人民服務。」

馬上有人又問：「你不露個底，我們怎麼選呀！」

「據可靠消息，跟往年一樣：一張獎狀，外加一本筆記本。」

馬上就有人議論到：「這麼一點東西，一點物質刺激都沒有。」

「就是，獎狀又不能當衣服穿，也不能當飯吃。」

接下來，是自由討論時間。大家都不說話。班長動員了好幾遍：「大家都說說看，誰可以當先進？」

沒有人說話。因為大家知道，今天無論說什麼話都要得罪人。說誰應該當先進吧！那是把同事推到刀尖上；說誰不能當先進吧！那又是明目張膽地否定別人。於是，聰明的人都不說話。

沒有人說話，這就證明現在坐著的一圈人都是聰明的。人體外的時間好像在這一刻停止了。只有身體內的時間還在隨著消化系統在運動。比如說大便、比如說小便。明翠就覺得膀胱漸漸地脹了起來——剛才水喝多了——明翠憋了一會兒，實在憋不住了，起身上廁所。等她的身影剛消失，就有人提議：「現在不就正好了麼？」

於是大家紛紛表態說：我看明翠完全有資格當先進……非她莫屬……是她——實至名歸、非她——人間不平……

什麼讚美的詞都用上了。

這樣，鐵板釘釘的，明翠在屙尿之時就奇蹟般的在那種場合下當選成了先進——當明翠提著褲子從廁所出來，大家已經在收拾包包準備下班回家了。明翠問：「選出來啦？」

「嗯！」

「是誰呀？」明翠問一個平日裡玩得最要好的人。

「你去問班長吧。」著說神祕的一笑，就走了。

現在明翠已經知道結果了。她對班長說：「那樣不能算數。」

班長說：「這是大家投票的結果。你可不能破壞我們社會主義民主啊。」接下來，班長就說：「你已經是先進了，幹活一定要比別人多，這才能配得上先進這個光榮的稱號。你下班後把廁所給打掃一下。噢，別忘了關好門窗。」

說完，班長就也消失了……

明翠感覺到，當了先進之後，比以前給「上帝」做服務員時更累了……唉，人真是越活越累呀！

明理在打架中成長：明翠自從當上先進以後，下班比以前至少要晚一個小時左右。就不能像以往那樣站在學校門口來等待明理。明理每天一放學面臨的就是同學們的圍攻。他們聚集在一起，看到明理出來，就起鬨著：「兒子來了、兒子來了。」

明理也不理他們，而是低著頭往前面走。直到衝破這個包圍圈。在這個包圍圈中，通常要落下雨點般的拳頭，明理左一閃、右一擋、前一架的往前走，就像是少林和尚要打出銅人陣一樣。漸漸地明理的手臂變得強硬了、身軀也變得靈活而矯健了。雨點般的拳頭落在他的身上越來越少了。最後竟全部都被他招架開了。同學們並沒有發現這些漸漸發生著的變化，人多拳亂，誰都認為自己的拳頭已經落在了明理的身上。每一個打出拳頭的人都對自己是非常的滿意。

明理卻清楚明確的知道自己的這些變化，他知道自己越來越強大，反擊的時候就要到了。但是具體在哪一天開始反攻呢？明理還拿不定主意。

他還在等待著……

其實，明理也並不急於反擊。因為所有的拳頭都落在他漸漸粗壯的手臂上。這對於他來說只不過是一種鍛鍊。是他變得強大的一個必要的過程。

每天回到家裡，明翠看到明理完好的身軀，還以為是明理已經擺脫了同學們的圍攻。她也就放心下來，安心的承擔起了「先進」所必需付出的「早出晚歸」的代價。

而明理呢？回到家裡時，就像是變了一個人似的，「認真」地完成著自己在家庭中的角色——一個普通家庭的普通兒子。

六、王幹：《修改中篇小說》與「修改中篇小說」

每一天上班，王幹總是站在窗口悠悠然地望一陣子石像硬實、堅挺的背影，感受著一個高大的影子強姦般地硬生生、直捅捅地進入了自己身體——擠壓、填塞、漲滿、充實——而後才習慣性地讓手指在堆積的越來越厚的稿件上滑動，而後宿命似的數落著——這一篇？不，這一篇。不，那一篇？哦，不、不，還是這一篇吧！彷彿自己就像是皇帝一般。對於每一篇稿件的選擇，都應該叫著「臨幸」。

這樣想著，王幹就更加覺得自己手指滑動間停留在哪一篇稿件上的重要性。哪一篇呢？他的選擇遊移不定。久而久之，在選擇中王幹變得優柔寡斷起來——這一篇？不。這一篇？不。這一篇？還是不？……不能再這樣下去了。王幹想出了一個更好的辦法：每天上班他都要將從全國各地寄來的稿件集中到一起，而後站在桌子前面對著天空拋灑起來，落在桌子上的他才用過去的辦法來挑選看稿——這一篇？這一篇？不，就這一篇。其他落在地下的直接就進了垃圾桶。王幹這樣做的理由很簡單，要成為作家，也是要由命運來安排的。此時他就成了稿件命運的主宰者。

這一天他在飄落到桌面上的來稿中，發現有一篇的紙張與從不同，那是一種加厚形的紙，乾淨、整潔，像是少女一樣端莊而秀麗。就是她了。王幹從桌子上散亂的來稿中抽出了這一篇稿件，抖掉上面的灰塵，看到這是一篇名字叫《一個應徵的女人》的小說：

小說：《一個應徵的女人》

站在寫字樓的頂層，有一種遠離塵囂的感受。遠處的雲像汽車的尾氣一樣從明靜的玻璃前滑過。間歇有幾隻鴿子排著隊從空曠的天空中飛過，一副訓練有素的樣子。我可以想像到鴿哨的聲音在空氣中擴張的情景——夢幻、遙遠、浪漫、想像——想像中甚至可以讓聲音隨著陽光進入這間空寂的寫字間，把它們容留在腦海裡，回蕩，將死寂的空虛趕走，從而走入幻想的世界之中。

我努力捕捉著這種聲音，像一個獵人，在空洞的也許什麼也找不到的空間中尋找。每一點線索也不放過，我想，我的樣子可能有些可笑，但幸好辦公室裡只有我一個人，所以沒有必要擔心模樣太誇張。有可能的話我甚至可以將耳朵扯出體外，將它拋在天空之中，讓它自由地傾聽飛翔的聲音。可是這卻又不可能，因為人有著人的限制。

就在我在思想的天空中飛翔的時候，一陣電話鈴聲將我喚回到了現實之中，鈴聲急躁而迅速地漲滿了屋子，不給耳朵留下半點其他的空間。我將電話拿起，是一個女人，聲音顯得有些猶豫：「請問：你是孫晶嗎？」我說，是。她接著說：「我是英子，」也許是因為我確實想不起英子是誰，而吱支吾唔地猶豫著，她便低聲的補允說：「就是那個應徵的人呀！」我這才想起這是我的一個朋友——木易——在報上刊登了一則徵婚廣告（因為他沒有正式職業，又居無定所，信件由我來轉給他），的唯一一個應徵的女人。

她說：「我就在你的樓下，」停頓了一下，見我還沒有反應，又接著說：「是我上去，還是你下來。」

我馬上說：「太突然了，你還是別上來。樓下有一個茶鋪，你先喝會兒茶，我馬上就下班了。等下班後，我再帶你去找木易。」說著我便掛了電話。

現在我該整理一下思路，好讓大家可以更順利地進入這個故事之中：

我和木易是患難朋友，原先都是自由撰稿人，以寫稿賣字為生，可是隨著加入這一行業的人越來越多，我們的日子也越來越不好過，只有出來打工，我很容易就找到了一份工作，而他由於身體看起來很單薄瘦弱（身高不足一米六，體重不足八十斤）而沒有人願意用他，他也就只有待在我們合租的房裡，漫無目地的寫著小說與詩歌——按他的話就是搞文學。希望有一天能夠一舉成名。我則常常這樣對他說：你哪裡是在搞文學，我看是文學在搞你罷了。每當說到這，木易都是苦笑著說：「管他誰搞誰，總會有高潮的。」他沉默了一下，還會再補允一句說：「麵包會有的，一切都會有的。」

在日子較好過的時候，也就是我們才開始當自由撰稿人時，賺了一些錢。有一天木易對我說：「我想要有一個女人。」他說：「溫飽思淫欲」。這是前人對人性的結論，我不能讓自己破壞了這一結論。他說：「我們所能做的，就是去應證它，讓這一結論在現實中呈現。這樣才不會辜負先人得出的經驗。」

我不知道他怎樣糾纏著將這些論調拉扯到了一起，而且看上去還很有一些道理，自成體系。我無法反駁。以後他就開始了「對祖先的經驗負責任」的驗證，但由於身體及形像方面的原因，一直都無所建樹。

後來自由撰稿人的日子越來越不好過了，「溫飽思淫欲」的前提不存在了，他也就放棄了自己的目標與追求。整天將自己關在屋子裡，心安理得地搞起了純文學創作，要與那些小字輩的自由撰人拉開檔次上的距離。他的投入使我幾乎忘掉了他的存在，儘管我們還是住在同一間屋裡。直到那一天他又對我說：「完了，我寫不出來了，我需要有一個女人，從古到今、從中到外，哪個大文豪沒有美女相伴？我需要有一個能使我寫出華表文章的女人。」他說：「從古至今，哪一個大文豪沒有一個紅顏知己？我不能丟文人的臉，我要主動出擊了。否則我對不起那些前輩們。」說著他從桌上拿了一張紙給我。

那是木易擬寫的一則徵婚啟事，很短，但在文本上卻很有意思：「本人、男人，思維超前，性格多維，擅長寫作，適於作較長遠的投資，絕對是女性名留青史的絕佳載體。本男人徵婚條件：女人；活女人。凡滿足條件者請致信孫晶先生轉。」後面就是地址。

徵婚啟事刊出近半年才收到一封來信，我幾乎都要忘了這件事情。而這之間木易經常問我有他的信沒有。我說沒有。他則用懷疑的目光盯著我，像刀子一樣，似乎在懷疑我將他的信扣下了，將屬於他的女人從半路上給劫走了。我沒有理他，我知道這種事情是越說越說不清楚。越描越黑。後來他也就沒再提這件事。現代的時間和空間裡像是被注入了大量的洗衣粉，無論什麼東西很快就會被漂白洗淨。

信是直接寫我收的，沒有「轉」字。所以我就拆開來看了，信寫得很簡單，大概意思是看了徵婚啟事後想與我見個面。

信裡面還附了一張照片。照片裡的英子有些兒偏胖，在一片秋天的森林邊上，她懶懶地躺著，將稍顯得有點兒矮的身軀放直，這樣就顯得有些兒可愛，多少給人一種中世紀的貴婦人感覺。秋天的林子像火一樣地燃燒，有些紅透了的葉子落在地上，有些還像蝴蝶一樣在空中飛舞。這片森林在一個坡地上，坡斜斜地向下，一直延伸到她躺著的這個地方，出現了一條縫隙，而後就是一片平整的水泥地，看到這裡很容易就可以判斷出這張相片是在一個照像館裡照的，背景是畫的。如果用繪畫的標準來分析這幅畫，那麼這幅畫（像油畫的照片）多少還有些粗糙、技法上也存在著不足。比如陽光是從森林的背後照出來的，她又是背對著森林的，那麼她的臉應該是處在陰影之中，而不會像照片上那麼明亮——清楚而輪郭分明。她的臉衝著鏡頭微笑著，可以斷定她的笑容沒有經過任何職業訓練，平時也一定不常笑，因為她笑得有些兒僵硬，像是在被冰塊凍住之後，在透明的冰中使勁地展露出的一個笑容——舒展不開來。我將這封信轉交給木易時，他還有些感動，說：「以前錯怪你了……唉！哥們，什麼也別說了。夠義氣。」

將信交給木易之後，我也沒有再問過他這件事了。

到了五點鐘，下班了，我關上辦公室的門，下樓到茶鋪去找她。茶鋪裡只有她一個人，加上看過她的照片，真實的她比照片上的更要稍顯短胖一些，我徑直走向她，說：「走，我帶你去木易那兒。」

路上我問：「是木易叫你來的？」

她也不說話，拿出一封信給我，而後就平靜地望著我，好像是在說：「你別在演戲了，這封信不就是你寫的嗎？」就像是我在唱雙簧戲。我想沒有必要跟她解釋，等會兒看到了木易，她就什麼都清楚明白了。

上了六十四路公共汽車，坐下來，我開始看那封信，一打開信紙，我差點笑了出來，這封信像木易正在追求的「純文學」，有著非常獨特的文本，出人意料、出乎想像。

信只有一個大大的字：「來。」接著信的背面是密密麻麻的行路說明：「如果你從華陽那個方向來，那麼就必定是先到九眼橋。下車後再往前面走三〇〇米就到了九眼橋，過橋之後再走一〇〇米就到了六十四路公共汽車總站，付了一元錢車票後你就可以上車了。到青羊宮下車，記住一定要過馬路，到馬路對面你會看到有一個站牌，是十七路公共汽車的停靠點，車子來了之後無論有多擠你都要往車上擠，因為這路公共汽車從來就沒有空過，上了車之後千萬別往裡面鑽，因為你很快就要下車，否則很難再擠出來。你在車上要注意數數，門開了三次之後就下車，因為沒有人會報站名，即使報了站名在那樣雜亂的環境中也無法聽到。被像擠牙膏一樣擠下車之後，你注意觀察一下周圍的環境，找到一根貼有醫治性病、淋病的廣告的電杆，電杆的邊上有一條小路，不要猶豫往裡面走，到第二個路口時向左拐，你會看到有兩排房子。如果你同時還看到這兩排房子夾著一條不到兩米寬的臭水溝，那麼你的這次任務就基本上完成了。現在你只需逆著水流，向上走到第二個大門口，敲門，會有一個中年婦女來為你開門。你問「木易，木先生在家嗎？」她就會告訴你我住在哪一間屋子。你上樓來敲門，我打開門，你會發現我正在寫小說，桌上放著厚厚的一疊稿紙，還有出現在你眼前的充滿智慧的腦袋，這種感覺你喜歡嗎？」

正如木易信中描述的那樣，經過那樣的行走，我們站到了他的門口。太陽剛剛落山，將淡紅的顏色塗抹在天邊，另外還夾雜有些許昏暗。我和她站在門口，背對著陽光，陽光的餘輝將木易的臉照得清晰而蒼白。說實在的，木易長得有點兒醜，可他卻喜歡自己的模樣，因為他認為人長得越醜，才氣就越足。是成反比的關係。所以木易怕的是自己還不夠醜。

木易對著她笑了，露出因抽煙太多而發黑的牙齒。問：「這麼快就到了？」她顯然有些失望，沒有回答，只是轉過頭來望了我一眼，含有一點兒抱怨，我說：「還猶豫什麼，就是他——木易。」木易將身子讓了一下，留出了一個空間，她走了進去。我對木易笑了一下說：「我去老張那兒，你們慢慢聊。」

說著我便下了樓，剛下樓沒走出幾步，木易從後面追了上來，我對他說：「我去老張那擠一晚，把『做案』的地方給你騰出來。」

聽我說完後，木易就不再說什麼了。放心地轉身回去了。

老張住在我們的對門，也是一個來成都發展的朋友，混得也不算好也不算壞，剛好能把日子糊起走。站在窗口就可以看見對面屋子裡木易和那個女人坐在屋裡發呆。看得我和老張直發笑。過了一會兒，那女人從包裡拿出了一件毛衣，坐在床邊織著，而木易則坐回到桌前寫他的小說。那種氣氛讓我們旁觀者都覺得壓抑。老張說：「畢竟是第一次。」我說：「是的，凡事都要有開頭，開始是最難的。」

天已經黑盡時，有人敲門，是木易。我和老張正在吃飯，他進來後就說：「我也來混點吃的」，老張指著對面問：「她呢？她吃了麼？」木易說：「不管她，像根木頭一樣，進門後什麼話也不說，」嚥了一口飯之後又接著說：「我感覺她不是我需要的那種，剛才我試著寫了一會兒，根本就寫不出東西，她不能給我帶來靈感。」我問：「你準備怎麼處理這件事呢？」他臉紅著說：「即然送上門來了，不使用一下也太可惜了。」老張一臉嚴肅地批評木易：「壞人、壞人，你是標準的壞人。」我們都沒有再說話，吃完飯後，木易紅著臉走了。

編輯王幹的想法

將稿子看到這裡，編輯王幹也感到有些累了，他抬起頭望瞭望窗外毛主席塑像的背影，心中想著：他老人家也不知道累，成天站在那裡指揮著成都人民。看來他老人家確實是神，而我呢，只能成為人。這不，我就要休息。想著，他就將雙眼閉上，讓眼睛休息一會兒。但職業的素質要求他，眼睛需要休息，頭腦卻絕對不能休息。利用這個間隙他在想：「木易是標準的壞人嗎？如果木易都是壞人了，那這個世界上還有好人嗎？」

多年的生活經驗告訴他判斷事件的最公正的手段就是「察己則可以察人」。說通俗點就是：站在別人的位置上替別人想想。再簡單點就是四個字：換位思考。

想到這裡，王幹睜開眼睛，再望了一眼窗外高大的毛主席像。成都的太陽往往都是下午才開始發威，烈日下，一朵雲主動地從北邊飛過來，恰好停在石像與太陽成一條直線的頭頂上，為它遮住了一點陰涼。看到這，王幹懸著的心放了下來，接著往下想：

如果是我，我會怎樣呢？一個女人，一個主動送上門的女人。在中國的歷史上有誰拒絕得了「色」字呢？在可以查找的歷史典籍中，在他的記憶裡，好像只有一個人，叫：柳下惠。

算算看整個人類歷史中有多少人？幾十億，幾百億，幾千億。只出了一個叫做柳下惠的人。其他的人都是「標準的壞人」嗎？打擊了一大片對誰都沒有好處。也不符合我黨提倡的——團結大多數——的原則。「團結一切可以團結的力量」。

對於這樣一個送上門來的女人是「吃」呢？還是「不吃」呢？如果一定要給一個答案，我還是會站在大多數人的一邊。否則大多數怎麼會成其為大多數呢？於是王幹決定將「壞人，你是標準的壞人」修改為「你呀，你呀」。

於是，王幹提起紅筆將「壞人，你是標準的壞人」劃掉，修改為「你呀，你呀」。

回到小說《一個應徵的女人》中

望著木易的背影，我對老張說：他也不容易，一個作家成天坐在家裡，幾乎沒有與女人接觸的機會。只有通過徵婚的方式來找女朋友。好不容易來了一個，放棄了當然有些可惜。

第二天是休息日，我躺在老張的床上睡著懶覺。老張一大早就出門去了，他說要去人民南路廣場逛逛、湊湊熱鬧——沒有人湊，如何熱鬧得起來？他出門的時候認真地說：「這也算得上是一種貢獻吧！」我說：「是，是。這就是『蝴蝶效應』吧。」這是我昨晚剛從老張桌子上的一本書裡看到的詞，馬上就現炒現賣了。

大概九點鐘左右，有人敲門，是木易。他滿臉淫穢的壞壞地笑著：「搞定了。真沒想到那麼容易就得手了，昨晚我回去時她就已經躺在床上了，只穿了一件貼身的小內衣。看來她也很需要，她的臉通紅，眼睛一直望著我，直到我在桌前坐下來，背對著她繼續寫我的小說時還能夠感受到她的目光，燙著我的背。我滿身的不自在，但又不知怎樣說第一句話，我這才感受到什麼是第一次了，人為什麼要把第一次看得那樣重要。沉默著，還是她先開口說話，問我在寫些什麼。這可問到了我的拿手好戲上了，我對她說我在寫一篇小說，主題是探討真實與虛假。故事說的是一個刑滿釋放人員，在一個髮廊裡遇到了一個髮廊妹，髮廊妹問他要不要做『特殊服務』，他說：不，我只想得到愛、關懷。他要求她扮成他的女朋友送他上車回家。她答應了。在這個過程中他們都很投入，後來她真的認為他愛上她了。為了演得更逼真些，他在上車之前給她留下了自己真實的通信地址。回到家後他收到了髮廊妹的來信，信中說要到他家來，與他一起過正常人過的日子。她不想再幹這肮髒的工作了。他在她的來信的背面給她寫了一封回信，信中說那只是一次交易，一場戲，是假的，勸她不要當真。他說假的就是假的，真的就是真的，它們不能互換。

當時她還挺感興趣問我：這個小說叫什麼名字。我說：這篇小說的名字叫《存在於一張紙兩面的真與假》。」

我打斷木易的話，說：「你的這個故事確實還是有點意思。」木易說：「她也是這樣說的。她說故事很有寓意，標題也很貼切、生動。後來她就說，『很晚了，上床睡吧！』於是我就上了床，與她睡在一起，自然也就幹了那個事情。看來不只是我，而她也很需要，我感覺得到她的饑渴與熱情。」

我站起身在窗口向對面的屋子望去，裡面空空的，我問：「那女人呢？」木易說：「我送她走了。她不會再來了，我對她說我很忙，會給她寫信，需要時，叫她來，才來。而我是絕對不會給她寫信叫她來的。」

我說：「你這不是把她當成是應招女了麼？」

編輯王幹的家庭生活

看到這裡下班時間到了，王幹關上辦公室的電燈，夾起稿子，關上門就往家裡走。經過廣場時，看到廣場上的人多得起堆堆。他只有躲著、閃著、避著……往前走……

看到丈夫回來了，王幹的妻子明翠說：「廚房裡的醋沒有了，快點下去買一瓶。」王幹說：「沒有醋將就著吃嘛，算了算了，明天再說。」明翠說：「明天還不是要買，真是死腦筋。」一邊的十歲的兒子王明理也在幫腔：「死腦筋、死腦筋、死腦筋。」每當在這種時候，不叫他爸爸的傻兒子總是站在他媽媽的一邊。

王幹下樓打醋時想，那個徵婚的故事再往下面不知道會怎樣。那個女主角「英子」也許是出於什麼原因才會去應徵，絕對不會是為了那一夜的歡愉。想到這裡，已經到了雜貨鋪，女老闆問：「王大編輯要什麼呀？」他說：「醋。」女老闆拿醋給他時說：「王大編輯也要吃醋啊。」他說：「是我老婆要吃。」女老闆說：「明翠吃醋了呀，是吃誰的醋呀？」王幹說：「不吃誰的。」女老闆說：「我不信，聽說那些文學女青年浪漫著呢。」王幹說：「我可沒有碰到過。」說著眼睛就直直地盯著女老闆已經漸漸肥胖起來的腰部。他知道這女老闆就是雷聲大，雨點小。有一回他對她說：我們就來「偷」一次吧。她就不吭聲了。他不喜歡這種敢說不敢做的女人，從此後也就不願意再理她了。這樣，關於「英子」的思路被打斷了。王幹回到家裡，將醋交給妻子。總算是做了一件事。明翠就是這樣，每天都要支配他幹一件事情，以顯示自己在家裡面的權威地位。

女人的小心眼還能夠逃得出他的眼睛？只不過這時的讓步可換得家庭的穩定、和諧。「穩定壓倒一切」，這是天大的真理，何樂而不為，既是為了國家也是為了自己——這也算是為「社會和諧」做出了貢獻。況且看著女人的表演有一種目睹班門弄斧的快感。大智慧和小聰明的區別就在這裡。

吃飯了，剛到飯桌邊就聽到明理在喊：「又是醋溜白菜，我討厭白菜。」明翠說：「兒子乖，媽媽給你炒了一碗好多好多油的蛋炒飯。」聽到這個承諾，兒子就不爭了，乖乖地坐在了椅子上。王幹說：「你這樣會把兒子教壞，凡事都要跟人爭，為什麼不跟大人一起吃？」妻子說：「你懂什麼，從小就要陪養孩子的競爭意識，讓他知道凡事都要靠自己去爭取，會爭才會贏。」王幹說：「我也爭過，為什麼到現在我還在吃醋溜白菜呢？」明翠不說話了，眼睛裡亮亮地閃著淚花，每當這時王幹就知道妻子贏了，他低下頭開始吃飯。已經十歲的兒子在一邊狠狠地盯了他一眼。

在一個飯桌上吃飯的家庭是幸福的，為了表現這種幸福，他們在飯桌上要說一些很市井的話。妻子先打破了僵局，說對面的李先生的家今天買回了一臺電視，能夠收十幾個頻道呢。安裝電視的人在李先生家的牆上打了一個洞，通了一根電視接收天線進去，弄得李先生直嘆氣，說當時裝修時沒有預留一根電視天線，真是老土，沒有遠見。妻子說：「聽到沒有，記住以後裝修房子時一定要預留一根電視天線。」王幹說：「我們哪裡有錢裝修房子呀，更不要說買電視了。」妻子來了興趣（每次說到錢她總是很興奮）：「我算過了，你每個月工資四〇〇多元，加上我的工資每個月我們有六〇〇元左右，每個月省一點，可以存二〇〇多元下來，就算一年存二〇〇〇元錢，那樣只要兩、三年的時間我們就可以跟老李家一樣了——簡單的弄一下房子再買一臺彩色電視。」王幹想，女人就是弱智，三年之後，世界會變成啥樣子？那時候誰知道還會有什麼先進的東西發明出來，那時候電視也許早已經過時了、落伍了。王幹沒有說出來，他怕打破了妻子美麗的夢。有夢的女人可怕，沒有夢的女人更可怕。

王幹想，現代社會的科技發明將人投入到了可怕的物質追逐之中，誰也不甘落後，人的一生就像是一場接力比賽，拼命地向前衝，向前伸出手去抓住新生產出來的機器……接著，前面又有新的更先進的機器生產出來……王幹不敢再往下面想，對於陷入家庭生活的男人來說太豐富的想像力只能成為前進道路上的一個包袱，他在下意識裡將這個包袱甩掉，感覺上就輕鬆了許多。

在明翠洗碗時，天已經黑了，星星升了起來。但城裡的人卻看不見星星，知識告訴十歲的明理說：地下黑漆漆，天上亮晶晶。兒子望著窗外問：「星星是不是在很遠很遠的地方？太遠了明理才看不到它們？」王幹「嗯」了一聲。兒子又問：「那書上的人怎麼能看見呢？」王幹覺得有些煩，只好回答他：「等你長高了，離星星近了就可以看到了。」

王幹與妻子躺在床上，望著窗外被零亂的燈光照得發渾變暗的夜空，各自進入了自己的世界。王幹想：兒子是「太子」已經不是她唯一的希望了，她還有一個更現實的願望——「攢錢」。這兩者是如何和諧地住在她身體裡的？王幹在這邊想著，明翠卻在那邊說：「我們現在的首要任務是存錢；還有就是要抓緊明理的學習，以後他還要幹大事。現在的苦，是為了以後的甜啊。」說完，她便睡著了。

第二天一大早，王幹就起床了。洗漱好了之後，便匆匆地出門上班去了。自從當上編輯以來，王幹就不喜歡在家裡面待了，一是害怕明翠總是跟她提錢的事（很奇怪，在他工作以前，明翠從來就不跟他談錢。而自從他工作了之後，明翠的嘴巴上就離不開錢了。也許是以前提了也白提，而現在一天到晚都在提。看來女人是不能給她希望的，如果給她一點點，那麼她都有辦法把它畫成一個大餅）；二是家裡面也確實是太亂太擠了，不如辦公室寬敞明亮；第三，家裡的事鎖碎且沒有意義，而在辦公室裡不但有意義，並且還可以找到那種「搞」文學的感覺。

王幹到了辦公室，一坐下來，就開始接著讀昨天沒有看完的小說：

小說《一個應徵的女人》與女性作者

「沒想到沒過一個星期英子又來了，她坐在木易的床邊，在織毛衣。我推開門進去，吃了一驚，木易也顯得有些不好意思，當著我的面責怪她道：「沒有叫你來，你怎麼就自己跑來了。」聽口氣像是她已經屬於他了。她不吭聲，仍舊在認真地織著毛衣，像是在說「你搞了我，就要娶我」。彷彿自己就是這個屋子的女主人。

看著木易無奈的樣子，我只有再到老張家去。剛到老張家，沒一會兒木易也來了，他一進門就對我說：對不起，真對不起，又讓你無家可歸了。我笑笑，說：丟不脫了吧？木易說：我也不知道該怎樣對她說。你去幫我跟她說吧，就說我們不是很適合。我是未來的大作家，需要的是美麗浪漫能夠給我帶來寫作靈感的女人，而她則使我感覺自己像是一個家庭婦男。每次她一來了之後，世俗、平庸、現實、生活就包圍了我，而我需要的不是生活而是藝術。老張在一旁嘲笑他：你的藝術就是自私、無賴、一肚子的壞水，藝術家並不都像你那樣是個壞人，只知道索取。顯然，老張還在為那個女人抱不平。木易沒有理老張的挑釁，而是眼睜睜地望著我。我說：好，我去幫你說說。

回到了木易的屋裡（也是我自己的房子），我看見英子沒有織毛衣了，而是在看一張照片，遠遠地我瞟了一眼，正是她寄來的那張。她對我笑了一下說：這張照片我拿回去了。我問：為什麼呢？她說：我跟他不合適，我想就這樣算了。我問：剛才你怎麼不對他說呢？她說：我一進門就看見他在寫作，很真認，也很苦。我不想使他傷心，因為我從小也喜歡塗塗寫寫，夢想成為作家，也特別崇拜作家。看了徵婚廣告，我想他也許能夠幫助我發表作品，但是從一見面時我就知道他幫不了我，甚至他自己都無法幫助自己發表作品。他不是我需要的那種人。為了成為作家我可以不惜一切代價。她說：這次回來，我就是為了拿回這張照片。」

看到這裡，王幹忽然突發奇想：她要找的人也許是我。如果她付出了代價，我能夠幫助她把小說刊登出來嗎？總編的那一關可以過得了嗎？如果小說的質量太差，就像質量不合格的產品，有些修理修理還可以將就著用，有些無論怎樣打整都是廢鐵一堆。她的這篇小說可以修改得出來嗎？

他抬起頭望瞭望對面桌子的編輯部裡唯一的女編輯，桌子是空的，今天她沒來。一直以來，編輯部只有他在按作息時間上下班，她基本上都不在辦公室。即使來了，也是接近下班時間，來坐一會兒就下班回家了。來找她的人都親切地叫她「女編輯」。女編輯編發的稿件清一色的都是男性作者寫的。女編輯通過編發男作者的文章來與他們發生性關係，這已經讓她至少幹了三位數以上的男性了。根據呢？是從編發男性作者的數量來進行統計的，據說凡是被她「編輯」過的男作者無一倖免，全都被她「采陽補陰」地有效利用過了。所以年近五十的女編輯看起來就像是三十出頭一樣，膚色紅潤而有彈性。王幹覺得男作者寫的那些東西都是一些文字垃圾，每次女編輯送稿子上去，總編都要說：「太單薄了，不夠豐滿。」女編輯就嬌滴滴的說：「都是新生力量嘛，當然離總編您的水平差得太遠，您老人家再幫我潤潤色，修改修改嘛。」早已經開始發胖的身體搖擺得就像是糊不上牆的軟泥。於是總編就不多說話了，大筆一揮：同意發稿。對於保持著與年輕的男作者和年長的總編輯都有「那種」關係的事實，王幹在私底下佩服女編輯的這種「老少通吃」的精神，確實是「胃口好極了」。

女編輯與總編輯的關係可以說是公開的祕密。因為熟悉他們的人只有除了女編輯的丈夫和總編的妻子兩個人外，誰都知道他們之間的關係。絕對是公開的祕密。由於人們善意地隱瞞了一個丈夫和一個妻子的另一個丈夫和另一個妻子的婚外情真相，所以毛主席像背後的這個巨大而堅固的建築裡一直沒有爆發出人們不願看見的夫妻大戰。成都人的善良是王幹一直樂意待在這個城市裡而沒有產生另謀高就想法的主要原因。

王幹正天馬行空地亂想，一陣電話鈴聲將他拉回到了現實之中。電話裡傳來了一位陌生的女性的聲音：「是編輯部嗎？」王幹說：「是，請問你找誰？」對方說：「我是一個作者，就是《一個應徵的女人》的作者，我想問一下我的稿子收到了嗎？」王幹說：「收到了，收到了，我正在看呢。」電話那頭說：「請老師多提意見。」王幹順口答到：「好說，好說。」電話那頭說：「那我今天下午就到編輯部來？」王幹覺得有些突然，但又不好拒絕，只能回答到：「好，唔……好吧。」電話那頭立即就掛了。這邊的電話還沒有放穩，馬上電話又響了，王幹再拿起話筒，還是剛才的那個女人：「請問老師貴姓？」王幹答：「免貴，姓王。」電話馬上又掛了。

在這段時間裡，王幹匆匆地翻了一下小說的後半部，大概說的是英子如何走出陰影，通過奮鬥終於成了一個擁有百萬資產的火鍋店的老闆。

下午二點鐘剛過，女作者就到了。她將半個腦袋探進門問：「請問王編輯在嗎？」王幹覺得似曾相識，越看越覺得像是在那兒見過，但又不好多問，於是便答道：「我就是。」編輯部只有王幹一人，女作者從窗子望出去，盯著毛主席像的屁股說：「王老師看上去真年輕，原先我還想著是一位老先生呢。」王幹說：「你不是年紀更小，年輕有為啊。……噢，是這樣，看小說中的敘述者，我還以為作者是個男性呢？」女作者說：「我想，我想……以第三者的身分來講述，會讓作者站在一個更客觀的層面上……再說，這也是換位思考，就是女人站在男人的角度和立場上來寫……」王幹覺得她越說越不著邊際，及時地打斷了她：「但是，如果用第一人稱述敘就會讓讀者感覺更真實。」

女作者的眼睛繼續停留在石像的屁股上，想著：如果按比例，那石像私處的那根傢伙該有多大呀？應該真正的像是一門小鋼炮一樣大小……如果真正的是一門小鋼炮，那麼真正的女人有誰能受的了呀？想到這裡女作者的心情開始憂鬱了起來，她開始為隱藏在這個石像背後的性生活而擔憂。沒有性生活就一定不會快樂，這也是不符合人性的。於是在她被文學注滿的心田湧出了一句像米湯一樣粘稠的詩句：「沒有性生活，就沒有新中國；沒有新中國，就沒有性生活……」對了，這個石像完全可以和被驅趕的歷史事實與社會的意識形態夾合而形成的縫隙進行交媾。

一個剛剛踏上文學之路的文學女青年的思緒就像是洪水一樣氾濫著……這使的女作者臉顯得有些微紅，但是她畢竟是一個懂得如何寫文章的人，懂得——「不能跑題」、「圍繞主題」、「形散而神不散」——這些個最基本的寫作規律，於是及時地將已經彌漫的思緒收了回來，回到了與王編輯正常的談話之中：「王老師見笑了，還要請老師多多指教呢。」王幹說：

「好說、好說……哦，噢，也談不上指教，還是共同探討吧。」女作者說：「王老師客氣了，您就給我提提意見吧。我洗耳恭聽。」

王幹覺得自己像是吃了一口醋，但又不好發作，況且面對的又是女性作者。而且不論在任何情況下王幹總是會認真地談論文學作品，如今談文學的人是越來越少了，能夠聽別人談文學的人就更少了，簡直就要成了珍稀動物。想到這裡王幹有些感動，他想，在現在、在全世界、在幾十億的人口中，也許只有我們兩個人在談論著文學。王幹的眼睛裡幾乎就要流下了眼淚，他忍著淚水說：「你的這篇小說我看了。還差一點就看完了，我先以一個普通讀者的身分來談一談感受。讀者要求的是動人的故事，並且在故事中獲得閱讀的快感；所謂故事就是有懸念、有高潮、有情感，故事中要有讓人愛得要死與恨得要死的人，要讓人們的愛與恨都發瀉在這兩個人的身上，從而完成一種消解、轉移，用弗洛伊德的理論來說就是要能夠使讀者的力比多轉移到自己的身體之外，從而起到緩解精神壓力的作用。換句話來說就是：好的小說可以給人治病、療傷。」

女作者越聽越覺得有些糊塗，她覺得自己和王編輯所有的思維與興趣完全都沒有一個重合的點。但是有一點她是知道的——自己的這篇小說不能給別人治病、療傷，她自己的心病還不知道要找誰來醫治呢。從王幹的一席話當中，女作者可以得出一個結論：自己的這篇小說肯定不是好的小說。

女作者正傷感間，天色已近黃昏了。她看到在漸漸陰暗下來的廣場上，一束探照燈的燈光打開了，從下而上的照在石像的身上，讓它顯得更加的偉岸而「雄」偉。王幹則並沒有受到外在環境的影響，還是沉浸在剛才談話的氛圍之中，遺憾地望著窗外說：「一談起文學，時間就像是梭一般地在飛，好像時間也是在逃避文學。」、「文學真這樣可怕嗎？」他又自言自語到。

女作者將目光從石像的屁股上收回來，用剛才因意淫而沾滿了污穢的目光，望著王幹說：王老師，我請你吃晚飯好嗎？

王幹說：那怎麼好意思呢，讓你破費。

女作者說：不會，我開了一個火鍋店，您，大編輯去給指點指點。就算是給面子了。

王幹這才想起她就是小說中的女主人公，怪不得覺得在那裡見過，原來這種感覺源自於她在小說中的人物描述。「你的火鍋店？」王幹恍然大悟：「原來你就是小說中的女主人公，你就是英子？」王幹感受到了一種解開謎底的快感。他說：「你就是英子，我就叫你英子，好嗎。」

英子盯著王幹的眼睛，像是恩賜一般地說：「好吧，你就叫我英子吧！」

他們從編輯部出來，走到廣場中間，站在毛主席像的下面，伸手招計程車。如果這時有人站在人民南路進入廣場的路口上，望著王幹與石像同一角度伸出的手——一大、一小；一偉大、一平凡；一高、一矮；一石像、一真人；一自信、一萎縮；一冰涼而沒有溫度、一溫暖而有些許熱度——那真是有趣得要讓人會心一笑。笑些什麼呢？哈哈，不敢說。如果真正敢說了，仔細一想又覺得沒有什麼意思，無非就是一個渺小、平凡、庸俗的普通人模仿著一個偉大、光榮、正確的偉人的動作。

從這個在石像下與石像一模一樣的動作——揮手的石像下招手（石下揮手）——也能夠看出這個時代是進步了許多。如果是十幾年前，在偉人石像的眼皮底下做與偉人相同的動作，那可是要被殺頭的。

英子與王編輯

叫車只需十分鐘就到了英子的火鍋店。店面不大，但乾淨而整潔，給人一種回到了家的感覺。做了那麼多年的編輯，今天王幹還是第一次與小說中的人物直接面對，這使他覺得像是進入了虛構的世界之中，一種文學與現實的結合使他興奮而迷茫。像是回到了兒時的遊戲之中；像是進入了蒲松齡的故事之中；像是獲得了某種能力，而能夠輕鬆地來回於現實與虛構之間。這種感覺沒有藝術細胞的人是絕對不會有的。

只喝了兩杯啤酒王幹感到有些頭暈，英子坐在他的對面，臉被火鍋燻得像紅辣椒。王幹再次提起了小說的敘述角度：英子，你小說中為什麼不用第一人稱來寫呢？這樣才能讓讀者覺得真實，像是真正地窺探到了別人的隱私。這也正符合目前正火的隱私文學潮流。

英子說：我目前也算是個小小的成功人士，我不想讓人知道我的那段歷史，所以就設置了一個第三者來作為敘述者，因此真實的我就從作品中逃開了。

王幹說：你可以換個題材，寫一些其他的東西，比如說你另外的一些經歷。

英子說：我也不想寫這個故事，但想來想去，想不出還經歷過什麼特別的事件。

人生就如面對著一杯自來水，雖平淡無奇，但人又離不開它。像火鍋這種辛辣的東西，只能是人生中的一點調味品，就像她的那次應徵，也許一生僅有那一次。

英子與王幹現在正吃著火鍋，他們都有些醉了，臉紅得像開了兩朵花。花朵在火鍋冒出的熱氣中沉沉浮浮，隱隱現現，意境幽遠而朦朧。或許是受了這氣氛的感染，一種情感悄悄地爬上了他們的心靈。英子向前傾著身子，酒氣幾乎就噴到了王幹的臉上，她問：王老師，你剛剛談了一般讀者對小說的要求，那麼以你的專業的眼光，你說說我的這篇小說嘛！

王幹覺得頭有點兒暈，不是思維跟不上語言，就是語言跟不上思維，總之他覺得腦袋裡亂成了一鍋粥。他只有盡可能簡單自己的講話內容：你的小說不錯……唔，總的來說——不錯。要說有什麼不足嘛……其實這只是小問題，也不算什麼問題……就是，唔，上半部分呢很豐滿，吸引眼球，用現在流行的話來說呢，就是——很性感，我是比較喜歡的；中間那一部分呢，有點毛毛糙糙，嗯，還有一個漏洞，水稀稀的，使人感覺有一點鬆。要擠一擠，把多餘的水份擠掉，使它變得更緊湊、更有質感一些，這樣就更能抓住對方，讓其欲攞不能；下面那部分，我還沒有看完……只是翻著看了一下，唔，感覺短了些、太粗，如果能再修長、再細膩柔滑一些，那麼從頭看到腳就會讓人感到協調而完美了……總之，還是要在比例、細節上修改修改。

英子聽了後感覺到有些糊塗，但看到王幹正盯著自己的身體，目光像風景區的纜車一樣，上上下下、下下上上地在看著——這正是王幹所講的那種身體：上半身胖胖的，乳房大，但也有些下垂（上半部分很豐滿）；中間臀部屁股的部分更大，就像是生過幾個孩子的中年婦女，陰部上的毛及躲藏在毛毛下面的濕濕的黑洞（中間部分有些毛糙，還有一個漏洞，水分太多）；下半身粗、短，而健壯、結實的腿（下面的部分太短、太粗，不夠修長）。這都是因為在家做多了農活的原因——猛然間英子就明白了，她的臉也就更紅了。

吃完火鍋，英子叫車送王幹回家，計程車上英子的手悄悄地握住了王幹的手，王幹閉著眼睛感受著從英子手上轉過來的溫度，心裡酥酥的、麻麻的，像是在給他摳癢癢，他真希望時間在這個時候停下來，不要再向前趕了。可是，計程車很快就到了那個因夜晚行人稀少而顯得空曠的廣場。穿過廣場就到王幹的家了。他下了車，還沒有握住英子從車窗裡伸出的手，計程車就啟動了。望著往回開的計程車，王幹心頭就像掉下了一塊肉。計程車與英子消失在街燈之中。

王幹回到家裡，明翠正穿著拖鞋準備進臥室睡覺。王幹說：「上面來了一個作家，陪他吃飯所以回來晚了。」妻子沒有說話，因為陪上面來的作家吃飯是經常有的事情，理由還算充分。王幹知道妻子是個通情達理的人，不由得多看了她幾眼，看到妻子把拖鞋穿反了，於是提醒她：「你看你，鞋子都穿反了。」妻子說：「我知道。這樣穿，鞋底的兩邊都能夠磨到，可以穿得久些。」王幹說：「那樣不難受麼？」妻子答：「只要能省下錢，再難受都行。」王幹突然覺得有些噁心，衝到廁所裡嘔吐了起來。

第二天，王幹又是一大早就來到了編輯部，這一次王幹沒有像往常那樣，站在辦公室的窗口望一眼毛主席的偉岸背影，而是直接就坐到桌子前繼續讀英子的那篇小說——《一個應徵的女人》：

看木易一臉解脫的輕鬆樣子，老張有些不解地問：她為什麼來應徵呢？一定還有其他的原因。我說：我也這樣想，她開始時不說，但我的好奇心確實太強烈，就像是要揭開什麼謎，一再問她，她才告訴我說：「我出生在農村，父母親死得早，從小就由哥哥帶大，兄妹倆的感情就像手足。後來哥哥娶了嫂嫂，嫂嫂是一個悍婦，掌管了家裡的一切，哥哥也像是變了一個人，總是聽她的，唯命是從。我有些接受不了，經常與嫂嫂作對，嫂嫂把我視為眼中釘，一直想趕走我。其實我也不想待在那個家裡，但畢竟還是有點捨不得哥哥，況且一時也沒有地方可去。」

「我在一家鄉鎮企業打工，暗暗地攢錢。平時也偷偷地寫一些小文章，想今後自己出一本書成為作家，可是沒想到有一天下班回家時嫂嫂告訴我說她拿了我的錢，去繳了計劃生育的罰款。哥哥為了要一個男孩偷生了第二胎。第二胎是一個男孩，他們都很高興，覺得罰款交得很值。完全不顧我的存在。我一氣之下就跑了出來，後來在上廁所時，撿到了半張陳舊的《四川青年報》，邊解手邊看，正巧就看到了那則徵婚啟事，沒有辦法，我只有走上了應徵的這條路，想碰碰運氣。而且啟事上的他也喜歡文學，說不定還能對我有什麼幫助。」

王幹覺得英子誠實的可愛，她幾乎說出了自己所有的祕密，但又不願站到臺面上來說，這樣就增加了敘述的複雜性。使讀者覺得，故事經過第三者的轉述而削弱了故事本身的真實性。這比起當下流行的口述實錄的文體，顯得極不和拍。別人把假的事情當真的來寫，而她卻把真的事情當假的來寫。王幹覺得現在的文學像是站在了一個岔路口，一條努力迴避現實、走純文學的路子；一條全力迎合現實，削尖腦袋想往體制內擠。該做何選擇呢？沒有答案，只有市場的需要。市場需要什麼我們就供給什麼。一切只為市場服務，他清楚地知道現在市場需要的是紀實文體。

王幹想應該建議她改寫成口述實錄的文體，標題可以改為《應徵女人的穩私》。

想到這裡，王幹撥通了英子的電話：「英子，我仔細地分析了一下，覺得你的這篇小說還是該用第一人稱來寫，寫得越煽情越好，儘量讓讀者覺得真實，就像是隔著門縫在偷看別人的隱私，滿足讀者的窺私慾望。」

英子說：「那樣不就等於將自己賣了嗎？」

王幹說：「這樣才有可能會出名，只要能出名就行了，別管它是好名還是壞名。只要有了名氣就能夠給你帶來更多的機會。」

英子說：「好，我馬上就過來。」

編輯部裡只有王幹與英子兩個人。他們的臉幾乎貼在了一起，兩雙眼睛盯著那一疊稿紙。英子有些不放心：「修改了之後一定能刊發出來嗎？」王幹說：「不僅能發表，而且憑我的經驗你還肯定可以成名。」

英子拉著王幹的手說：「你就幫我修改修改嘛。自己寫的小說，就像是自己的孩子，你也知道，不忍心下手。這樣吧，我先請你去唱卡拉ＯＫ。」這是王幹第一次沒有到下班時間就離開了辦公室。

下午卡拉ＯＫ廳幾乎是空著的。服務生職業化的行禮使王幹覺得人的情感像是披上了一層偽裝。儘管大廳裡是空的，但英子還是把他拉進了一個包廂。包廂很小，有些透不過氣來，但是昏暗的燈光卻能讓人產生一些大膽的想法。血液流得更快了，空氣也不夠用，呼吸也急促起來。電視屏幕上晃來晃去的盡是一些穿泳裝的性感女人，伴隨著「你問我愛你有多深，愛你有幾分……」的音樂，在沙灘上、大街上奔跑，胸脯一晃一晃地搖，像是那些圓球隨時都有可能會從小小的泳衣裡擠出來。王幹有些擔心，但也說不準是一種期待。

還是英子主動地依在了王幹的懷裡，王幹的手也順勢放在了英子的胸脯上。英子問：「你看這上半部分是不是很豐滿啊？」王幹說：「豐滿、豐滿。不要說一手不能掌握，就是兩只手也無法掌握啊！」、「中間這部分呢？」英子又問。王幹的手趁機伸進了英子的短裙裡：「有點毛毛糙糙的，啊！還有個漏洞……」。「下面呢？」英子問。王幹答：「我還沒有看呢。」說著兩人大笑著滾成了一團。滾動中兩個人的衣服越來越少，最後成了兩個熾熱的肉球。

之後，英子的臉紅紅地說：「我原先以為你們編輯都是君子呢！」王乾親了一下她的臉蛋反問道：「君子就不是人啦？」

「是，是。是人。」

「是人，就要幹人幹的事。你說是不是！」

「是。是。」

「……」

「你說，人幹的事是什麼事？」

「那事。」

「哪事？」

「就是壞事呀！」

說著，兩人學著混社會人的樣子，很壞地「哈、哈、哈、哈」大笑起來。

這一次，王幹感覺到了自己壓抑著的人性的一種充分解放。他也終於理解到了為什麼有那麼多人甘願背上良心與道德的譴責而去「幹壞事」。

從《一個應徵的女人》到《應徵美女與徵婚色狼》

由於有了動物本能性的動力，王幹日夜不停地在創作著。除了找準時機與英子「幹一回壞事」，他幾乎將所有的時間都投入在了對這篇小說的修改之中。每天上班，到辦公室，他不會再抬頭去看毛主席那孤獨的背影了。在王幹的心裡，英子矮胖而比例失調的赤裸軀體就像是雕像一般沉沉壓在他的心底。王幹的妻子明翠也對他的這種變化感到很滿意。因為沒有事業心的男人是不足以託付終身的。有些時候在「想要」時，她會對丈夫表達出一種想要親近的暗示，但是只要王幹說：「別鬧，我正忙著哩。」這女人就會立即顧全大局地克制住自己的慾望，坐到一邊去織起了毛衣。一邊織毛衣，一邊在心中想著：天就要冷了，他的身上要加衣服了。

經過王幹的多次添加、修改、潤色，最後將小說更名為《應徵美女與徵婚色狼》。

十七天之後，在《古城文學》編輯部裡，在石像的屁股後面，屋裡人將辦公室的窗子關得嚴嚴實實的。像是地下工作者，在一個陰霾密佈的黑廂裡，燈光暗淡，英子開始讀經過王幹修改之後的小說：

一九七三年四月二十五日，我出生於一個美麗的小鎮。那是在一個春天的早晨我來到了人間，降生在萬花叢中。也許正是花的原故，我自小就愛花，長得也像花，小鎮裡的男人都在背地裡叫我「鎮花」。我想他們的評價是正確的。

我的名字叫英子，父親是一個工程師，母親是個醫生，家裡的環境在小鎮裡可以說是「永遠爭第一」。而我也一直像是生活在蜜糖裡，無憂無慮，像一個快樂的天使。小鎮裡追我的男孩子多得可以編成一個加強排，但我不願理他們，因為我有一顆高傲的心，誰叫我長得這樣漂亮，並有一個讓人羨慕的家庭呢。

我從小就有一個夢，長大了要當一名作家，成為人類靈魂的工程師。小學三年級時，我的作文就被《語文報》選用了，那時我收到了我的第一筆稿費，雖然只有五元錢，但我還是高興得整晚都沒有睡著覺。我在想，怎樣使用這第一筆稿費呢，第二天，我用它為自己買了一隻鋼筆，準備用它來寫更多的作文。爸爸高興地誇我說：「我們的小英子真懂事。」媽媽也說：「別人都說女孩子太漂亮了就不聰明，而我們的小英子是既聰明又漂亮。」那時別提我有多高興了。

由於家庭的富足，我從小就沒有吃過什麼苦，很順利地讀到了大學。那時我才十七歲，又是第一次離家，常常因思念父母，下課後一個人躲在宿舍裡悄悄地哭。我住的是學校裡的宿舍樓，七個女生共住一間，相處得久了大家就成了朋友。

在大學裡，我仍舊擺脫不了「花」的命運，成了大學裡的「校花」。我又高興，又煩惱，漂亮女人也有漂亮女人的不幸。著名的演員劉曉慶就說過這樣一句名言：「做女人難，做漂亮的女人尤其難上加難」。這真是說到我的心眼裡去了。男同學們只敢在背後談論我的美麗，而當著我的面則紅著臉就跑開了，也許是覺得我高不可攀。比起我們小鎮的男性來說，大學校園裡的男生似乎缺少勇氣，我懷疑他們是讀書讀「傻」了。這樣我在學校裡只有女性朋友，其中有個女孩叫李為，與我最要好，我們真是無話不談。她說學校裡的男生都太傻，如果她是男的一定要死皮賴臉地追我，死纏爛打，不達目的絕不罷休。說實在的，由於身處異鄉遠離親人，精神上很渴望有一種關愛，我常常在早晨醒來時對自己說：今天誰來向我表白，我就答應誰。可是一直沒有人有這個運氣，摘下我這樣一朵美麗的花兒。

直到有一天下課回到宿舍，看到同宿舍的女生們正圍著看一張報紙，並不時發出「唏噓、唏噓」的感嘆聲，看到我回來了，李為對我說：英子你看這裡有一個華僑在徵婚，條件很高，我們是一定不行的，看來只有你出馬才能「馬到功成」。她把報紙遞給我，我接過來看到上面有一則徵婚啟事：「美籍華人木易歸國尋女友。本人二十八歲，身高一米七八，美國哈佛大學畢業，擁有數十億家產，在國內有公司，欲在國內尋可終身相伴的美女，要求氣質及家庭背景均佳，本科以上學歷，沒有性經驗……一經選定即將國內的公司交與其管理，並與其到美國成婚……」

李為對我說：「英子，你一定要爭取，如果你成功了，我們畢業後就一起到你的公司給你打工。」我有些不願意的說：「我不能把自己賣給錢了。」

李為正色的說：「英子，你不能太自私了。要知道，犧牲你一個，幸福的可是我們全宿舍人。」我這才想到應徵還可以有這麼偉大的動機與奉獻。於是就想，去試試吧，反正他也不能把我給吃了……

王乾等英子看到這裡時說：「這樣通俗小說的佐料就全了。有美女、有金錢、有知識女性、還有謎一樣的大學校園及少女初開的情竇。」

英子有些不明白：「英子為什麼一開始不願意應徵呢？」

「個性」，王幹說：「這就是個性。」

「後來在同學們的勸說下，英子還是去應徵了。她去應徵不是為了自己，而是為了同學們。因為這時她們就要畢業了，面臨著找工作的問題。而如果說英子這次成功了，那麼同學們的工作問題就解決了。在這樣的背景下，英子的應徵就是犧牲自己，幸福別人。」

英子有些感動地說：「英子真偉大。」王幹肯定到：「是的，偉大。奉獻。這就是主流文學所要表達的方向。」

……

第一次看到木易時，我對他的印象不錯。我們約著在一個咖啡廳裡見面。他的手裡拿著一支玫瑰花，站在咖啡廳的門口，風度十足，給我的第一感覺還不錯。

他選的這家咖啡廳高雅而寧靜，每一張桌子上都燃著一支蠟燭。我們找了一個地方坐下，服務生過來問：小姐要些什麼？我說：咖啡，不要加糖。服務生又問他：先生要些什麼？他說：一杯冰水，謝謝。

在咖啡廳的燭光下，木易說：「我決定了，就是你，明天你收拾一下就搬到我家來住。」看到我有些吃驚，他又說：「對不起，我有些太直接了，請原諒。現在在美國很流行試婚，在結婚前就住在一起，可以相互瞭解對方的生活習慣，對婚姻是有好處的。當然，如果你暫時不習慣我們可以不住在一個房間裡，等你覺得什麼時候可以了，我們再住到一起。當然，這完全由你來決定。」

我有些喜歡木易美國式的直爽，那種歐式的貴族風度，在學校裡的那些小男生的身上就是拿著放大鏡也根本就找不到。於是我就同意了木易的要求。

回到學校的宿舍，室友們圍了上來，李為問我情況怎樣。我說：他同意娶我了，明天我就要搬到他的別墅去住，上下課由他派專人專車接送。「歐」，她們高興地圍著我喊：「成功嘍……成功嘍！」

讀到這裡，英子問王幹：木易不像是婚姻騙子嘛。有這樣的騙子，誰都想當受害者。

王幹說：再往下面看你就知道了，木易在美國有老婆。在中國英子只不過是他養的一隻金絲鳥。

英子把小說稿還給王幹說：我不看了，你給我講講後來呢？

王幹說：後來，英子知道了木易有老婆的事情後，便產生了殺死他的念頭，可是再一想又怕坐牢，於是她就想出了以其人之道還治其人之身的辦法，背著木易也在外面找了一個情人。誰都不吃虧，皆大歡喜。故事裡情與情糾葛、愛與愛纏綿，感人至深。

英子又問：再後來呢？

王幹答：後來……英子終於飛出了鳥籠，與她所愛的人結了婚。並努力寫作，後來，終於成為了一名作家，實現了自己的理想。

聽完後，英子鬆了一口氣，故事終於結束了。但是英子還是覺得有些不好意思：「這篇小說，經你這樣一改，就是你寫的嘛。」王幹說：「就算是送你的禮物吧！畢竟你為我也付出了那麼多。」說話間，他們兩個人又擁抱到了一起。

七、英子、王幹：後來……文學死了，王幹失蹤了

後來，英子的這篇小說《應徵美女與徵婚色狼》發表了。小說發表在《古城文學》一九八

七年二月號上，有興趣的讀者可自己去圖書館查閱。

小說發表後，英子成了著名的「隱私類」小說的作家，稿約不斷，並四處簽名售書。小火鍋店更名為「英子火鍋莊」，並因英子的名聲日盛而生意興隆。

王幹後來想與明翠離婚，英子阻止了他的近乎愚蠢的行為。並開導他說：我需要你僅僅是需要你幫我發稿子，而現在沒有這種需要了，我們的關係也就可以因此而結束了。

王幹從此後大徹大悟，逢人就說：「文學死了、文學死了……」讓人覺得他是一個如假包換的哲學家。如果你停下來用目光望著他，他就會貼近你的耳朵低聲地說：「是我殺死它的！是我親手殺死它的！！……真的，是我殺死它的……！！」說著還目露凶光，用手在脖子上抹了一下。如果，你還有耐心站在廣場中間聽下去，他就會跟你說一個關於被修改了的中篇小說的故事，他拿著那期《古城文學》翻開其中的一篇說：「原先的故事是那個樣子的……完全不是現在的這個樣子……是我將她修改成了現在這樣……」說來說去，聽的人也弄不清他說的故事是個什麼樣子的。浪費了別人的許多時間，在這個時間就是金錢的時代，也就等於浪費了別人許多金錢。聽的人沒有聽到有「價值」的消息，就只好自認倒楣。有些個性強的人還是會反抗著說：「文學死了跟我有什麼關係？就是我父親死了我都不會流半滴眼淚。」說完便匆匆地離開他——逃出了廣場。

從此廣場上沒有一個人不討厭他、嫌棄他。

王幹的聲音成了廣場上唯一的不和諧的聲音。對於政府來說，他已經是個標準的異議人士了。他的周圍有幾雙眼睛在死死地盯著他，目光越來越冰冷、嚴酷。時不時，王幹會打一個寒顫。莫名地渾身就那麼一抖。他當然不知道這是什麼原因。

後來……成都流傳出了這樣一句格言：「文學死了，是王編輯殺死了她。」

後來……廣場上再也看不到王幹了。有人說看見他被送進了四醫院（精神病院）。問他是不是真正親眼看見的？看到問的人一臉認真，說的人就改口說：「我也是聽別人說的。」

聽誰說的呢？這樣一直追問下去，終於找到了源頭。那人吞吞吐吐的說：「我是猜的……」接著他提高音量，像是想要讓周圍的人都能聽清楚：「誰讓他成天一個人在廣場上亂說——什麼、什麼、什麼死了……那不是有損我們四川省成都市的形象麼？不把他送到四醫院去關起來，行麼？」

「行麼？不行麼？」這樣一問，大家才覺得——「只能這樣了」。這好像也是王幹去處的唯一合理的答案了……

也有人問明翠：「怎麼好久沒有看到王幹呢？」

她總是回答：「去北京出差去了。」一邊說一邊跑開了。別人再想問什麼？沒有空間了。

八、明理：不是在沉默中爆發，就是在爆發中沉默

王幹失蹤了之後，明理這一天上學就被消息靈通的同學圍在屁股後面追著喊：「爸爸沒囉！爸爸沒囉！爸爸沒囉！」

明理口頭上只回了一句：「我有爸爸。」在心裡他卻留了下半句：「我的爸爸是你們的爺爺。」

「在哪裡？把他叫出來讓我們看看？」

明理順手就往廣場正北的方向一指，說：「自己去看。」

「有本事你叫他過來。」

「有本事你們自己去看。」

「有本事叫他過來。」

「有本事自己去看。」

「叫他過來。」

「自己去看。」

……

爭論就這樣膠著起來了。「君子動口不動手」，這是已經死去的傳統意義的理論論證。在眼前的現實之中，如果始終不動手，那麼問題就永遠不能夠解決。毛主席教導我們說：「槍桿子裡面出政權！」在這個關鍵的時候，明理的頭腦裡猛然就跳出了這麼一句話。雖然明理沒有讀過《毛主席選集》，但是先天的、彷彿在血液裡流淌著，明理就能夠理解毛主席思想的精髓，那就是革命＝暴力。

有了這樣的理論基礎，「先下手為強、後下手遭殃」，就成為明理這一刻的人生行為準則。他猛地一拳，就將正對面的那個同學的鼻樑打歪了。那個同學也就應聲倒下了。轉眼間，一群人就圍了上來。明理一邊挨著他們打來的拳頭，一邊出拳進攻。明理挨打習慣了，所以他能夠扛得住。那些同學呢？根本就沒有經歷過這些，在挨了一拳之後不是倒下了，就是逃跑了……

最後戰鬥的現場就只剩下明理這個勝利者。噢，不。現場還有一個人，那是一個在肝部挨了一拳之後，就再也沒有站起來的人。他是失敗者。這樣，如果要在現場像毛主席他老人家那樣製作一個雕像的話，那就只有這樣來表達了——一個勝利者站著，高昂著腦殼；一個失敗者趴著，低垂著頭顱。

鮮明的對比。在這個世界上強與弱、好與壞、善與惡、美與醜、窮與富、對與錯——最怕的就是對比。不怕不識貨，就怕貨比貨。目前的這副場景就是這樣。

明理看了一眼倒在地上手捂著肝部捲縮著的同學，沒有再理會他，抬起頭一腳就跨進了學校。頭一次，明理這樣果斷的進入一個大門，也許是剛才的勝利讓他有了信心——毛主席說「槍桿子裡面出政權」，在沒有掌握槍桿子的時候只有依靠拳頭了。而明理正確地詮釋了「爸爸」的這一句話，實現了「用拳頭說話」的真理實踐。

明理在教室裡坐下來。老師進來，說：「同學們請翻開第二十三頁，今天學《毛主席與他的警衛員的故事》。」話音還沒有落，窗外就閃出了幾個警察的影子，徑直向校長辦公室走去。明理看到警察的身影，心中閃現出一絲不安，彷彿就有什麼事要降臨了。接下來的時間，老師在講臺上說了一些什麼，他完全就不知道了。

大概過了五分鐘，那些警察的身影又出現了。校長走在最前面，他們在教室的門口停住了。校長打斷了老師正在講著的毛主席故事，對著明理說：「明理，你出來一下。」

明理坐著沒有動。老師又重複了校長的話，說：「明理，你出去一下。」

明理站起來就走出去，剛到門口，警察就亮出了一付手銬，將明理的雙手銬了起來。明理的頭腦一陣模糊，但很快他就穩住了——看來是剛才叫車那一架，打出了問題。

一直到派出所，明理才徹底的明白是剛才被他打倒在地的同學死了。再也沒有爬起來。

警察問：「你們為什麼打架？」

明理說：「他們罵我！」

警察又問：「罵你什麼？」

明理答：「他們罵我沒有爸爸！」

警察再問：「罵你沒有爸爸，你就可以把同學打啦？」

明理答：「我有爸爸！我有爸爸！我有爸爸！」說著，為了有個實證，他還朝廣場的正北方向指了一下。

「你知道打死人的後果麼？」

「一命抵一命？」

「知道就好。」

……

因為明理是未成年人，所以被關進了少年管教所。在那裡接受勞動改造。明理改造的地方據說是在重慶郊區的某個地方。那裡從地理上來說，離我所講述的成都中心廣場太遠了，已經脫離了這個故事的命題範圍。為了不跑題，只好引幾篇明理寄給住在廣場旁邊——「西禦街二十一號」——母親明翠的信，讓大家從側面瞭解一下明理在那裡面「接受挽救」的生活和學習的情況：

媽媽：

昨天我沒有完成工作定額。我並不是不想完成，而是真正的病了。手痛的都抬不起來。管教說我是裝的，想偷懶。狠狠的「教育」了我一頓。我說，我確實是病了呀。管教說，如果完不成任務，交錢也行。用錢抵。

媽媽，給我寄一點錢來吧。

兒：明理

一九八八年五月一日

媽媽：

再給我寄一些錢來，我已經有一個多月沒有吃肉了。這裡的菜裡面根本就沒有一丁點肉。要吃肉就必須自己用錢買。這裡的管教都在搞創收，只要有錢，想吃多少肉都行。只不過這裡面的肉很貴，可能比外面要貴一倍多。

兒：明理

一九八八年六月一日

媽媽：

今天，所裡請了一個老師來講課。內容是跟黨走、聽黨的話、做黨的好孩子。使我深受啟發。講完後老師推薦我們買一本他寫的書──《黨啊，我親愛的媽媽》，厚厚的，還是精裝本，要十六元錢，很多學員都買了。我也不想落後，也想買一本。媽媽，你再給我寄一點錢來吧。我要學習、要進步。

兒：明理

一九八八年七月一日

媽媽：

我前天把一個剛進來的人給打了。沒想到今天那個人的同夥也一起進來了。他們幾個人把我給狠狠地打了一頓，還要我賠醫藥費給他們，否則就要打死我。真的，他們說的不是假話，在這裡面打死人的事經常發生。管教為了證明裡面的管理是好的，往往都會給外面說是病死的。

媽媽，救救我。快給我寄一些錢來。否則我就沒命了。

您的兒子：明理

一九八八年八月一日

媽媽：

天開始有點兒冷了。我身上的衣服不夠了。況且多穿一點衣服，可以抗打。挨得住一些。我覺得我比以前更虛弱了。走起路來，都覺得有一些吃力。所裡的醫生說我血壓低，要買一些補血的藥來吃，才行。

媽媽，給我寄一點買藥的錢來吧！

還有，今天的國慶的活動中，我還表演了一個節目，唱了一支歌。歌曲的名字叫《世上只有媽媽好》。我唱得哭了，很多人也聽得哭了。

您的兒子：明理

一九八八年十月一日

每次，明翠看到明理的信都要痛哭一回。而後默默的數著錢，穿過廣場到東禦街的「東禦街郵局」去寄錢。如果將明翠的這些淚水加起來一次性地灑下，那麼，就相當於一輛裝滿水的灑水車，噴著水從西禦街開到東禦街。一整條路都濕了。

每一次郵局的工作人員都會問：「又給兒子寄錢啊?!」

明翠從來就不回答，只是將填好的單子和一疊零碎的錢遞進去，爾後等著工作人員從裡面丟出一張單子。拿到後，仔細地疊好，收進口袋，再默默地走出郵局。再到廣場上，雙手合十靜靜地盯著站在正北方的石像看上一陣，心裡想著：「毛主席，你可是明理的爸爸呀。你可要保佑你的兒子！」做完了這個儀式之後，才放心的回家去了。

九、明翠、張解放：結婚。「王明理」改名「張道達」

這一天，明翠回到家門口。看到張解放在門口坐著，等著她，她的心一酸就流下了眼淚。這就像是看到了親人一樣。委屈和苦楚一起湧了出來。

張解放只是說了一句話：「別哭。」

明翠回答說：「你不會知道這些年我是怎樣過來的。」

張解放說：「不，我知道。我理解。」

這句話之後，明翠就開了門。他們一起進去。

門剛關上，張解放就說：「我們好吧？」

明翠說：「我知道你一直在等我。為什麼？」

張解放說：「因為你是資本家的女兒。」

「資本家的女兒？」明翠以為自己聽錯了。又重複了一遍：「我是資本家的女兒？」

張解放肯定的說：「你是的。」

明翠說：「就是因為背著這個身分，我的命才會這麼苦！」

張解放寬大地說：「這就是生不逢時。可是無論怎樣，你的血液裡流的都是資本家的血。」

「資本家的血有什麼好？」明翠打斷他說：「我父親、我母親、我，都是被這血害的。」張解放說：「那些都是過去了。現在不一樣了。改革開放了。」他好像很懂政治一樣。明翠沒有順著他的話說，而是很現實的問他：「我有一個兒子，你能接受他麼？」

「我能」。

在這兩個字之後，明翠就已經決定跟著張解放一起過日子了。她說：「你今天就留下來吧。」

張解放沒有想到幸福來得那麼突然，一時不知道應該怎樣回答。明翠又追問了一句：「後悔啦？現在改主意還來得及。」

張解放在沉默了二十八秒之後回答說：「不。我不會後悔。」

張解放的父親在年輕的時候就想要找一個資本家的女兒結婚。「資本家的小姐」，是一個什麼概念？那簡直就是美的化身（按照現在的說法就是：「美」的形像代言人）。可是在「萬惡的舊社會」，這簡直就是不可能完成的任務。於是他只好娶了後來的那個老婆，並與之生下了張解放。可以肯定，張解放的血管裡確實是流著父親的血的。他自從第一次看到明翠，就一眼看出了她與普通女孩子的不同之處——那是一種深藏在血液之中先天的高貴——從容與淡漠。是後天在外表上學不出來的。

但是在他適合談戀愛的年齡時，因為階級鬥爭的血統理論——老子英雄（窮人）兒好漢、老子狗熊（富人）兒渾蛋——他不敢對她表達自己的愛意。他害怕自己的前途受到影響。只有眼睜睜的看著王幹輕鬆地將她得到。

後來，王幹上大學了——他就更沒有競爭力了；

後來，明理出生了——他已經開始絕望了。「真的——」在一個伸手不見五指的夜晚，他對自己說：「心，真的會死……」；

後來，王幹瘋了——他的心又開始復甦了；

後來，王幹失蹤了——他覺得希望又回來了；

後來，明理進了少年管教所——他知道，機會來了。

這一次，一定不能錯過……

每一天，張解放都在暗地裡偷偷地觀察著明翠。發現她越來越多、越來越頻繁地往郵局跑，每一次，她的身體都沉重了一些。他知道她總有一天會被壓垮。他仔細地觀察著、並等待著一個最佳的時機，來迎接她沉重的、就要垮掉身體。所以，就在剛才，他站出來了……

這好像是「英雄救美」最有內涵的一個版本。所耗費的時間之漫長與精力之綿久應該都是「空前」的。絕不「絕後」？我不敢說。

當天晚上，明翠與張解放做了一次愛。質量不是很高，很快就結束了。原因兩方面都有：一是，明翠太累、太疲倦了；二是，這是張解放一生（四十餘年）中的第一次。

第二天一早起來，張解放堅持著還要再來一次。明翠還是認真的給了他。這次時間要久一些了。張解放在心裡面覺得自己的表現比昨晚好了很多。之後，張解放第一次以一家之主的身分問：「是不是應該給明理改個名字？」

明翠說：「好吧！」

張解放小心的問：「還是跟你姓？」

「明理、明翠……明翠、明理……」明翠想了一下說：「跟我姓。還不如不改。隨你吧。」

「好，那就跟我姓吧！」顯然張解放早已經想過這個問題了，他說：「明、理……道理、明達。我看就叫張道達好了。」

明翠並不是很在意什麼名字。在她深黑的意識裡，「太子」這個身分、血統才是最重要的。她隨意地說：「這個名字還好。還有一種延續性……」說著，她再念了一次：「明、理——道理、明達——道、達——張道達。」

十、明翠、明理、張解放：「明理」成為「張道達」，人民商場被燒了

明理從少管所回家的時候，天上正下著雨。毛毛雨，不用撐傘。在雨中走上一個小時衣服也不會濕。只會覺得身上有一些發潮。但是這種天氣是很少有人出門的。所以在東禦街和西禦街這一條街道上，我們只看到了張解放這一家三口人。

這三口人在雨中說著一番話——

明翠：明理，你跟你爸姓吧，改個名字。

明理：好的。

張解放：我們已經想好了，你就叫道達吧——張道達！

明理：好的。

張解放：道達。

明理：在。

明翠：嘿，我們的道達懂事了。看來監獄還真是一個好地方。

說完這句話之後，也許是意識到說錯話了。這三個人就都不說話了。

他們在灰濛濛的雨氣中，像三顆潮濕的心情在行走著。在快到廣場的時候，明翠的心一

緊，手緊緊地握著了道達。道達知道她是害怕他再對石像有反應。而他也對自己的忠誠沒有什麼把握，害怕自己控制不住自己，又衝上去認爸爸，犯了錯誤還要回到監獄之中。於是便緊緊地握住了母親的手。是要讓母親拉住自己？母子連心，明翠也明顯地感覺到了這些，手上的力更加地重了。到了廣場邊上，張道達的頭悄悄地向石像那兒看了一眼。衝動沒有了。他猛然間意識到過去的明理不存在了，而自己現在是一個全新的叫做張道達的人。

接下來，他在想：張道達應該是一個什麼樣子的人？是一個能夠進入歷史的名人、還是一個歷史中的過客什麼也留不下來？因為張道達在今天就像是一個初生嬰兒一樣。所以對未來的一切還沒有能力判斷。

在今天，我們知道明理奇蹟般地消失了，而道達則神奇地到達了。

廣場上巨大的石像在毛毛的細雨中濕得就像是長上了一層薄薄的苔蘚，讓人覺得滑滑溜溜的，甚至連目光都很難在上面停留下來。

張道達就是因為這「滑溜」而擺脫了過去一直困擾著他的「父親情結」？這世界上的一切變化都是如此的簡單？

這一天，新生的張道達很快地、沒有任何留戀地經過了廣場，回到了自己的家中。

明翠關上房門之後，坐在床頭心中不知是應該高興，還是憂傷。高興的是：道達從此不會給自己惹麻煩了。憂傷的是：一個活生生的「太子」就這樣在一場毛毛細雨中消失了。

人生從此就多出了一個十字路口。

張道達回家之後還是選擇了繼續上學。明翠這樣對他說：「道達呀，還是回學校去上學吧！沒有文化，以後『道達』就可以改為『無法到達』了。」

就這樣，張道達又回到了學校。

在被允許回到學校之前，校長專門出了一道題考了一下張道達。校長的題目很簡單——爸爸的爸爸應該怎麼稱呼？

「爺爺。」對於這樣簡單而弱智的問題，張道達只能用「脫口而出」這四個字來表現自己敏感的條件反射。

校長又問：「爺爺今年多大啦？」

張道達：「爺爺已經死了。」

「如果爺爺還活著的話，應該多大啦？」

「這怎麼可能？死了，還能復活。」

「如果。我說的是如果。」

張道達腦袋裡的那根經還是沒有轉過來：「如果？怎麼可能呢？」

還是明翠在一邊幫著兒子打了圓場，她說：「道達的爺爺死得早，他是不知道爺爺有多少歲的。還是我幫他回答吧：爺爺不死的話，應該有七十多歲了。」

一直到這裡，考試才進入了正題。校長問：「毛主席如果還活著的話，應該多少歲呢？」

還是明翠在回答：「大概有八、九十歲了吧。」

這次校長不把眼睛盯著明翠了，而是直直地盯著道達問：「你說，應該叫毛主席爸爸呢？還是爺爺？」

「爺爺！」張道達這回想都不想地就回答了。站在一邊的明翠看到道達這樣乾脆、堅決，心裡就澈底地放棄了「太子」這兩個字。監獄真的是教育人的地方，還不到兩年，兒子就由「太子」變為「凡人」了。

考試就這樣過關了。張道達順利地回到了學校。每天，他還是要經過廣場到位於東鵝市街的學校上學。同學們再也沒有嘲笑他了。原因是他坐過牢。從牢裡面出來的人，還是不要惹為好。每一個學生的家長，在孩子要出門上學時，都這樣教育自己的孩子：「不要去惹他，他殺過人、坐過牢。他可是什麼事都做得出來的。」在這樣的環境下，張道達在學校裡就一個朋友也沒有了。同學們看到他都遠遠地繞著走。中國有這樣一句古話：惹不起，躲得起。

不過這樣也好，讓張道達落的個清清靜靜。他的內心裡覺得自己是一個高人、隱士。「高處不勝寒」，所以在高處就意味著孤獨。

日子一天一天過去。

簡單、重複。沒有新意。讓人沒有希望，也沒有絕望。只是肉體在活著。走路，上課；走路，回家。坐下，吃飯；吃完站起……等等、等等……

直到有一天，張道達出門，看到了廣場上有很多人。第一眼，張道達就發現，這些人與以往廣場上的人群不同。以往的是有組織的，但是往往都被官方稱為是「自發」的。現在的應該是自發的，張道達用簡單的逆向思維來判斷——他們一定會被官方稱之為「有組織」的。

他們為什麼突然間都來到了這裡？一定是出了什麼事。他在旁邊聽了一陣，原來是中共的前任總書記胡耀邦死了。這麼多人都自發的來到這裡悼念他？為什麼會到這裡？而不是那裡？原因很簡單，這裡是廣場，大家習慣地知道在這裡能夠碰到更多的人——同志。一種一樣的感情可以在這個廣場的人群裡發窖，而後呈幾何倍數氾濫。「在公共的宏大的情感氾濫之中，對氾濫感情的堆積如果合理引導，可以形成一種理性的穩定力量。」

在廣場上的人們似乎意識到了這些，所以才一起「自發地」來到了這裡。

廣場之外的另一群人似乎也意識到了這些，所以拼命地阻擋人們「自發地」聚集到一起。明翠剛到單位，就聽到領導在招呼：「大家一起來，開一個短會。」於是他們就圍成了一個圈。聽領導怎麼說，說什麼。領導說：「剛剛接到通知，這幾天都不要到人民南路廣場上去。」

有人問：「到底是幾天呢？」

領導說：「我也不知道。沒有說可以去，大家都不准去。」

有人問：「為什麼不准去？」

領導說：「我不知道。上面打招呼說不許去。」

有人說：「是不是，前總書記死了的原因？」
領導說：「我不知道。沒事大家不要瞎猜。」
有人問：「如果有人不聽召呼去了呢？」
領導說：「一律開除。」
大家沉默了好一會兒，都不說話。也許是意識到了事情的嚴重性。心裡頭正在發虛。就在這時候，明翠說：「可是我家就住在廣場旁邊呀，回家時就要經過人民南路。總不能叫我不回家吧。」
有人也許是為了調節一下嚴肅得令人窒息的氣氛，說：「明翠，乾脆住到領導家算了。正好他們家也大，住得下。」
圍成一圈的人哈哈哈的大笑起來。
領導也笑了笑說：「我是沒意見，她敢來住麼？」
明翠說：「你不怕跪搓衣板，我就敢去。」
這時領導一下子就將臉板了下來：「經過廣場時，不要停留，直接回家。到家後，關好門，不要亂看。更不要亂打聽。」
「理解了，」明翠說：「天塌下來，都與我無關！」
「明白就好，」領導拍拍手對大家說：「好了，就這些了，大家回到各自的崗位上，工作去吧。」

就在明翠上班的同時，道達這一天並沒有去上學。他在人群中鑽來鑽去。很興奮。因為他發現這些人幾乎都是大學生。他從小就崇拜大學生。老師說考上大學如何如何的好。父母也說，考上大學就有了希望，找工作就不用愁了。

他從來沒有看到過這麼多大學生——堆在一起，有男的、有女的、有俊的、有醜的，也有一對一對抱在一起的。

就在廣場在正北方，石像的正下方，有一個大學生哥哥，手裡拿著一隻喇叭在喊：「反官倒、反腐敗，爭民主、要自由……」接下來，大學生們也跟著一起喊：「反官倒、反腐敗，真民主、要自由……」

聲音像潮水一樣。就像是裝著半桶水的桶來回地晃蕩著。水，馬上就要蕩出來了。自由。這讓道達很興奮。他第一次體會到廣場竟然還會這樣激動人心。潮水，虛構的、看不見的；卻又是具體的、真實的。他看見了猶如千軍萬馬般的真實的力量。

傍晚，明翠低著頭匆匆地穿過廣場，眼睛也不敢向兩邊看。直到到家的門口時才將頭抬起來，望著掛在門上的鎖。看到門鎖已經開了，門被從裡面反鎖著。是張解放或道達回來了？她敲門，門開了，是張解放出來開的門，明翠一下子就溜進了門，門裡面的張解放趕緊將門關上了。明翠長長地出了一口氣，像是剛剛從一個充滿硝煙的戰場上回來。

由於緊張，明翠和張解放都沒有說話。直到要吃晚飯時，他們才發現桌子上少了一個人。

「道達呢？」明翠問。

「是呀。按理早應該回來了。」

「你出去找一找吧。」

這時，張解放很堅決的說：「我不能去。單位上開會說，凡到廣場上的人，發現一個開除一個。絕不容情。」

明翠說：「我們也是一樣。凡是被發現了，都要開除工職。」

兩個人猶豫了一下，開始計算成本：

「如果沒有孩子，活著還有什麼意義？」

「沒有意義。」這是兩人達成的共識。

「但是，如果有了孩子，而又沒有了工作，那麼還活得下去麼？」

「活不下去。」這是兩人達成的共識。

「如果把孩子找回來了，而又失去了工作，那麼三個人面臨的就是餓死。這肯定是最壞的結果。」

「是的。肯定不能選擇這樣的結果。」明翠說完之後，用眼睛盯著張解放說：「你去找孩子吧！你被開除了，還有我在工作，我養活你們。最多以後我們的日子過得苦一點。」

「你腦子進水了？」張解放回答到：「他們一算起賬來，什麼都會被牽連進去的。你難道忘了『株連九族』這個詞了嗎？」

明翠被這句話驚出了一身冷汗。看起來只有聽天由命了。兩個人就直直地坐在飯桌前等著，飯也吃不下去。

大約過了兩個小時——這兩個小時對他們來說真像是兩年，明翠的頭髮就此已經白了一半——有人敲門。明翠跳起來，將門開了一條縫，看到近處道達站在門外，而更遠處的廣場上還是聚集著成千上萬黑壓壓的人群。

張道達一進門就興奮地叫著：「革命了。媽媽，革命了。」

還沒有說完，就被明翠狠狠地搧了一個耳光：「早就給你說了，人多的地方不要去。可你還是越是人多的地方，越要去擠。」這好像還是明翠第一次打道達。

「我沒有做什麼。我只是到處去聽聽看看呀。」道達用一隻手捂著臉，吃驚地望著母親說。

「聽聽？看看？」張解放說：「聽了、看了，就要學壞。還『革命了』呢。你不想想看，共產黨說他們已經完成了最後的革命，他們還能允許你去革命嗎？跟共產黨作對，那還不是——打著燈籠上廁所——找死（屎）呀！」

「我不管。我就是要去。」

「不可以去，去了就打斷腿。」

「我不怕……」顯然，道達還沒有從剛才廣場上的令人激動的氣氛中回過神來。

明翠和張解放都不說話了。張解放看了明翠一眼，他從她的眼睛裡看出了一股子絕望；明翠也看了張解放一眼，她從他的眼睛裡看到了一種殺氣。他們都沒有說話。

也許是道達認為自己贏了，也許是在廣場上跑了一天太累了，也許是為了養足精神明天再去廣場。他回到自己的床鋪上就睡著了。

明翠和張解放可沒有睡。明翠在枕頭上問張解放：「你想怎麼辦？」她對剛才張解放臉上的殺氣有一點兒不放心。

「乾脆……」還沒等張解放說完，明翠就打斷了他：「你是想殺了道達？」

「不是。你都想到哪兒去了。我是想──乾脆把他的腿打斷算了。」明翠到現在才理解到什麼叫著「無毒不丈夫」。她回答：「把他的腿打斷，那麼他以後的日子怎麼過？」

「你傻呀！斷了還是可以醫好的呀。現在的醫療技術……」

「我還是有點兒不放心。萬一……」

「唉。你們女人呀，就是心慈手軟。」

沉默了一陣子，明翠猛然間推了張解放一把，讓他嚇了一跳。明翠等張解放回過神來，說：「你不是有一根鎖自行車的鐵鍊子嗎？」聽到這，張解放就明白明翠要幹什麼了。他從此也理解了為什麼古人要說「最毒婦人心」了。

張解放說：「好。我現在就出去將它拿進來。」過了一會兒張解放手上就拿了一根鐵鍊子進來了。他們兩個人，小心地、偷偷摸摸地將道達給緊緊的栓在了床鋪上。看來道達白天真的跑得太累了，竟一點兒也不知道。這讓張解放和明翠的這項捆綁工作完成得很順利。

第二天早上醒來，道達大叫：「救命。」從少管所裡得來的知識，他還以為是自己的家被歹徒給劫持了。後來，當他看到母親與父親都好好的沒有被捆著，他才意識到自己的判斷錯了。但是，這個家裡在昨天夜裡究竟發生了什麼，他還是一無所知。他看著明翠低聲地說：「媽，救我。」

明翠沒有理他，繼續在忙著做早飯。道達則只好望著張解放說了聲：「爸……這是為什麼？」

「為什麼？」張解放想了一下說：「還不是為了不讓你給家裡惹事。」

道達說：「不會，我聽話。」

「在這種情況下，沒有人是可以信得過的。」

道達並不絕望，他還是望著明翠又望了一眼張解放說：「媽媽。我還要去上學。我不會再到廣場上去的……」

明翠沒有理他，出了門順道到學校給道達請了個假。說：「校長，道達今天病了。不能來上學了。」

校長說：「正好，我們也準備通知學生，這些天不用來上學了。」

「為什麼？」明翠覺得很意外。

「你看，廣場上那麼多人在聚會，喊著反動口號。這樣會給還沒有長大成人學生做一個不好的示範。所以，市教委決定，凡在廣場附近的學校，一律停課。」

「那麼，什麼時候可以復課？」

「不知道，」校長說：「我所能做的就是──等……等市教委的通知。」

明翠猛然間感覺到校長身上有一種悲壯的悲劇內容。善良使她想要安慰一下這個年過五十的好老頭，但一時又不知道應該說什麼。一緊張，她就只說出了一句話：「看來，道達病的正是時候。」

「是的，正是時候。」說完校長轉過身，背著手就走了。就在校長的身影將要消失的時候，明翠猛然想起了一件很重要的事，她從校門口一直追了二百米，才將校長追到。她喘著粗氣說：「校長，你聽我說──孩子們在家裡沒有人管更不安全。」

這才猛地點醒校長。是的，孩子們不上課了，不是都跑到廣場上去湊熱鬧去了？他反過來問明翠：「道達在家裡是一個人嗎？有人在看著嗎？」

明翠知道校長所說的「看著」並不是為了看病人，而是為了看住他不讓他亂跑。她回答：「家裡沒有人。我和他爸都要上班。」

校長的腦子裡馬上浮現出了明理叫毛主席像「爸爸」的場景，他有一些著急：「他到處亂跑怎麼辦？誰負責？道達可是我們學校的學生，如果出了問題，我可負不了這個責任。」

明翠笑著說：「放心吧，校長，出門的時候，我們用粗粗的鐵鍊把他綁在床鋪上呢！」

「綁在床上？動不了？哪可不好。不符合政策。」停頓了一下，又妥協了，說：「不過，非常時期，非常手段……嗯，想不出更好的辦法……。嗯！找不到更好的辦法……也只有如此了。只有如此了！」

聽到校長都肯定了自己，明翠有一點兒高興，她提醒校長說：「那麼，其他的放假的學生怎麼辦？」

「我馬上去通知老師，讓他們一個一個的去通知家長，不論採取何種手段，都不能讓孩子們到廣場上來。否則一律開除。」說完他背著手就找老師開會去了。一路上他還在嘴裡念叨著：「非常時期……非常手段……非常時期……非常手段……非常手段……非常手段……」

道達只能在床鋪上聽著門外面，不足二十米的地方傳來潮水般的「反貪官、反腐敗，爭民主、要自由」的口號聲，這些都是響亮的集體的聲音，有些時候還能夠聽到一兩聲：「打倒李鵬」的口號，像是天空中突然出現了兩朵雲。每當這時，人群裡就會爆出哄笑的聲音。

道達在床鋪上不斷地扭動著身體，想掙脫出來。他甚至在想：只要到門口去，從門縫裡看上幾眼也就心滿意足了。這種真正「自發」的群眾運動在他看來還是第一次。以前他所看到的「自發」都是「有組織」的，它們整齊劃一，不會給人任何驚喜。

就在道達在家裡想要掙脫「鎖鏈」的同時，明翠正單位裡開會——

領導說：「今天，同志們就不用上班了。」

「不上班幹嘛去？」有人問。

領導的回答很乾脆：「遊行。」

「遊行?!」所有的人都吃了一驚，還以為是今天早晨來上班帶錯了耳朵。

「是的，遊行。」領導果斷地說：「他們（指學生）能遊行？我們為什麼不能？遊行的口號我都已經想好了，就叫——旗幟鮮明地反對動亂。」

「動亂？定性了麼？是誰出來說的話？」有人產生了疑問。

「不用問了。我是憑我的政治覺悟來判斷的。」其實他是當天早晨一大早起來偷聽了「美國之音」，上面說，今天的《人民日報》將要刊發一篇題為「旗幟鮮明地反對動亂」的文章。由此可見上面準備動手了。於是這位領導就想出了一個「反遊行」的拍共產黨的馬屁的辦法。這也許是一個千載難逢的向上爬的好機會。

「我不去。」有一個人說。

也有一些人面露難色。

領導果斷拍板說：「不去算曠工。去的人算加班，另外再發十元錢的補助。」於是，大家一哄就上了街。手裡舉著一個寫著「旗幟鮮明地反對動亂」橫幅標語。

剛出了小巷，在一條稍大一點的街道上，明翠遇到了張解放，他們的隊伍裡也是舉著寫有「旗幟鮮明地反對動亂」橫幅的紅色標語。兩條「反遊行」的隊伍就這樣匯合了……

後來還有稀稀拉拉幾支的「反遊行」的隊伍匯聚在了一起。這一隊人來到廣場的邊上，「有組織」和「自發」的遊行隊伍就這麼史無前例地相遇了。「有組織」領頭的人開始高喊：

「反對動亂……」但是一起跟著喊的人的聲音，卻低得像是無病的呻吟。另一邊「自發」的人群高喊著：「打倒官倒，反對貪污……」潮水般的聲音完全地將這邊「反對動亂……」的聲音淹沒了。領頭人看著形勢不妙，等到記者們舉著照相機，拍了幾張照片之後，就領著隊伍匆匆地離開了。在他們的背後留下了一陣哄笑聲。

（後來在《成都晚報》上出現的報導這一事件的標題是：

工人群眾自發組織上街反動亂

堅決揪出煽動學生的幕後黑手

這篇報導還配發了，工人級階舉著「旗幟鮮明地反對動亂」的標語在遊行的照片。）

這一天，明翠和張解放早早就下班回到家了。張解放說：「要是天天都能這樣遊行就好了。不用幹活，還有錢拿。」

明翠說：「就是。下班還早。」

這時，道達在床鋪上喊他們：「爸爸，放我起來。」張解放沒有理他。

道達又喊：「媽媽，讓我起來。」明翠也沒有理他。

明翠沉默了一會，像是想起了什麼，猛然說：「哎，我發現民主、自由還是個好東西呢！」

張解放像是不認識她一樣死死地盯著她。這看得明翠也有些心中發毛，於是解釋說：「你看，學生們要民主、要自由。而我們呢，不用上班了，還能夠多拿錢，這不是民主自由給換來的麼？」

「你說的也有道理……」張解放停頓了一下說：「但是，你千萬要記住，這種話我們只能夠在家裡說說，在外面可千萬不能說。」

「我知道。我也就是在家裡才說說。在外面我才不會說呢。」說完，她不等張解放說話又補充了一句：「我才沒有那麼傻呢！」

說實話，明翠也為她剛才的話驚出了一身的冷汗。因為如果是在文革的時候，多半自己的丈夫會將自己出賣了。好在現在時代不同了。碰到了好時代。明翠暗自慶倖自己處在了一個好的時代。

第二天上班，到了單位。明翠和同事們都以為是今天又不用上班了，還是去「反遊行」遊行。每一個人都穿得乾乾淨淨、漂漂亮亮的。就像是開時裝展覽會一樣。

領導後來進來，嚇了一跳。指著她們身上的衣服說：「幹什麼？這是幹什麼？一個個像妖精一樣。」

「今天不是不上班麼？」

「不上班？幹什麼？」

「遊行呀！」

「遊行？有一次就夠了。報紙登了就行了。天天都這樣搞，不說被大學生推翻了。就是給補貼，都要給黨和國家拖跨了。」

「哼。真小氣。」

「小氣？你們遊行喊口號，哪一個人用力喊了？」

「領導，今天我們一定用力喊……不把嗓子喊破，絕不回來見你。」

「說的比唱得好聽。好了、好了，別多說了。幹活、幹活，快幹活。一定要把昨天欠下的工作給趕回來。」

「真是比資本主義社會的資本家還要黑。」有一個人，低聲地、狠狠地說道。

領導顯然是聽到了這句話，但他沒有理會。像是什麼都沒有聽見，領導背著手，寬容地走開了。這正像是中國古代官員的良好品格——宰相肚子裡能撐船。其實領導在走開之時，心裡一直默念著這一句話：「非常時期……多一事不如少一事……少一事才是沒有事……」這樣一念叨，心中的恨意自然就減去了一大半。

沒有人是領導肚子裡的蛔蟲，看到這裡，明翠又在心頭想到：民主、自由真好，連領導的脾氣都變得好起來了！

但明翠沒有說出來。她在心裡頭對自己說：「我才沒有那麼傻呢！各人心裡明白就行啦……」

當天下班回來，明翠匆匆地經過廣場。看到，在離她家不遠的地方，一個七十多歲的太婆支著一個蜂窩煤爐在煮稀飯。邊上圍著十幾個大學生，正在稀哩呼嚕的喝著。看著這些學生骯髒的來不及清洗的臉，明翠猛然間想哭。她想：如果這些學生的母親看到了她們的孩子為了追求民主的面孔，一定會忍不住掉下淚水的。

她沒有敢讓自己的眼淚掉下來。因為她昨天才聽說這個廣場上裝著有很多的照相機。各個角落都可以拍的到。如果被拍下流淚的鏡頭，那就是犯了立場性的錯誤。

明翠低著頭回到家裡。第一件事情就是將門緊緊地關住。門在這個時候是可以將她正要氾濫的情緒阻擋一下的。在門裡，明翠感覺到了一種情感上的安全與可靠。一個相對可以屬於自己的空間。

就在這時，她聽到床鋪上傳來了兒子的聲音：「媽媽，放我下來。」想到門外激動而如潮水的人群，明翠狠了狠心說：「再堅持幾天吧！」

「還要等幾天？我都要被憋死了。」

「應該不會太久了吧！我想黨該動手了。」

「動手？」被鐵鍊子鎖在床鋪上的道達，在這個時候竟然就有一種期盼，希望政府早一點動手，只有這樣他才能從這鐵鍊子上解脫出來。想到這裡，道達也開始從心底有一些恨那些擁擠在廣場上的大學生了，都考上了大學，前途應該是一片光明，還鬧什麼呀？想到這裡他接著又說：「快點動手。快點。只有解決了他們，我才能夠從這該死的床鋪上解放出來。」

事情就這樣起了變化。道達在鐵鍊子的下面，立場澈底地轉變了。別人的自由，就是自己的不自由；自己的自由，就是別人的不自由。如何選擇？當然是以自己當下的自由為選擇標準。從現在開始，在道達無聊而孤寂的頭腦裡就徘徊著兩個或四個字——動手、心狠手毒；開槍、噠噠噠噠……

不管廣場上鬧得如何。人群一天比一天增多。明翠還是照常上著班。這一天，領導將她叫到一邊，開始她還以為是領導想要輕薄她，帶著警惕。卻看見領導一臉的嚴肅：

「今天回家不要走東禦街。」

「為什麼呢？」

「不要多問！聽我的話沒錯。」

「我還是不明白。如果不走東禦街我要繞好遠。」

「我是看到我們平時的關係好才提醒你。換成是別人我一個字都不會說。」

明翠隱隱意識到，有什麼可怕和事情就藏在這幾句簡單的話的後面。因為她知道這位領導有一個兒子在一個掌管著國家安全的祕密部門上班（只要一想到那個部門，明翠的心都會猛烈地顫抖一下——就像是自己初次和王幹在廣場的石像下面做愛時可怕的高潮一樣），好像還是一個不大也不小的頭目。望著領導這些天正迅速蒼老下去的面孔，明翠在心底告訴自己：「不聽老人言，吃虧在眼前。」

當天下班，明翠繞了好遠……足足多走了半個多小時才回到家裡。在家門口，她正要把阻斷是非的門關上，就在這時她看見在東御街人民商場的方向燃燒起了大火。黑色的煙籠罩了整個廣場。明翠不敢判斷究竟發生了什麼，就趕緊把門關上了。

緊接著……天就黑了。是那一陣濃濃的黑煙將天空燻黑了麼？

緊接著……響起了爆竹一般的聲音——啪啪啪啪——是人民商場裡面存放的爆竹被點燃了麼？

第二天……明翠開門出來上班，看到廣場上突然間就空了。於是她匆匆返回家裡，將被捆綁在床鋪上的道達身上的鐵鎖打開。還在家中正準備出門上班的張解放有一些不解，問：「怎麼就放了？」明翠簡單地用手向外面一指：「你自己看看，廣場空了，沒有人了。」

幾分鐘之後……道達拖著被困得軟軟的身子第一次走出家門，在陽光中定了一下眼睛，而後看到廣場上有很多軍人。其中一個綠色的人對他吼叫到：「小孩子，別過來，滾遠一點。」他向後退了幾步，而後遠遠地望著廣場中央的石像，吃驚地看到它竟然成了一個黑人。像是才從原始、野性、蠻荒的非洲移民過來。

那個人是誰？從哪兒來的？為什麼站在我爸爸原來站著的位置上？原來的那個石像是不是

被調包了？這就是一場革命之後所帶來的變化？

在這一系列的疑問之後，道達就已經是澈底的不相信處在廣場正上方的石像是自己的爸爸了。在得出這個結論之後，道達覺得身體裡的一根看不見摸不著的支柱倒掉了。同時，他也就軟軟地癱倒在自己家的門前。

明翠從家裡面出來，眼睜睜地看著道達軟下去，撲上去扶，可還是晚了一步。道達重重地摔倒在地上。不遠處的軍人看著發生眼前的這一幕並沒有上來幫忙，在他看來，這個小孩子是被他嚇的。這樣，軍人就越發地覺得自己高大、威猛、雄壯了起來。

「老張，老張……快出來一下，道達病了……」明翠焦急地朝著屋裡頭喊。張解放忙著從屋裡出來，和明翠一起將道達抬進了房間裡，放到床上。張解放看著軟軟地躺在床鋪上的道達說：「也許是捆綁得太久，肌肉沒力氣了。沒關係，慢慢地鍛鍊、運動就會好起來的。」

這樣，道達癱軟的原因就有了三個不同的結論：

道達覺得是因為身體裡的精神支柱猛然間被抽空了、不見了、轉移了（得到這個結論之後，道達體會到了精神在身體裡面的作用與生命的虛無）；

軍人感到是自己的威武與雄壯讓眼前的這個小孩子嚇傻了（得到這個結論之後，軍人就更神氣威風了）；

張解放則認為是道達在床鋪上睡得太久了，肌肉長久沒有運動過，因此沒有了力氣（得出這個結論之後，張解放決定以後要讓道達多做一些家務事，不能再像以前那樣，什麼事都讓他媽媽做）；

不論是什麼原因，道達現在還是必須在床鋪上再睡上一段時間。這是不同原因下的同一個結果。通過對道達的運動量的增加，相信他可以再次站起來。

十一、道達、明翠：道達得了一種奇怪的病，為此明翠選擇了搬家

三天之後，道達已經可以下床扶著椅子走路了。五天之後，道達可以自己走出門，站在廣場邊放眼望上一陣子了。他看見軍人已經不見了，取而代之的是成雙成對，像剛開始下的一盤象棋一樣，遍佈在廣場上的警察。

一個星期之後，道達又可以自己走路去上學了。

走在上學的路上，道達覺得自己的身體大不如從前了。而且，每當在廣場上看到那個揮著右手的石像，在他的心底就會像泉水一般湧出兩個字：「假的」。而每當這兩個字浮起來時，他就會感覺到身體像氣球一樣輕飄飄的。於是，我們所看見的道達就是東搖一下西晃一下的在廣場上走著，像是喝醉了酒的小流氓。沒有一點兒沉重和嚴肅。

明翠看到這裡，心裡頭有一點兒急。怕別人以為道達這是故意裝的。

這一天下午放學剛回家，明翠與道達進行了一番對話：

「你在廣場上為什麼不好好走路？」

「我也不知道為什麼，每次我的腳步一踏到廣場上時，我就會感覺到渾身輕飄飄的，變虛、發軟。」

「為什麼呢？」

「我也不知道為什麼，心中會浮出『假的』兩個字。它們像氣球一樣，將我扯得輕飄飄的。」

「你不能不想那兩個字麼？」

「我也想——不想。可是一看到它，那兩個字就自然而然地浮起來了。」

「你就不能不看它？」

「不能。我還沒有成年，控制不了自己。」

這一番對話之後，明翠在心中就開始盤算著如何解決這一難題。這一天早晨起來，在道達要出門上學時，明翠從口袋裡拿出了一條圍巾。一開始道達還以為是母親要將它圍在自己的脖子上。竟有一些感動的說：「媽，天氣還熱著呢。用不著。」

「不，這不是給你圍脖子的……」說著，明翠就用圍巾將道達的眼睛蒙上了。

「媽媽，不。看不到。」

「孩子。就是要你看不到。等過了廣場再拿下來啊！」

一下子，道達就明白了母親的心意。一下子，道達的眼淚就流出來了。好在圍巾厚厚的纖維將眼淚都吸收掉了。沒有人看到道達流淚，除了他自己心裡頭明白之外。

道達蒙著眼睛，在廣場上邁著堅實的步子。可是，不一會兒就撞在了一個人的身上。他聽見一個聲音叫喊著：「喂，沒長眼睛麼？」等他看清了蒙著眼睛的道達之後，這個暴怒的人還是沒有打算放過他。那人一把扯下了道達蒙著眼睛的圍巾，說：「你以為蒙著眼睛就是瞎子啊？」道達睜開眼睛，只看了一眼石像，之後，就全身軟軟地倒了下去。

那個人馬上就糾正了自己的錯誤，他將圍巾重新給道達蒙上。過了一會兒，道達從地上爬起來，雙手向前伸出去，摸索著，走出了廣場。出了廣場之後，道達將眼睛上的圍巾解下來，放進書包，輕鬆地抬腳一跨，就進了學校。

三天之後，居委會的老大媽就找到了明翠和張解放，她說：

「有群眾反映，你們家道達每次在廣場上時總是要蒙著眼睛。為什麼呢？是不是暗示群眾是盲目的呢？還是暗指廣場上曾經發生了讓他不忍目睹的事件？」

「不，不是。我們哪裡有那種深度。打死我都想不到那個地方去。那要有多少智慧呀。」

「你們呀，別想耍賴。我還不清楚，你們精得很。上次居委會聚餐，還不是你們家來的人最多。大小三個都來了不說，還把八杆子都打不到的親戚帶了兩個來。」

「那是巧了。碰上了。」

「巧了？碰上了？我的親戚為什麼不會碰上？我們又不是傻瓜。」

「真的是巧了……」

「好了、好了，我不跟你們說那麼多。明天，你們孩子上學的時候，不准蒙著眼睛啊！不要裝神弄鬼的。影響多不好。」

說完，這位共和國最小的官——居委會主任——扭頭就走了。「官字兩張口，說什麼都是理。」、「官大一級壓死人。」因為明翠他們家都是平民百姓，所以對任何帶有兩個口的官的話都要聽。無條件地服從。在軍營服從，是軍人的本質；在這個國家服從，是人民的義務。

怎麼辦呢？

這一夜明翠又沒有睡好。可以說是沒有睡。第二天早晨起來，眼睛就成了黑黑的一圈。張解放醒來，第一眼看到躺在身邊，還大大地睜著無神的眼睛的明翠，嚇了一跳，還以為是一隻大熊貓爬到自己的身邊來睡了。城市中心也跑進了一隻大熊貓？這當然不可能。常識讓他本能的就排除了剛才一閃而過的念頭。

之後——應該是百分之一秒——他斷定身邊的這個人是自己的老婆。但他還是笑嘻嘻地說：「我還以為身邊睡著一隻國寶大熊貓呢！」

「怎麼？」明翠有一點兒不明白。

張解放從床頭邊的桌子上拿來一面鏡子給明翠說：「你自己看看。」

明翠看了之後嚇了一跳，說：「怎麼會這樣。唉……」她嘆了一口氣之後又說：「道達的事，焦得我一夜都沒有睡著。」說著，她仔細地看了一下張解放的眼睛，吃驚地說：「你怎麼好好的，一點事也沒有？」

「有我什麼事呀，昨晚睡得好好的。」

「沒有心肝的。」

張解放沒有聽到明翠的這句話，因為他已經到廚房裡做早飯去了。

吃早飯的時候，道達看到母親明翠，也是吃了一驚，說：「媽媽，你怎麼變成了一隻大熊貓了？」

「又是一個沒良心的，還不是為你操心的。」

「媽，你不用擔心。我想好了，戴個黑眼鏡不就可以了？那樣就不用蒙眼睛了。」

明翠還是不放心。她看著道達戴上墨鏡，而後牽著他的手走出家門。到了廣場上，明翠鬆開兒子的手。道達並沒有癱軟下來。明翠心中一喜，說：「兒子，終於找到解決的辦法了。」而後目送著道達邁著堅實的步伐一步一步地深入廣場——再一步一步地離開廣場。

不會再有什麼意外了吧？

可是沒過幾天，校長就找上門來了。他對明翠說：「你們的孩子……就是那個張道達，怎麼像個流氓一樣，戴著一幅黑眼鏡去上課呢？」

明翠急了：「校長，你不知道，他不能看到那尊石像。」

「你是說，他不能看到毛主席？」校長怎麼也不相信自己的耳朵。

「是的，看到毛主席道達的雙腳就軟了。走不動。」

「看到毛主席就走不動？這是什麼怪病？我看，是他的思想有病。那好，就叫他明天不要來上學了。什麼時候病治好了，什麼時候回來上課。」

「好的！好的。校長！我明天就領道達去看醫生。」

第二天早晨，明翠請了假領著道達去看醫生。剛出門，就看到了一個手提著一桶白石灰水的人，拿著一個大排筆，沾著石灰水在她家外邊的牆上寫了一個大大的「拆」字。明翠看到這個「拆」字，眼睛一亮，就像是看到了一根救命稻草，她一把抓住那個寫字的人問：「什麼時候拆？什麼時候拆？」

那個人還以為是明翠要找他的麻煩，一下子就甩掉她的手說：「我只是負責寫字，其他的什麼也不知道。」

明翠一下子就知道他是誤會了。說：「我是希望拆的。我希望儘快的搬離這裡。住在這裡我已經是受夠了。人那麼多，又擠，又吵。」她又指了指廣場上那些柱子：「看看，還有那麼多的照相機，一點隱私也沒有。」

寫字的人聽到她這樣一說，放下心來：「什麼時候拆，我也不知道。快則一兩個月，慢則一兩年。唉，我也說不清楚。」

明翠充滿希望地看著寫字的說：「你能不能向上面反映一下，讓他們快一點拆。不要一兩年，就一兩個月好麼？」

寫字的人說：「好的、好的。像你這樣喜歡拆遷的人，我還是第一次碰到。以前都是些死也賴著不肯走的人。」

明翠有一點搞不清楚，為什麼有人願意守著這舊房子：「為什麼不願搬呢？你看都快要倒掉了。」

「還不是為了多要一點賠的面積。三十個平方的，就想賠二個套三的房子。你說，天底下哪有這種好事？」寫字的人，看了一眼明翠，表揚她說：「如今，像你這樣有覺悟的人已經沒有了。」

說著，那人提著桶就走了。明翠則還是一隻手緊緊的握著道達的手在發呆。腦子裡盤旋著一個大大的「拆」字。

直到道達拉了一下自己的手說：「媽媽，快點去醫院吧，早點治好病早點上學。功課耽誤多了，就趕不上了。」

明翠回過神來，拉著兒子就往家裡走：「道達，不用花冤枉錢治病了，再過兩個月你就要轉學了。」

快到一個月的時候，學校老師來找到了明翠，問：「道達的病治的如何了？有沒有好轉？」

明翠也不說話，推著老師就出了門。老師還以為是明翠要趕他走，忿忿地甩開她的手，說著：「從來沒有看到像你們這樣的家長……」就要走。這時明翠又一把抓住了老師指著牆上的那個大大的「拆」字問：「你看見了嗎？」

「看見了──『拆』──可那跟道達上學有什麼關係？」

「怎麼沒有關係？這說明道達要轉學了。」

老師像是理解了，又像是什麼也沒有弄清楚。他沒有說話，一頭霧水地默默穿過廣場，走了。

廣場上的人不多，大家都還在家裡吃晚飯，再過十幾分鐘，這個廣場上又會聚集起一大堆的人。散步、發佈一些小道消息，獲取一些小道消息、談情、發呆……

成都的天空，傍晚的太陽早早就被說不清是雲、是霧、還是灰塵的灰黑色的空氣給遮住了。在路燈沒有開之前，寬敞、平坦的廣場上沒有影子。巨大的廣場因此而像是一個平面，沒有立體感。沒有深度。

沒有光與影交錯著的變化。黃昏的廣場顯得平庸，就像是被記憶選擇忘掉的內容。淡泊、甯靜、如水、無風。像是古代的一幅沒有透視感的水墨畫。面對這種情景需要有一種古代的審美眼光。遠離現實，淡泊逸遙。

從此之後，明翠天天就盼望著拆遷。因為道達每天都要像高玉寶一樣對她說：「我要上學。我要上學。我要上學……」在道達的潛意識裡，他知道，不上學就幹不了大事。很小的時候，他就聽到王幹對他啟蒙：「學而優則仕。」

明翠說：「別急，我們馬上就要搬家了。那樣我們就可以轉到其他學校去上學，遠離這個廣場。」從此以後，道達也就天天盼望著拆遷。

不久之後，有一個手拿著灰皮本本的人，敲響了他們家的門。對他們說：「你們的房子要拆遷了，這是政府給你們的拆遷補償，同意的話就在這上面簽個字。」說著，他還揚了揚手中的本本：「前五個簽字的人，政府將獎勵一〇〇〇元。」

張解放拿過合同來，正要看。這時明翠說：「看什麼？簽吧！沒什麼好看的。」好像是要趕著進入那前五名。

道達也說：「早點簽。我就可以早一點上學了。」

張解放被他們母子這樣一說，拿起筆就將自己的名字寫了上去。白紙黑字。醒目地相互對比著。像是在告訴他們一個事實已經成立了。

拿本本的人，鬆了一口氣，夾起文件就走了。張解放、明翠、道達，也都鬆了一口氣，說：「終於等到這一天了。」張解放說：「到了新學校，一定要好好學習。考上大學，才有前途。」明翠說：「我們的希望都在你的身上了。」道達說：「我知道。我是你們的未來。」

還沒有說完，就有人來敲門。是鄰居。來人進門後，第一句話就問：「你們家已經簽字了？」明翠還以為是她來責怪自己把那前五個名額給搶了。於是委婉地回答說：「政府喊簽，我們就只能簽了。我連上面寫了些什麼都沒有看呢。」

鄰居說：「你們真是瓜的（傻子）。合同上只是賠相同的面積。我呀，不賠我五倍的面積，是死也不會搬家的。」

「你沒有簽？」

「當然。只有傻子才會簽。」說完，鄰居憤憤地就走了。

她一走，張解放就說：「我們是不是吃虧太大了？」

明翠說：「孩子上學的時間耽誤不起。再大的虧也要吃。讀了書才能考上大學，考上大學才能當得上官。當上了官想什麼，什麼就來了……有一句話不是這樣說的麼？書中自有黃金屋……」說著她將臉轉向道達：「聽到沒有，一定要好好讀書，把損失給奪回來。」

道達沒有說話，因為在他的肚子裡面，他怎樣也算不清這一筆賬。看來，還是書沒有讀好。這一次，使他正真明白了讀書到底有什麼作用。

一個星期之後，道達他們就搬家了。不算很遠，就是在城東邊的水碾河南三街。從位置上來看，政府並沒有「燒卷」他們。因為，有一些人是被拆遷安置在了萬年場外面的地質大學附近，那個地方簡直就可以說是一個偏遠的郊區。

再一個星期之後，道達在水碾河附近的雙橋學校又開始上學了。「讀書、考大學、當官、當了官之後想要什麼就有什麼……」道達又踏上了這一條明晰的人生旅途。

他在自己的作業本上寫下了自己的座佑銘：道達一定要到達。

一年之後，明翠遇到了那個想要五倍賠償面積的女鄰居。乍一看到時，明翠並沒有敢認她，因為她的腳跛了。而原先的那個女鄰居的腳沒有跛。明翠看到她之後在想：天底下竟有如此相像的人？還是女鄰居主動跟她打了招呼。下面是她們的對話：

「明翠，你怎麼會在這裡？」

「我住在這裡呀。」

「噢，我們又成了鄰居了。」

「怎麼以前沒有看到你？」

「我才搬來。」

「你在廣場那邊當了一年的釘子？」

「是的。堅持就是勝利。毛主席說過：最後的勝利往往在最後的堅持之中。」

「你勝利啦？」

「是的。勝利了。」她驕傲的說：「政府賠了我四套房子。」說著，她比出了四根手指。明翠看到她那四根手指上，有三根都戴著金戒子。

「你的腳怎麼搞的。」

「當釘子戶時被打壞的。他們拉我走，我死也不走。抱著床鋪不放。我還將自己用鐵鍊鎖在家裡的柱子上。他們打我、罵我、污辱我。我就是不走。不賠五倍的面積，死也不搬……」

「後來，你就勝利了？」

「是的……噢，也不算完全的勝利。最後一人讓了一步，只賠了四倍，四套房子。」說著她又伸出了戴著三個金戒子的那四根手指。

「你現在在哪兒上班？」

「還上什麼班呀！我將那三套房子租出去，一個月怎麼樣也有個二千多塊錢租金。比上班強多了。」她長出了一口氣說：「我這一輩子總算是解決了……但是也落得了這種下場，」最後，她指了指自己的腳：「還是你們好呀！健健康康、活蹦亂跳的……」

「有付出、有得到。這筆賬不好算。叫我看呀，你還是劃得著。人嘛，最終的目的還不是衣來伸手、飯來張口？」

女鄰居聽到明翠這樣說，像是看到親人似的對她說：「還是你懂得生活。改天我請你吃串串香，你們一家人可都要來呀……」

不知道為什麼，自從碰到了這個原來的女鄰居，明翠的心就像是跌入到了一個深淵，總是陰陰澀澀、潮潮濕濕、晦晦暗暗，見不到陽光。

「不公平，這個世界太不公平了。為什麼總是老實的人吃虧？以後，還有誰願意當老實人呢？以後，人人都會變為刁民的！」

就這樣，在離開了那個巨大的廣場之後，明翠的心情也還是沒有好起來。沒有出現像歌中唱的——「解放區的天是明朗的天／解放區的人民好喜歡……」——那樣的境界。

但是，不論怎樣，道達又開始正常地上學了。考上大學就可以當官，當了官就什麼都有了。這是一個新的開始……

明翠就這樣簡單而又固執地將希望放到了遙遠的、看不見也摸不到的未來——時間和歷史的虛無之中……

後記（二〇〇〇年～二〇〇五年）

一、報紙與報紙的不同是宣傳與新聞

二、國家與國家的不同是治權與民權

三、人與人的不同是服從與不服從

被報紙改變的人：兩張報紙的兩個毫不相干的版面引發出的故事。
明翠在這個故事中死去了……

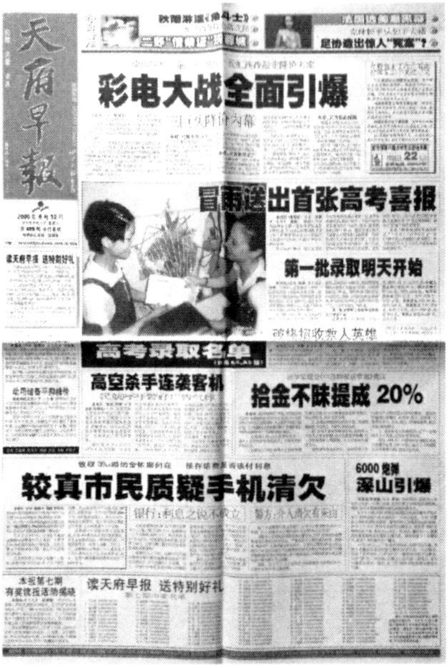
天府早報
彩电大战全面引爆
冒雨送出首张高考喜报
第一批录取明天开始
高考录取名单
高空杀手连袭客机
拾金不昧提成 20%
较真市民质疑手机清欠
深山引爆
本报第七期有奖读报活动揭晓
读天府早报 送特别好礼

二〇〇〇年八月十二日的一張報紙

紅燈……
停。
綠燈……
行。

這是植入腦海的命令。停和行，一分鐘一變，已無需人的指揮。從表像來看——機器指揮著人。

綠燈亮了，沿著一環路由南向北穿過水碾河十字路口，向右拐，進入成都飯店旁的右則小巷，張道達騎著自行車在一個報攤前停下，買一張當天的報紙。

《天府早報》二角錢。公元二〇〇〇年八月十二日，二角錢可以買一份報紙，請記住這就是當時的價值。

頭版導讀

說的是其他版面的內容。重要嗎？重要。可讀嗎？可讀。

重要的是：〈柯林頓承認犯下了大錯〉。請注意分清，並不是政治上的錯誤，而是生活上的錯誤（那是發生在兩年前的事了）。柯林頓在牧師面前懺悔說：「萊溫斯基事件是我總統生涯的一個底點，為此，我正努力修復我的婚姻和與女兒的關係，我與家庭的關係還處在一個繼續鬥爭的過程。」

第三者。這是一個簡單的第三者的婚戀關係，作為一般人也許根本就不會有人關心。但作為主角是柯林頓的婚外情，那就不一樣了，人們的性趣空前地高漲。雪茄、女實習生、辦公室……每一個細節都被人們關注，每一個動作都為人們津津樂道。

「這樣炒作一個人的隱私公道嗎？」自以為認真的或不害怕愚笨的人問。

路人A說：不。不。不。絕對的不公正。名人也是人，是人都會犯錯誤。

毛主席在活著的時候說過……不犯錯誤的是豬，犯了錯誤不改的是死豬。

張道達說：名人已經在生活的各個領域占了很多的好處，他們不可能在得到好處時就要求與眾不同，而在要額外承但社會道德和責任時則又說自己是一個普通人。看來上帝是公正的，每一個人都不可能什麼好處都要占盡。

重要的還有：〈足協造出驚人冤案？〉從這一個問號來看，這個「冤案」還沒有搞清楚，是不是冤案？沒有結論。報導說：「本週三足協對黑龍江雄風足球俱樂部教練高潤作出『終生禁賽』處罰，這極有可能是一宗『冤假錯案』。昨晚，中國主足協紀律委員會主席張吉龍承認這是一例未作調查的處罰，而新的調查工作正在進行之中。」

還沒有調查清楚就作出了處罰，這是雷厲風行？還是草菅人命？這好像是一個大題目，與我們生存的大環境有關。

張道達是一個足球迷，但黑龍江的雄風隊他並不關心，他關心的是四川全興隊。張道達是屬於那種「愛國形球迷」，有一個公式：因為我是四川人所以喜歡四川全興隊，因為我是中國人所以喜歡中國隊；同理推定如果有地球隊與火星隊的比賽那麼他一定是地球隊的球迷，因為他是地球人。張道達就是這樣一個簡單的人，前一陣子中國隊又輸給了韓國隊，別人都在失望，而他卻越來越樂觀，理由很簡單：「打麻將輸了一〇〇盤，難道第一〇一盤還不會贏麼？輸了一〇〇〇盤，第一〇〇一盤還不會贏麼？」重要的是堅持，張道達說：「毛主席說了『最後的勝利往往在最後的堅持之中』」。張道達的眼睛裡希望越來越濃，濃得就像是一團焰火。如果是在伸手不見五指的夜晚，我想是可以看見那些噴射出來的火花的。

張道達的父親張解放也是一個足球迷，但他是「足球無疆界的信奉者」，他只看義甲、英超、西甲等高水平的五大聯賽。只要水平高，無論什麼國家什麼民族他都喜歡。他常對兒子說這才是真正的技術型球迷，而兒子則回他以「漢奸」二字。張解放就想「現在的年輕人怎麼了？比我們老年人還要保守？」他說：「你這是狹隘的民族主義。是很可怕的。」

兒子則回老子：「賣國賊！」

老子又回兒子：「愛國賊！」

可讀的是：〈秋雨淋濕《神鬼戰士》〉。二〇〇〇年八月十一日的成都下著秋雨，淅淅瀝瀝的雨使人們不想出門，即使是《神鬼戰士》這樣在美國創下二〇〇〇萬票房收入的大片也無法將人們從家裡吸引出來。報導說「據成都各大影院下午反饋的信息稱，由於連夜的暴雨，昨日上午及中午看《神鬼戰士》的人寥寥無幾。」

張解放的妻子明翠則不認為是暴雨惹的禍，她說：「主要原因是這幾天彩色電視大降價，大家都把影院搬回家去了。」她說：「這不，我也正準備去搬一臺三十四吋的回家，一下子就買一個大的，這就叫著一步到位。」、「坐在家裡與老公兩人看電影不亦樂乎。」說著她揣著五千元就出了門。街上充滿了買彩色電視的人流。可要跑快一點。

可讀的還有：〈法國選美爆黑幕〉。對於美女，讀者的興趣是可想而知的。

頭版頭條

〈彩色電視大戰全面引爆〉。報導說「昨（十一）日，康佳、樂華彩色電視先後宣佈在全國降價。業內人士稱此舉意味著彩色電視『價格聯盟』瀕臨全線崩潰。昨晚，長虹集團連夜召開緊急會議並迅速做出反應，宣佈從今日起在全國範圍內大幅降價，最高降幅達三十五%，最大降價額達三〇〇〇元。」

明翠在十點三十五分就趕到了百貨大樓，一樓的家電廳內擠滿了人群。明翠可以說是用完了「擠」、「推」、「拱」、「頂」、「鑽」幾個字才站到了一臺彩色電視的面前，她還沒把「我要，我要……」說完就被一個細長的男人擠開了，那男人甩出一疊錢說：「我要這臺。」根據錢的先來後到的原則，這臺彩色電視當然就屬於這個細長的男人了。

明翠真恨自己沒有把錢握在手上讓錢開路，但是她並沒有絕望，說「再給我拿一臺。」售貨小姐說：「對不起，這種型號的已經賣完了。我們正在組織進貨，明天就有了。」

「明天」。明翠有些失落，彩色電視離自己又遠了一點了。但很快她又把心態給調整好了：「我有錢，還怕買不到彩色電視？到其他地方看看去。」

好不容易又從人群裡擠了出來，她覺得自己像是被拉長了，身體裡好像是空了。「糟糕」，明翠猛然想到了懷裡的錢，伸手進去一摸，不見了。錢呢？那可是五〇〇〇元啊！自己半年的工資，就這樣泡也沒有冒一個就沒了。明翠一急，覺得血向上湧，雙腿一軟就坐在地上哭了起來。

頭版二條

〈冒雨送出首張高考喜報〉。雨在窗外下著，張道達從桌前走到窗前望著小巷盡頭看有沒有郵遞員從煙雨那邊過來。七點他就去買了一份《天府早報》看到「二〇〇〇年普通高校招生錄取名單」有自己的名字，所以一早他就在等待著郵遞員的出現。

父親張解放今天本該休息，但由於今天要送高考錄取通知書所以還要加班，吃完早飯他就出門去了，而且他送出去的通知書成了第一份送達的「高考喜報」。報紙上是這樣報導的：「十時三十分，望江賓館臨時郵局開始準備全省第一份高考錄取通知書，十時四十分開始對該份錄取通知書進行封發、簽字、蓋章和登檔，十時四十五分郵政工作人員張師傅冒著大雨驅車趕往取得第一份錄取通知書的考生趙星的家。但考生所留的地址為川師附中，而工作人員在川師附中並沒有找到趙星，直到十一時四十分，工作人員才找到位於成都市海椒市街十五號無縫鋼管廠宿舍區二十七幢五樓的趙星家。」

母親明翠也是一早就出了門，出門時張道達對她說：「叫個計程車去吧。」

母親說：「還是走路去，也不遠，遛著半個多小時就到了。」

張道達說：「四〇〇〇多元的彩色電視都買了，還節約那幾元錢車費幹啥？」

母親說：「這五〇〇〇元錢就是靠這樣一分一元的節省下來的。」說著就數著指頭對他說：「你看一天省下一元錢，一年就是三六五元，十年就是三六五〇元。你今年二十歲，一天省一元二十年就是七三〇〇元，你看比五〇〇〇元還要多出二三〇〇元……」

張道達最怕母親說錢，一說就沒完沒了。他推著她往門口去：「好啦，好啦，好啦……你快點走吧。」

十二點剛過，雨停了，張道達已經可以很清楚地看到小巷的盡頭了。天空像被洗過一樣透明。街道上被雨水沖洗得乾淨了的汽車，白雲一般輕輕地從街道上滑過。

張道達想起了一個成語「白駒過隙」。而睡意也在這一瞬湧了過來。讀書時他已經養成了中午睡覺的習慣。

母親還沒有回來，看來她真的是走著去的，張道達還沒有想清楚母親在街道上懷揣鉅款走著的樣子，就躺在床上睡著了。

睡夢中他夢見母親在街道上走著的樣子像是小偷，用成語來形容就是——「東張西望」、「躡手躡腳」、「做賊心虛」。張道達在夢中笑了起來。

頭版三條

〈拾金不昧抽成二〇%〉。儘管明翠在百貨大樓外哭得像是一個淚人，但並沒有人停下來關心地問她：

「姑娘，有什麼傷心事，我可以幫助你嗎？」

「小姐，我可以幫助你嗎？」

「阿姨，你怎麼哭了？」

「同志，不要哭，要堅強。」

最後一問更像是哪部電影中的一句臺詞，但很久以來已經沒有人以「同志」相稱了，可能是現在的人們各自有著自己的事情與目標。第一句呢？她已經不是姑娘了；第二句呢？那個詞已經被污染了，成了妓女的專用名詞；第三句呢？在她的身邊還有兒童出現。

因為她是個中年婦女，如果一定要問，問話人只好將臺詞改為：「婦女，有什麼傷心事，我可以幫助你嗎？」這好像也有點不尊重她，因為婦女是已經被摘下了並插在了牛糞上的花朵。於是出於禮貌便沒有人問她什麼。人們只是匆匆地看她一眼便遠遠地去了，每一個人都將那句臺詞默默地在心底念上一遍，覺得如果改為了那兩個字真是有點好笑，「婦女」哈哈、哈哈……人們的臉上就露出了微笑。

這讓絕對的旁觀者——比如說外國人——有一種世態炎涼的感覺，其實並不是如他們想像的那樣，這只是中國人剛剛開始懂得了幽默。

就在明翠在外面大哭的同時，買電視機的人群裡忽然一陣騷動：「誰掉的錢。」

「我的、我的……」。有五六個人同時說。

撿到東西的人警惕地將錢捏在手裡問：「有多少錢？」

……沒有人能回答出來。

「那我就要把它交給警察叔叔了。」人們這才看清楚撿錢的人是一個小女孩。這時女孩身邊的母親說：「傻孩子，那是我們家的錢，來，拿給媽媽。」

女孩子正要將錢交給母親，旁觀的人中有人質疑：「你也說說看有多少錢？」

……小女孩的母親也回答不了。

「把它交給警察叔叔，把它交給警察叔叔……」人們有節奏地喊了起來。這場景看了讓人感動，有一種玉石俱焚、同歸於盡的感覺。我得不到，你也別想得到。

母親只好帶著女兒邊往外走邊說：「好我去把它交給警察。」不識趣的人們一窩蜂地跟了出來。

小女孩一出商場大門就看到了坐在地上哭著的明翠，小女孩走上前去問：「阿姨，你怎麼哭了？」

明翠哭了那麼久一直也沒有人來問她，現在有人來關心她，她反而就哭得更厲害了。小女孩並不妥協，上前抓住她的手說：「阿姨，你說嘛。」

明翠說：「我的錢丟了。」

小女孩跳起來說：「阿姨——我撿到了。」

女孩的母親打了一下她的頭說：「傻孩子，你怎麼知道是她的？」

明翠聽到有人撿到了錢，馬上清醒了過來，她抓住女孩的手說：「是我的，是我的，總共是五〇〇〇元錢，其中有四張五〇元的，不信你們數數。」

邊上圍著的人齊聲說：「對，數一數，數一數，數一數……」

女孩的母親只好一五一十地數了起來，果然是整五〇〇〇元。接著母親又數了一〇〇〇元出來放進了自己的口袋，將剩下的四〇〇〇元錢遞給了明翠。

明翠不幹，問：「為什麼你要留下一〇〇〇元。」

女孩的母親說：「報上說的〈拾金不昧抽成二〇%。〉」接著她又念了其中的一段：「拾得人享有報酬請求權。即拾得人可向失主要求報酬，也可自願放棄報酬。但一旦拾得者提出要報酬，失主應按有關規定支付。接受遺失物返還的人，應向拾得人支付相當於失物價值三%—

二〇%的酬金……」

明翠當時也沒有細想。頭昏昏的，她只看清了報紙上黑黑的標題：〈拾金不昧抽成二〇%。〉

有什麼辦法呢？報紙上都說了要支付二〇%的酬金。多年受教育的經驗告訴她：報紙上說的話就是黨說的話，黨說的一切都是真理。不聽就一定會倒楣。

明翠昏昏沉沉地往回走，已經完全沒有了去購買彩色電視時的興致。

頭版四條

〈高空殺手連襲客機〉。張道達一覺醒來看見父親張解放已經回來了，他也正站在窗口向小巷的外面望著。窗外的陽光正斜斜地從小巷的屋簷切到街角，剛好拉出了一個對角線。不用回頭張解放就知道兒子起床了，他說：「錄取通知書我順便給你帶回來了，在桌子上。」接著又問：「你媽還沒有回來？」

張道達也站到了窗口向外望著回答：「沒有。」

天空中有一隻鴿子飛過，白白的，像是天空破了一個洞。在更遠的地方有一個紅色的廣告氣球掛在籃籃的天空上一動不動，像是天上的一滴凝固的血。

張解放說：「會不會出事？」

張道達因為看了今天的報紙，而父親也正在望著天空中那個血滴一樣飄浮的氣球，以為父親說的「出事」指的是飛機。報上說「據介紹，八月八日中午十二時四分，當北航一大型客機正準備由南向北降落時，機組人員突然發現在機場南進港上空六〇〇米高度，有兩大串氣球擋住了去路，只好採取緊急措施，改由北向南降落。僅過一個多小時，途經成都上空的國航機組又向空管調度發出信號：在二一〇〇米高度發現一個巨大白色廣告氣球，請其他飛行員注意……」所以回答說：「還是小心點好。」

張解放頓時害怕起來：「她從來沒有帶這麼多錢出門。不會丟了吧？」

張道達這才知道父親擔心的是母親和她身上帶著的錢。他說：「出門的時候我讓她坐車，可她偏偏要走路，為了節省兩元錢車費。」

張解放說：「可現在就算是爬也該爬回來了。」

張道達向遠處一指：「那不，媽媽不是回來了？」

頭版五條

〈較真市民質疑手機清欠〉。報導說「成都移動對欠費用戶執行『從欠費之日起收取每天三%滯納金』的第一天，不少用戶打進本報熱線對此提出質疑：你繳話費要交三%的滯納金依據何在？現行實行的預交話費算不算利息？……已退休的李大爺給記者算了一筆賬，成都市每月大約有二〇萬用戶預交話費，若以每位用戶平均每月存二〇〇元計，成都移動一月可預收四〇〇〇萬元，其利息相當驚人。李大爺認為，滯納金如果要收，那麼預交的話費就應付利息，這對消費者才公平合理。」

成都移動市場部負責人王國強說，收取三%滯納金是按信息部規定，而且全國都是按這一慣例執行的。

同時，也在成都移動局市場部工作的撿錢小女孩的父親，今天一早上班看到這篇文章心裡就不舒服。他想這些人怎麼了，這麼唯利是圖，與國家還斤斤計較的。「只有國家好了，大家才會都好」。想到這裡小女孩的父親就打心眼裡瞧不起那些愛財的人來了。

由當日報紙引發出的部分討論：

一、**彩色電視該不該降價？**

LG成都分公司有關人士：「公司經理已到北京開會，LG彩色電視不會以低價參與競爭。」創維成都分公司何正貴經理：「創維如果覺得有必要跟進，將馬上跟進。明天我們將回總部開會，會上極有可能就此事及相關措施進行研究。」TCL成都分公司蔣安全經理：「國內部分彩色電視近期大幅降價，降幅達二〇%以上，TCL對以降價方式處理庫存過時產品表示理解。」……

張解放的同學成功人士吳士紅：「降價不降價對於我來說沒有絲毫意義，十萬與一萬有什麼區別？在我的眼裡就是十元錢與一元錢的區別，更不用說五〇〇〇元降為四二〇〇元，簡直是多此一舉。」

明翠的工友李平兒說：「要降就一次降個夠，不要一點一點地慢慢地降，弄得像是買股票一樣總想在最低點跟進，弄得現在我們家裡一樣家用電器也沒有。孩子總是鬧著要買臺彩色電視，但我又怕你今天買了，他明天又降了。」

李平兒的妹妹證實說：「那年我花了三〇〇〇元買了一臺三星牌三碟VCD，可是不足一個月它就降成了一五〇〇元，現在又只賣五〇〇元了，每降一次我都心痛得幾天睡不好覺，像是自己損失了那些錢。」

在郵局工作的張解放說：「你們都錯了，早買早享福。」

明翠反駁他說：「你以為錢掙得那麼容易啊！」

張道達說：「家裡再沒有彩色電視我就離家出走，這種家真沒有什麼待頭，太沒有意思了。」

所以明翠這才揣著錢出門買彩色電視去了。

二、拾到錢該不該抽成？

明翠剛轉身離去，圍在百貨大樓門口的人就紛紛議論起來：

意見A：「人心壞了。」

小女孩的母親：「誰的心壞了？壞了的是全部都揣進自己腰包的人。現在是市場經濟時代，幹什麼事情不講個利益啊。」說著她拉著女兒的手說：「我們走。」

待這位母親走後人們又議論起來：

意見B：「我是不會丟錢的，我從來就沒有丟過錢，五〇〇〇元錢怎麼能讓它丟呢？把它縫在內褲裡怎麼會丟呢？」

他的意思是他不會丟錢，所以這個話題與他無關。

意見C：「我從來沒撿到過錢，當然一分兩分是可以撿到，但又不願去撿，那撿來有什麼意思？你看剛才那五〇〇〇元，也許就在我的腳下，可我不是還沒有撿到？這就是命。」

他的意思是：我不會撿到錢，所以這個話題與我無關。

意見D：「給不給抽成是丟錢的和撿錢的兩個人的事情，與別人無關，反正旁觀者是一分錢也拿不到，操那麼多心幹什麼。」

講到這裡大家才發現這個話題與自己一毛錢關係都沒有，於是圍著的人群一下子就散了。

三、**坐飛機還是坐火車？**

張解放說：「前些日子一架協和飛機掉下來了，一百多人全死光了。還是坐火車的好。」

明翠說：「報上說天空中有很多氣球，很危險，飛機一旦撞上就會爆炸。我看還是坐火車安全些。」

張道達說：「我知道你們是為了節省錢才找這些理由來做藉口，不過少數服從多數，這是我們家的原則，我不能破壞這個原則，只好坐火車去上大學了。」

最後大家總結說：「其實坐火車挺好，可以多看看沿途窗外的美麗風景。」

從理論上來說坐火車有很多理由，其中之一就是「花更少的錢，買更多的東西」，花比飛機票更少的錢，坐比飛機航行時間更長的時間。比如說把這換成是在公園裡坐碰碰車，那簡直就是占了便宜。

由當日報紙引發出的部分事件：

一、**小姑娘的母親羞愧自盡**

小姑娘與母親回到家裡，剛進家門她就喊到：「爸爸，今天我撿到錢了。」

爸爸問：「撿到什麼錢了？」

小姑娘說：「在媽媽那裡。」

媽媽從皮包裡拿出那一〇〇〇元錢說：「幸好我看了今天的報紙，否則我還真找不到理由將這些錢留下來。」

爸爸說：「什麼，你撿到錢還要別人給報酬？你、你、你怎麼會是這樣的人？」

媽媽說：「報上都說可以抽成二〇%。」

爸爸說：「報上說拾得人可向失主要求報酬，也可自願放棄報酬。你為什麼不選擇放棄索要報酬呢？況且報上說的也只是草案，還沒有正式通過，你這樣硬留了二〇%下來是違法的。」

媽媽：……

爸爸：「還不快去——把錢還給人家。」

媽媽：「我到哪裡去找失主呢？成都那麼大，又有那麼多人。」

爸爸：「我不管，總之你找不到失主就不要回來。我們家不能容留一個因貪財而違法的罪人。」

小姑娘眼睜睜地望著母親出了門，一直後悔自己不該撿到那些錢。沒想到會惹出那麼大的事，但女孩還不知道更大的禍還在後面。

小女孩的母親出了門，漫無目的地向前走，雖然早上的一陣雨將天空洗得乾乾淨淨，但到哪裡去找她呢？目光雖然可以看得比往常更遠，但那些雜亂的人流裡有她嗎？母親擠進了一堆人群裡，想看看裡面有沒有她的身影。沒有。裡面只有一個前來省城上訪的人，在他的前面寫了一首打油詩：

一反二反又三反
天天都在反腐敗
可是越反越腐敗

村官公款吃又嫖
若是天上有神仙
化作萬萬江澤民
每個村上派一個
看它貪官哪裡藏

母親轉身出了人群，她有些想笑但又笑不出來，平時不是這樣的，平日裡她是一個幸福而愛笑的女人，可是今天丈夫將她趕了出來，以前丈夫從來沒有這樣對待過她，她們甚至從來也沒有紅過臉，「可從今以後這一切都會變了，丈夫會認為我是一個貪財的女人，他不會再愛我了……」想著想著她已經來到了府南河邊，河水洶洶地向下流淌。由於才下過雨所以水量很足，由於雨水沖涮了骯髒的路面所以水流很黑。西邊的太陽已經下山了，天漸漸地黑了，這條黑黑的河水馬上就要被這更大的黑黑的夜吞沒了，母親的臉上流下了兩行淚水，但現在已經沒有人可以看到那晶瑩的淚珠了，母親的眼淚滴進了河裡，瞬間就被骯髒的河水捲起，奔騰著向下流去。

就這樣站了約兩個小時，母親發現並沒有人來勸阻她，是別人不知道她要投河、還是別人不在乎她的死活？母親猛地將腳跨出護攔投身跳入了府南河裡，就在她的身體接觸到冰冷的河水時，她聽到身後的喊聲響成了一片：「那女人跳下去了，那女人跳下去了……」

……

二、明翠狀告報紙

張解放問明翠：「電視機怎麼還沒有送回來？」

明翠說：「沒有買。」

張道達：「媽媽就是太節約了，花一分錢心都要痛，花幾千元錢那真是要命了。」

明翠說：「別提了，今天不僅沒有買到彩色電視，還損失了一〇〇〇元錢。」接著明翠把丟錢和給抽成的經過從頭到尾說了一遍。

張道達說：「那條新聞我看了，它並不是法律，而是一個律師的一點想法。你完全可以不理會它。」

明翠說：「我當時頭暈暈乎乎的，哪還能細看？只看到那個大大黑黑的標題「拾金不昧抽成二〇％」。人家有報紙作證我還能說些什麼呢？」

張解放說：「報紙就是喜歡誇大事實，文章裡的內容說可以抽成三％到二〇％，他為什麼不把三％做到標題上？而偏要把二〇％做到標題上？」

明翠說：「五〇〇〇元抽成三％是一五〇元，這我還能夠接受，硬要我給一〇〇〇元那簡直就是搶劫，太無恥了。不行，我要告他們。」

明翠氣得臉都紅了。

張道達說：「撿錢的人我們是找不到的，成都那麼大那麼多人，要找到她們簡直就是大海裡撈針。但是那張報紙是跑不掉的，我們就到法院去告它。」

張解放問：「我們要報紙賠什麼呢？」

明翠也將目光望著道達。

張道達說：「我們要它賠財產損失費、精神損失費、誤工費、誤餐費、車馬費、醫藥費共計五十萬三千四百元。」

明翠的眼睛都大了，沒想到竟會因禍得福：「怎麼會有這麼多的索賠項目？」

張道達說：「你現在看到一大疊錢就會頭暈噁心，這叫精神損失；精神受到傷害要醫治，這就要醫藥費；要討回這些錢就要跟他們打官司，打官司就要花時間、叫車、及在外面吃飯，這就要他們付誤工費、車馬費、誤餐費。細細算起來還多著呢。」

明翠一刻也等不了：「走，我們找報社會去。」

街道上的燈很亮，亮得可以在路燈下看書。剛走出小巷，明翠就對兒子說：「我們叫車吧。」

張道達說：「媽媽不再節約了？」

明翠說：「我們都是百萬富翁了，還節約什麼。以後的生活任務就是：怎樣將這些錢用出去。」

叫了部計程車後他們直奔《天府早報》而去。進了報社，明翠對第一個見到的人說：「我找你們的總編，他在哪？」那人說：「總編已經下班了，有什麼事明天再來。」

張道達說：「那麼值班副總編在嗎？」

那人順手一指說：「在那間辦公室。」

進了副總編的辦公室，明翠開門見山地說：「我是來找你們索賠的。」

副總編問：「請說清楚。」

於是，明翠就將今天的經過一五一十地說了一遍。最後總結說：「如果沒有你們的那篇報導，那個女人就不會問我要抽成，要了我也不會給。本來就是我的錢憑什麼給她呀。如果我不付出那一〇〇〇元錢，我的精神就不會受到傷害。」

值班副總編想了一下說：「我們的那篇報導是沒有問題的，問題是你沒有看清楚文章的內容。如果你還有什麼要說的，請明天來找我們報社聘請的律師談。今天已經太晚了。」

明翠的心「轟」的一下就像掉進了一個深洞。這也正是她所害怕的。洞裡面黑黑的，什麼也看不見，就更不用說有什麼寶藏了。

明翠的心像是猛然間被誰挖去了一塊。

出了報社的大門，張道達拉著母親的手說：「媽，往這邊走。」明翠木木地跟著他，眼睛直直地向前望著，在回去的路上她只是在重複著一句話：「那老總說的好像也有道理啊！我們是不是輸了？我們贏不了麼？那五十萬就不是我們的了？」

夜很黑。街上的行人已經很少了。張道達扶著母親一路回到了家裡。父親已經睡了。明天他還要起早上班。這就是一個上班一族的夜晚。

張道達扶著母親進了屋之後，回到自己的房裡，躺在床上，像讀書時寫讀後感一樣總結今天的經歷：

一、一個人沒有錢很可怕；

二、一個人有了錢之後又變成窮光蛋很可怕；

三、一個人可能成為有錢人而又成不了有錢人很可怕；

四、總之沒有錢就是很可怕；

五、所有問題最終都是經濟問題。

剛想到這裡，掛在牆上的鐘當、當、當、當……地敲響了十二下……

成都商报
省委书记领跑新世纪
市民争看升国旗
世纪之交南充蓬安发生重大车祸
县委副书记 撞死三人逃逸
回到拉萨
房市引起震动

二〇〇一年一月二日的一張報紙

報紙上的說的事都是昨天發生的。二〇〇一年一月二日說的就是二〇〇一年一月一日，這一天是新世紀的第一天。

新聞：〈市民爭看升國旗〉昨晨六時五十八分，迎著新世紀的第一縷晨光，五星紅旗徐徐升起。市民們為了爭看新世紀第一次升旗，成群結隊早早就趕到了天府廣場……

天還沒有亮，張解放就起了床（自從那次受了五〇萬元的刺激之後，早起做飯就成了張解放的工作，明翠則一直生活在百萬富婆的幻覺裡），他做完飯將碗筷擺好，而後去叫醒明翠，說：「吃飯了。」

明翠張開眼睛望了一陣天，看天還沒有亮，張口就罵：「天還沒亮，你就不能讓我多睡一會兒？」之後又嘟囔了一句：「我有錢，還不能睡個好覺。」

張解放解釋說：「今天是新世紀的頭一天，你昨天不還是說要去看升國旗麼？你說我們是有錢人，是制度的受益者，要在這世紀的頭一天去廣場看升國旗，捧個人場，希望那面紅旗永遠飄下去。」

明翠說：「唉，你看我這腦子，真是貴人多忘事，那麼重要的事都忘了，真是該打。」說著就狠狠地敲打了自己的腦袋一下，「乒」的一下，回音空洞地在屋子裡竄來竄去。張解放也覺得自己的腦袋嗡地一下像是有一窩蜂子受到了驚嚇。

出了門，明翠伸手就擋了一輛計程車。在上車時，明翠回轉過頭來對張解放說：「有了錢，出門就不用走路了。」張解放沒有說話，而是拉開車子的後門，一矮身就鑽了進去。

天還沒有亮，路邊幾乎還沒有行人，只有幾個晨跑的老頭像流星一般從車窗邊劃過。明翠看不清他們，於是便轉過頭來盯著司機，說：「開快點，我們是去看升國旗。」停了一下，還怕說不清楚，又補充說：「我們為什麼要去看升旗呢？是吃撐了嗎？不，我們是成功人士，是受益者，也就是主流人物。我們不去看升旗，誰去看？我們不給共產黨紮起，誰給共產黨紮起？」說完這些後，靜了好一會，她又小聲說：「我們是受益者，豐衣足食，是吃得很飽，看來是有點兒撐……」

司機沒有理她，而是靜靜地將目光盯著前方。張解放也坐在後面一言不發，側著臉望著街道的另一邊。明翠看見沒有人理她，情緒一下子低了下來，臉白得像窗外的霧。好在沒有一會兒天府廣場就到了。

廣場上已經有了一些來看升旗的人，除了這些人外還有更多的警察和零星的攝影記者與他們拍照時零星閃起的閃光燈。

文字記者這時則在小本子上記著：

六時三十分七十七歲的王大林老人被家人用輪椅推到了廣場；為了看上升旗，家住二仙橋的老人昨晚特意住到了城中心的女兒家中。商業場小學三年級的萬靈樂小朋友在父親的陪同下，六時左右就來到了天府廣場。而四川大學中文系的部分學生則在天府廣場等候了一夜。

明翠看到記者，抑制不住衝動，擠上前去對記者說：「我先說，我先說，我是受益者，所以我是擁護者。我們不來紮起，誰來？我們不來佔領廣場，誰來佔領？」

還沒等她說完，那個記者就已經將筆和小本本揣進包包跳上一輛計程車離開了廣場。

明翠有些憤憤不平，衝著計程車的尾巴喊：「我是受益者，我也愛祖國，把我也寫到報紙裡……」等看不到車了，明翠才發現忘記說出自己的名字了。（後來，報紙上自然也就沒有出現明翠的名字。）

廣場上的人很多，在旗杆下的人更多。明翠在往人多的地方擠，六點四十分剛過，人群的邊緣騷動起來，之後裂開了一道口子，像是有一把又尖又長的刺刀刺入。又像是一把鋒利的刮胡刀片從生滿鬍子的臉上刮過，口子很寬、整齊，足夠三個人並排著進入，明翠很幸運正好處在口子的邊上，這使她能夠清楚地看三個身高足有一米八以上的扛著紅旗扛著槍的解放軍戰士，邁著整齊的步伐，中中正正地嵌入口子裡，並準確地向下滑行，穩穩地停在了旗杆的下面。這像是一次活塞的運動，每天一次，精準、重複、自然，而無新意（如果將這一次運動比作異性做愛的一次抽送，正常的情況下，至少要一年才能達到一次高潮）。但明翠卻不這樣認為，她覺得自己可以看上一千遍一萬遍，每一次的感覺都是新的，就像是一次次致命的打擊——就在那綠色和紅色兩種可以組成一個完整植物的顏色經過她的面前時，明翠驚叫了一聲：

「啊……」還沒有「啊」完整，她的嘴就被一隻有力的手給捂住了，由於所有的人都將注意力放在了那兩種植物所共有的普遍的顏色上，所以並沒有人看見那一隻有力的手和一個剛張開的嘴上。

我只能這樣設想：

那只手迅速地將她拖離出人群。我相信那手有足夠的力量。因為它是經過挑選和訓練過的。手與嘴來到了一個小而且簡單到如一張口的鐵屋裡。手上的嘴說：「你想破壞和諧穩定。」單獨的嘴說：「我是受益者，我想要維護現在安定團結的政治局面。」手上的嘴說：「你剛才要喊什麼。」單獨的嘴說：「毛主席萬歲！中國共產黨萬歲。」手上的嘴說：「我不相信，現在根本就不會有人喊這樣的口號。凡是這樣喊的人，都是不安好心。」單獨的嘴說：「我安的是好心，因為我是受益者。」手上的嘴說：「好我就信你，不過，你要寫一份保證書。」單獨的嘴說：「好，我寫。」

手拿出了筆和紙。單獨的嘴下的手提起筆就寫：

我愛北京天安門，
天安門上太陽升，
偉大領袖毛主席，
指引我們向前進。

……

接著，明翠又回到了廣場。由於時間很短，張解放並不知道剛才她的那些經歷。明翠也沒有打算將這些告訴他，因為她不想讓人知道有人竟然會懷疑她是受益者，懷疑她對黨對祖國的熱愛。

所以這件事她一直瞞著，沒有人知道。

紅旗在天空中飄著，像是要跑到空氣中去。但始終被旗杆牢牢地抓著，逃不掉。所以旗幟只有那樣做著很誇張但又沒有絲毫作用的動作。

在人群中走了一陣，明翠對張解放說：「我餓了，我困了，我累了。」說著坐在臺階上就睡了。

新聞：〈省委書記領跑新世紀〉伴隨著新世紀的鐘聲，蓉城新世紀第一晨迎來了萬人參加的成都市第三十二屆元旦越野賽，省委書記周永康領跑越野賽成為蓉城喜迎新世紀的第一景。

天府廣場昨日一大早就沉浸在節日的氣氛中，彩旗飄舞，歌聲陣陣，廣場上人頭攢動，十分熱鬧。上午九時，越野賽總指揮王忠康副市長發出號令，一位身著灰色運動裝的中年人首先衝出起跑線，由機關幹部、工人、農民、解放軍、學生組成的健身跑代表方隊緊隨其後。

看著明翠睡著的樣子，張解放心中升起了一種複雜的感受：「她現在這個樣子也好，雖然看起有點傻，但卻又單純。也就是簡單，簡單對於自己來說也許沒有什麼好處，但對別人是不會有害的。」

正想著，廣場上一陣躁動起來，像是有一陣風過來人們都朝著一個方向望去，除了睡著的明翠，張解放也不能逃出這陣風，也向那邊望去——原來是周書記來了。身邊還跟著有一大堆省上和市上的領導，能夠如此近而集中的看見這麼多的領導確實不容易，所以張解放也跟著人群向那邊擠。人很多。前面的人像牆一樣擋著後面的人。尤其是在最前面的那一層，手拉著手，腳下像是長了釘子，一動也不動。或者是圈內的人在發功，使別人無法靠近。

天空是渾沌的，太陽從雲層的後面露出臉來，顯得遙遠而詭異。

（新聞：接上）越野賽途中，群眾得知身著灰色運動裝、領跑越野賽的中年人是省委書記周永康，都很激動。連續三年參加越野跑的四川大學學生鄭在世動情地說：「周書記在新世紀第一晨領跑，將帶給我們巨大的動力。我們相信，新世紀的四川、成都，一定會崛起在奮進的西部。」

已過三十歲的王志和對記者說，他讀中學時就開始參加成都一年一度的群眾越野跑，一跑就是二十年。他打趣地說：「我是從上個世紀跑到這個世紀的。」

成都群眾迎新越野賽已舉辦了三十二屆，一年一度。第一屆從一九五六年開始，曾一度中斷；一九七三年又重新恢復，成為成都一項傳統大型體育活動。

很快，圈子開始起了變化，像是受到了一陣外來的力的擠壓，圈子變成了方形——奇異的是領導們正好處在第一排，而周書記又恰好在正中間——還有，後面不斷地有人在加入；方形變成了條形；條形越來越長；條形變成了繩索。

跑步開始了，這條粗大的繩索在人民南路上遊移。張解放在這時很奇怪地想起了馬克思在《共產主義宣言》中寫的第一句話……

張解放跟著人流向前跑，他並不是想參加賽跑，而是被裹著不得不跑。在離開廣場時張解放轉頭向明翠坐著的臺階望去，只看到一片黑壓壓的跳動著的人的腦袋，明翠似乎被人海給淹沒了。張解放就這樣心中裝著明翠慢慢地隨著眾人離開了廣場。

越往前跑，身邊越稀鬆起來。這樣也就有了說話的空間。邊上有一個胖胖的中年人說：「我這是怎麼了？怎麼會在這裡？」另一個瘦子說：「這是哪兒？我們到了哪裡？」張解放說：「我也不知道。我是被推著就到了這裡。」

再往前跑，身邊更稀鬆起來。這樣也就有了離開的空間。張解放說：「我的老婆還在廣場上，」說著就從漸寬的縫隙中溜出了人流。胖子說：「我的兒子也在廣場上，」說著也走了。瘦子想了一想說：「我家裡的爐子上還燉著蹄子。」說完也就溜了。

跑步的隊伍越來越長，越來越稀……以此類推不堪設想。「也許是因長而稀」，善良而保守的人站在街道的兩邊這樣相互解釋說。

我說：他們的解釋符合物理及數學原理。

張解放逆著人流往回走，這樣的極少數引起了人們的注視，但人們都不說，誰都不說，廣場上空了，在一次集體的體育活動中，人們集體地從一個地方到另一個地方，所到之處人滿為患，所過之處空無一物。

張解放回到天府廣場，看見巨大的廣場空蕩蕩的。在渾黃陽光的照射下廣場像是一隻死魚的眼睛。沒有看到明翠的影子，她到哪兒去了呢？張解放圍著廣場轉了一圈，沒有找到。除了一些人們剛才丟棄下的廢紙屑在一小股一小股的旋風中旋轉外其他空無一物。群眾都跟著人流跑遠了。

張解放在廣場轉了一圈，沒有發現任何人。又轉了幾圈，還是沒有發現一個人。廣場奇怪地空著。人們都莫名地朝一個方向奔去。

（後來，每當張解放再想起那次在廣場上轉圈時，頭就暈，像是一片葉子在風中旋轉。無根。飄浮。孤獨。無助。無依。無聊。死亡。）

新聞：〈縣委副書記撞死三人逃逸〉二〇〇〇年十二月三十一日下午一至二時，離世紀之交的新年僅有十餘個小時。但蓬安縣新園鄉四村二組的農民楊素碧、吳碧珍及其剛讀初三的兒子楊明泉，卻永遠也跨不進新世紀的門檻了——他們被自己的父母官、縣委副書記趙從容駕駛的車牌號為川R11369的三菱越野車活活撞死！

……

目擊者稱，當日中午，楊素碧等三人沿著蓬安到南充的省幹道公路，往家走。一輛車牌號為川R11369的三菱越野車從坡度大約為三十度的公路上直衝下來。在連撞三根路樁後，失控的越野車又連撞三個大活人。其中兩個大人被撞下一丈多深的路邊岩溝。楊明泉的媽媽——吳碧珍當場氣絕身亡。事故發生後肇事者非但沒有停車救人，反而猛轟油門朝南充方向逃逸。

作為目擊者，張道達全部看見了這些。那天他正坐在一輛公共汽車上往回趕，準備回家與父母一起度過新千年的元旦節。

明翠自從成了「有錢人」、「受益者」之後，就不讓道達去上大學了。明翠說：

上大學是為了什麼？
還不是為了找一個好職業。
找一個好職業為了什麼？
還不是為了工資高別人一點。
工資比別人高一點歸根結底是為了成為有錢人。
而我們現在已經有錢了。
我們是有錢人，
還有必要再走那漫長的成為有錢人的道路嗎？
不。

我們的答案是：「沒有必要。這就是有錢人與沒有錢人的區別。」

看到母親瘋成了這個樣子，由於事情的原由是自己一手所造成（鼓動母親去索賠）。由於所受到的教育——仁義、道德、孝順——張道達放棄了上大學的計劃，出門打工去了。

在出門前，張道達對母親說：「媽，我出去旅遊了。有那麼多錢，得趕快用啊。」

明翠說：「孩子，玩高興一點。記住，我們是受益者，要高興。我們不玩誰玩？我們不高興誰高興？」

在臨別時明翠還對著道達的背影喊：「要面帶笑容，我們是受益者。」

張道達回過頭來，張大了嘴對母親微笑了一下說：「放心吧，媽媽！」

（新聞：接上）「撞死人了！快停車！」現場數名群眾大聲呼喊著追趕肇事車。潘朝陽等幾位農民更是奮不顧身地攔下該車。此時，三菱車已衝離出事地點五〇〇多米。

「攔我的車幹啥？這是縣委書記的車。」這是被攔下後趙從容對群眾說的第一句話。憤怒的群眾圍著車說：「輾死了三個人，開縣委的車難道就不該下來看看！」趙下車後，一邊拿出手機猛打電話，一邊向蓬安方向狂跑。在跑出一〇〇〇米後，趙再次被憤怒的群眾攔下。這時，趙說：「攔我幹啥？我是趙書記！」就在人們憤怒聲討之際，一輛從南充開往蓬安的車牌號為川R??369的車一個急刹車（車速太快，車牌號的前面兩位數看不清楚），停在趙的身邊，趙隨即上車絕塵而去。

這些是張道達看見的。五分鐘之後他所乘坐的公共汽車重新起動，向成都方向駛去。歸心似箭，但由於看到剛剛出現在眼前的一幕慘禍，人們一致要求司機開慢一點。「如果沒有生命，時間還有什麼意義？」慢一點、慢一點、再慢一點……

三十碼？太快了。二十碼？太快了。十碼？那又太慢了。十五碼？這還差不多。

公路上的那輛汽車像是睡著了。

它不管別人像發瘋了一樣呼嘯著超過了它。

而只是按照自己的速度，慢慢地、慢慢地、慢慢地走著……

也不管路邊有一群人跟著它在走，議論著它

甚至超越了它，

它不管，而只是按照自己的速度，慢慢地、慢慢地、慢慢地走著……

也不管天邊的太陽慢慢地、慢慢地、慢慢地滑到山的背面去，

也不管天慢慢地、慢慢地、慢慢地黑下來，

它不管，它只是慢慢地、慢慢地、慢慢地……

一點一點，一點一點，一點一點。滑進黑暗之中。

它不管。

它不管，

它不管，

時間一點一點、一點一點、一點一點地從身邊流走……

為什麼不問它：為什麼？

因為它剛剛才目睹到了一幕慘劇。它要說：小心啊！「道」上的朋友們。

所以張道達當天沒有能趕回家與父母共度元旦。

張道達在無邊的夜裡睡著了，汽車在行駛——姑且算是行駛罷——無論它是動還是不動，天總是會亮的。

張道達睡了，張道達喜歡在睡著時做夢：

他夢見了春天的花，和坐在花下的母親。很奇怪，坐在花下的母親很年輕，就像是一個小姑娘。她紮著花一般的小辮子，坐在春天的陽光裡聞著花香。她的樣子很美，美到令人窒息。有很多男人就是因為喘不過氣來而離開了她。這使姑娘二十年來只有一個人孤獨地坐在春天的陽光下聞著孤獨的花香。直到有一天，從北方來了一個英俊的小夥子，他沒有窒息，他來到了她的身邊坐下來，他說他要留在她身邊陪著她一起聞花香，一直到死。她沒有反對，而是害羞地低下了頭。就這樣男子留了下來。他最早的記憶似乎是這樣：有一股激流，沿著一條溫暖的河道奔騰。他似乎只是一個小點——逗號——隨波而下，後來像是來到了一個懸崖邊，小小的逗號失足墜了下去……掉在一個氣球上。後來、再後來，就有了他，一直到現在。而現在，姑娘已經不像花了，那些花朵也已經在冬天第一場霜凍下死去。姑娘長成了老女人，老女人坐在冬天昏暗的屋裡回憶著自己成功的一生……

「我是受益者，」明翠坐在廣場在臺階上說。說完時發現周圍的人沒有了。沒有了聽眾。

沒有了觀眾。沒有了看客。

無意義。無內容。

明翠睡著了，明翠喜歡在白日睡著時做夢：

母子連心。真的是那樣。你看，她夢見了兒子和兒子在不久前看見的那一幕車禍慘劇。父親死了。母親死了。兒子死了。為什麼他們死了？而我們家也是由父親、母親、兒子組成。為什麼我們活著？「我們是受益者」，她總結到。所以那些災難遠離著我們。很遠。多遠？很遠很遠，用最好的望遠鏡也望不到。

夢到這裡，明翠放心了。她把對自己的那一點點的擔憂從心裡拋到肚子裡，通過大腸，通過小腸，再通過排泄器官排出了體外。

明翠放心了，現在她可以毫無顧慮地接著兒子看見的慘像繼續往下做夢：

（新聞：接上）這時人們發現，還有兩人尚有呼吸。但在近一個小時後，才攔下一輛計程車。人們首先把傷勢較重的楊素碧送往蓬安縣一家醫院搶救。又過半個小時，才攔下第二輛車將剛讀初三的男孩楊明泉送到醫院。

然而，跟隨前往醫院的群眾卻對醫院的救治措施充滿疑問：

當時除了給兩名重傷者輸濃度為五%的葡萄糖液及輸氧外，沒有更積極的措施；而且，從庫房裡新拿出氧氣罐，僅輸了二十多分鐘就沒有了，而重新換氧氣罐又耽誤了二十多分鐘。斷氧之後，兩名傷者的心跳、脈膊明顯減弱，下午四時左右，兩人相繼死去。

一陣旋風在明翠的身邊連續轉了十八圈之後，明翠在一個寒顫中醒了。她睜開迷迷糊糊的眼睛向遠處望去，空空蕩蕩的，那些人呢？滿滿一廣場的人，像盆底猛然漏了一個洞，裡面的水傾刻漏完了，只剩下一個空空的殼子。

明翠晃晃悠悠地向廣場外走，身邊一些廢舊的紙屑在飛舞著。有些紙片很大、很輕，飛行的速度很輕、很柔、很慢，慢、慢、慢……彷彿時間只是在那一片紙上睡著了。

不，時間還在明翠的身上睡著了。只要看見了這一場景的人都會確定他倆是同步的。一晃、一搖。一晃，一搖。

它們相向而來，可以確定在一個固定的時間、固定的地點，它們會相遇。

九分鐘之後，明翠伸手就抓住了那張輕輕大大悠悠慢慢的紙。這是一張大小為對開的紙張。紙是灰色的，像一張病人的臉。明翠覺得自己也像是病了一般。接著雙腿一軟倒在了地上。那張紙在天空中又飄了幾飄，晃了幾晃之後準確地覆蓋在了她的身上。溫暖。一絲絲不宜感覺的溫暖在明翠的軀體裡蕩漾開來。溫暖，讓明翠想到了春天，在春天陽光下的花叢中，她很想睡。於是她就睡了。

明翠喜歡在白日睡著時做夢：

她看見蓋在自己身上的是一張報紙。她最親愛的報紙。是它使自己成為有錢人；成了受益者。明翠無比親切地將報紙捧起，端詳著上面的一切。她看見了一個令她親切而激動的標題：〈省委書記領跑新世紀〉這些都是發生在自己身邊的，都是自己親自見證了的。生活在這樣的環境裡她感到無比的幸福。再接著她的目光向下移——越過兩張圖片九行黑鴉鴉鉛字——她看見了：〈縣委副書記撞死三人後逃逸〉這些雖然沒有發生在自己的身邊，但她的兒子張道達看見了。母子連心，所以明翠也感覺到了。這些都正常到不能再正常了。一開始明翠並沒有什麼異樣的感覺，她將目光向上抬，正準備做向天邊眺望狀，就在這一剎間，兩個黑黑的標題同時躍入了眼睛：

「〈省委書記領跑新世紀〉、〈縣委副書記撞死三人後逃逸〉——省委書記領跑新世紀、縣委副書記撞死三人後逃逸。」

都在跑，一個朝正面一個向反面，同時又都是書記，這不是有著深刻的寓意嗎？這不是階級敵人的險惡用心嗎？不，不能，不讓敵人的險惡用心得逞。明翠一急、一驚就醒了。

不遠處有一隻小鳥，在啄食。我們還知道有一輛馬車在馬路上緩緩而馳，那只小鳥在馬車到來之前、聲音到來之時就已經飛走了。它在逆風中飛行並平衡著身體。五分鐘之後馬車過去了，在聲音也過去了之後小鳥又落回了原處。我們還知道這是五十多年前發生在同一地點的事情——一個高大英俊的北方男子帶著黨的任務隻身進入了這個天空灰暗的城市，他問：「請問市中心怎麼走？」有人回答：「抵攏，遇到叉路選寬的那條路走；再抵攏，遇到叉路再選寬的那條路走。看到一片空地就到了。」——如今已經看不到這些了，只有一個老男人還躲在滿佈陰霾的一隅，回憶著那句經典的總結。那只小鳥早已經死了，那一匹馬也死了，馬車也早已散架了，連一片木屑也尋找不到。

明翠可以看見這些，雖然那時她還小，雖然在很長一斷時間裡她也忘記了這些，但是近幾年她卻神奇地可以看到一些別人無法看到的東西，和另外一些已經忘記的過去。

比如在這空空蕩蕩的廣場，她想起了自己睡在遙遠的母親腹中，搖晃著，坐著馬車穿過廣場時的情景。

比如在這空空蕩蕩的紙上，她看見了明天將要出現在報紙上有損黨的幹部形象的可怕的版面。

明翠離開廣場直奔市委宣傳部而去。

「我是受益者。」在說完這句話之後，明翠覺得自己完全地輕鬆下來了，進門前的那種緊張的感覺完全消失了。她將屁股放在板凳上，深深地吸了一口氣之後，又接著說：「我要舉報，明天有一家報紙會說『省委書記領跑新世紀、縣委副書記撞死三人後逃逸』，請你們及時制止。」說完後，為了證明自己告密的合理性她又補充說：「我是受益者，我不告密誰告密？」

接待她的人問：「明天發生的事你今天怎麼會知道呢？」

明翠說：「我有特異功能，剛才我從一張白紙上看見了明天的報紙。」

接待她的人問：「你有特異功能？你不會是練『法輪功』的吧。」

明翠急道：「我不是。我是受益者，就是有錢人的那種。利益獲得者——利益集團——你該聽明白了吧！」

接待的人說：「你能不能證明自己？」

明翠問：「怎麼證明？」

接待的人說：「你跟我說『李洪志是大騙子，法輪功是邪教』」。

明翠一點也不猶豫，跟著就說：「李洪志是大騙子，法輪功是邪教。」

接待的人說：「好，你回去吧，你提供的情況我們會重視的。」

臨離開時，明翠還扭轉回頭喊到：「我們都是受益者，要阻止他們，一定不能讓敵人的陰謀得逞啊！」

待明翠的影子消失了之後，接待的人自言自語的說了句：「神經病。」

張解放在廣場上找了一圈，沒有找到明翠。之後他看到了一個買彩票的攤點，花了兩元錢買了一張彩票，心想中了五〇〇萬就好了，那樣明翠就不是生活在夢中了，而是實實在在的現實之中。

回到家裡，張解放看到兒子張道達正等在門口。

兒子問：「六點半回來你們就出門了，什麼事情要趕那麼早？」

張解放說：「去看升旗了。」

兒子問：「哪根神經出了問題？往年我們是從來不去的。」

張解放答：「你媽要去，她說是受益者，所以要去。」

張道達不說話了，跟著父親進了屋裡。自從母親瘋了之後，一提到母親張道達就不想說話。進了屋裡，張解放像是想起了什麼：「不是昨晚就回來？怎麼會晚了整整一夜？」張道達說：「遇到個車禍，汽車就開得很慢，為的是避免再出事情。好在果然就沒有再出什麼事情，安全地到家了。」

「對了，媽媽呢？」

張解放說：「不知道，不知在哪裡擠丟了。」也許覺得沒說清楚又補充道：「人太多，都在往一個方向擠，後來就不知道她在哪裡了。」

說完就不說話了，張道達也沉默著。

過了四十七分鐘，明翠回來了。一進門她就說自己幹了一件大事，成功地制止了一次破壞穩定的行動。張解放不想聽她再往下講，從口袋裡掏出彩票說：「我買了彩票，希望能中個大獎。」

明翠一聽就急了：「我看到了明天的報紙，上面的標題是：〈新世紀頭天大獎落空〉。你這不是浪費錢嗎？」

新聞：昨晚開出的二〇〇一年第一期「巴蜀風采」福利彩票的中獎號碼為二十二、〇二、十四、〇七、〇六、十二、〇八，特別號碼為三十一。一等獎無人中取；二等獎有六注中取，單注獎金六六〇七五元；三等獎有一一三注中取，單注獎金一〇〇〇元；四、五、六、七等獎分別有二六三注、二八五四注、三九四六注和五七二七九注中取。滾入下一期一等獎獎池九三五六四二二元。

張解放說：「我還不是為了你。」

明翠說：「無論如何你也不能亂丟錢啊，明明知道中不了卻還要去賭，這樣再多的錢也會用完。你沒有看到報紙上百萬富翁一夜之間成為窮光蛋的故事嗎……」

張解放說打斷她說：「我又不是為了自己，還不是為了這個家？這個就叫作投資，你知不知道？投資……是有風險的，風險越大收益就越大。這是經濟學的基本理論……」一說到投資，張解放就有說不完的話要說。

自從躋身成為「受益者」之後，明翠就不能忍受有人頂撞她了。她不明白，已經是「有錢人」了，為什麼還想要有更多的錢。而不多想想怎樣一張一張地將錢用掉。唉，這是一個什麼樣的時代？大家都掉進錢眼裡去了！

明翠感覺到胸口憋悶著，像要爆炸一般。還沒有等張解放說完，她一聲不吭地就出了門。外面的陽光很亮，有些晃眼，光線很具體，像是有一粒砂子掉進了眼睛。明翠用勁地眨了眨眼睛，有幾滴淚水流了出來（像是自己為自己製造出了一場悲劇），她被自己感動起來了。讓淚放縱地流著——還沒有流到臉頰，就感覺到有一個巨大的陰影向她衝撞過來，接著她就發現自己飛了起來，同時還有一陣刺耳的汽車剎車聲。天就在這時黑了，明翠感覺到自己滑入了黑暗之中，很黑很黑，黑到連自己的記憶也看不到。她再也無法找到自己了。

明翠就這樣消失了。死了。

雖然明翠自己無法看見這一切，但有目擊者清清楚楚地看見了一輛車牌照是川O00006的紅色轎車從一個人身上碾過去的全過程——這種汽車在城裡面橫衝直撞著，就像是出廠時壓根就沒有裝上剎車一樣。目擊者驚叫了起來：「撞人啦……撞到人啦……」但那車以比驚叫聲還要快的速度重新啟動，而後消失在了視線的盡頭……

「肇事逃逸？」這是這個時代很流行、也常常會被人經歷到的一個詞。

接著，屍體旁圍起了圓圓的一圈旁觀者……像是一個圓滿的句號。

接著，有很多人的議論聲傳出——「那個瘋女人死了」、「對張解放來說是好事，他終於解脫了」、「死得值了，至少她在地底下她不會認為自己是窮鬼，這也算是超脫了吧！」……

接著，有三兩個人的哭聲傳開……

接著，有哀樂聲奏響……

接著，屍體旁燃起了一堆紅紅的火焰……

後來，除了剩下幾撮骨灰外什麼也沒有了……

由〈縣委書記撞死三人逃逸〉引發的事件：

四川省委書記周永康看了那天的報紙後大怒，正如明翠所看到的那樣。書記也「通讀」了那個標題「省委書記領跑新世紀——縣委書記撞死三人後逃逸」，從中看出了一般人看不出的一種危險性，並寫了一封信給宣傳部長，說：「即使資本主義制度也不容許新聞破壞政權的穩定」，同時做出批示要求查處此事件。

下面是報紙自查而做出的報告：

線索：

一、二〇〇〇年十二月三十一日晚十點過，新聞中心值班人員接到南充晚報線人電話，對方告知南充市蓬安縣發生重大車禍，三人被撞死，駕車人係蓬安縣縣委副書記趙從容。值班人員立即請新聞中心主任前往本報團年晚會現場告訴白班總指揮（編委）。

二、正巧四川新聞部主任也在，白班總指揮當即告訴新聞中心主任：「明天立即派記者陳青松去南充採訪，蓬安縣委副書記撞死了三人。」白班總指揮要求四川新聞部主任專門負責此新聞的採訪，並叮囑要交待記者帶上所有採訪手續和採訪工具，做好充分準備。採訪中必須注意證據收集，讓所有接受採訪者簽字。

三、四川新聞部記者陳青松當晚十一點過接到四川新聞部主任電話，得知事情重大。電話中四川新聞部主任要求其帶好照相機、採訪機等採訪工具。

四、晚上十二點過，陳青松趕到報社新聞中心與南充線人取得聯繫，瞭解了大體情況。次日一早，乘火車趕往南充。

記者採訪和部門指揮：

五、二〇〇一年一月一日下午一點五十分，陳青松到達南充，找到線人，根據對方提供的情況判斷該新聞很大，決定趕赴事發現場。路上，四川新聞部主任在電話中得知陳青松沒有帶照相機和採訪機，感到意外，同時要求其必須全面認真收集相關證據。

六、下午三點四十分，陳青松到達現場採訪，數百群眾在現場圍觀。當陳青松準備採訪第一目擊人潘朝陽時，對方被南充市安辦王主任帶走。現場群眾稱瞭解情況，陳青松聽取了當地有些威望的赤腳醫生尹體貴的介紹，尹稱，趙從容撞死人後向前跑了五〇〇多米遠向後跑了一〇〇〇多米。同時，群眾向陳青松講述了趙不救人而坐車離去的一些細節，並指了趙前後被攔住的地點，陳青松根據自己的目測，感到他們所指的距離也差不多。

七、最後，接受採訪的兩名目擊者分別在陳青松採訪本上簽了字。陳青松承認，當時群眾的情緒感染了他。其間，四川新聞部主任多次打電話給陳青松，要求其一定要採訪到趙從容本人和交警方面的權威說法。

記者採訪和部門指揮：

八、當日，要聞部副主任受蓬安縣委辦公室主任委託，找到四川新聞部主任說：「蓬安縣委打電話說，趙從容好像有駕照，人家說他撞人後跑了，其實沒跑。」話沒說完，四川新聞部主任就說：「你肯定壓不住這件事情。這件事性質很惡劣。」要聞部副主任又說：「我不是想壓住這件事，只是請你一定把情況弄清楚。」其後，要聞部副主任遇到編輯中心主任（編委），又向他敘述了蓬安縣委的說法，並說：「如果不具備追蹤價值，能否不報。當然，如果確實是重大題材，就是另外一回事了。」

九、晚上七點過，陳青松認為事情已經瞭解清楚，只需要找當事人趙從容採訪了。當晚十點過，陳青松的稿子還沒有回來，白班總指揮叮囑四川新聞部主任，讓現場的陳青松搞清楚趙從容有沒有酒後駕車、有沒有駕照，細節要準確翔實。四川新聞部主任再次打電話給陳青松，陳確認掌握了證據。四川新聞部主任同時要求陳青松不要受對方誘惑，行為要檢點。

十、晚上七時到十二時，陳青松沒有採訪到趙從容和交警，同時最重要的證人潘朝陽也沒有採訪到。

白班總指揮：

十一、一月一日下午，記者在前方沒有採訪到當事人，情況不明朗。但由於當天是元旦，又沒有重大選題，當天白班總指揮沒有召開編前會，因此沒有對「蓬安車禍」一事進行討論。但他指示四川新聞部主任要求前方記者將整個新聞拿回來。

十二、同時，白班總指揮告訴編輯中心主任有這樣一條新聞。當天要聞部副主任兩次打電話給白班總指揮，說：「蓬安縣委書記找到他，希望不報這篇稿子，一是趙從容沒有喝酒，二是有駕照，三是沒有逃逸。發不發此稿請給個回話。」他同時提醒，記者與縣委的說法不一致，一定要弄準確。白班總指揮回憶說，當天晚上近十二點的時候，要聞部副主任確實給他打來電話稱，蓬安縣委方面的說法與記者的採訪有很大出入，能否弱化處理該稿件。

十三、要聞部副主任給白班總指揮打了電話後，白班總指揮立即向編輯中心主任通報了此事。隨後，白班總指揮向當日夜班值班總編彙報此事。值班總編說，已與編輯中心主任商量了此事，決定按一般消息處理，不渲染。其後，編輯中心主任將值班總編意見轉告了當日一版責任編輯。

成稿和發稿：

十四、一月一日晚上十一點多鐘，四川新聞部主任問陳青松可不可以發一篇文章，陳青松表示可以發一篇。陳青松說，他當時唯一的想法就是要將這一事件報導出來，絕不能被當地政府人為遮掩住。在沒有傳真的情況下，他情緒激動地通過電話向四川新聞部主任讀了一遍稿件。四川新聞部主任筆錄下來同時錄了音。陳青松稱，原文寫的是「世紀之交，南充蓬安縣發生重大車禍，縣委副書記撞死人居然逃跑」。

十五、四川新聞部主任說，當晚時間很緊，十一點過，編輯中心主任下來催稿子，十二點左右，陳青松通過電話念稿子，整理完陳青松的稿子已是二日淩晨二點三十分左右，稿件中大量臆斷和充滿情緒的語句被刪去。其間，四川新聞部主任不斷向陳青松核實稿件細節。

十六、因陳青松對稿件中的「五〇〇米」等具體數字很肯定。四川新聞部主任稱，對此並沒有多想，認為前方記者的東西是可靠的。

編輯：

十七、一版編輯回憶說，當天下午五點過他到報社後，編輯中心主任告訴他有一個車禍的稿子。一版編輯到六樓找到四川新聞部主任，回答說蓬安縣委書記撞死三人後逃逸了，而當時前方沒有採訪到趙從容、交警和潘朝陽。

十八、直到晚上十二點過，稿子還沒有上來，前方陳青松反饋的信息是同城的媒體除了蜀報、天府早報都去了。不斷與前方聯繫，得到的消息是，事件重大，極其惡劣。一版編輯反饋給編輯中心主任的消息是稿件重大。

十九、二日凌晨，四川新聞部主任整理完一頁稿件，一版編輯就取走一頁去錄入。一版編輯刪去了稿件中一些沒有證實的東西，因當時四川新聞部主任告訴一版編輯，陳青松在前方有很多翔實的證據，於是沒有改動原文的標題。從原文的內容看，趙從容「逃逸」也是確實的。沒有斟酌「五〇〇米」說法的可靠性。

二十、一版編輯說，當時處理此稿時，更多考慮的是新聞輿論監督，而對稿件已然定性是有所懷疑的，但最終沒有改動。而前方反饋的信息也一再確信，這是證據確鑿的事實。同時認為當時一版版面上半部分兩篇正面題材能夠壓住此負面報導。

二十一、一版編輯說，二日淩晨三點多鐘，版子做出來拿給當日值班總編輯簽，總編輯覺得不妥，標題也需要改，並覺得稿件這樣定了性，不好。但一版編輯向值班總編輯說前方取得了大量的證據，證人都簽了字。我們不報，別的報紙也會報，並從新聞監督方面等多方面闡述了自己的理由，說服了值班總編輯。二日淩晨四點過，一版簽片，這條新聞見報了。

結果：

二十二、一月二日下午，記者陳青松再次租車來到事發現場，這時部分已經冷靜下來的群眾向陳青松講一些趙從容向前跑向後跑的「另一種距離」，並採訪到了第一目擊證人潘朝陽，陳青松感到自己稿件中出了問題。但沒有向報社彙報稿件內容有誤一事。

二十三、一月六日晚，陳青松隨報社調查組再次來到蓬安。當他問最初為他提供「趙向前駕車逃五〇〇米」，「趙棄車向後跑一〇〇〇米」，「趙在傷者離開之前乘車跑掉」這三個信息的目擊者為什麼要誇大其辭說得如此嚴重時，他們承認自己當時太氣憤、太激動了，一些數據估計不準確。

二十四、調查證實，事故發生後，趙從容汽車只向前開出「七〇—八〇米」，並沒有逃逸，而是在現場組織搶救。

二十五、以上是〈縣委副書記撞死三人逃逸〉一文的全部採訪、指揮、編輯和刊發經過。

後來，《成都商報》刊登了更正，說是趙從容沒有逃逸而是在現場組織群眾救人。

後來，採寫〈縣委書記撞死三人逃逸〉的記者陳青松被開除了，並且永遠不能再進入四川省的新聞行業。被開除後的陳青松，後來數次返回蓬安想要找到直接目擊者潘朝陽。擔此人竟平空消失了。問他、問她、問他們，都搖頭說從不認識此人。活不見人、死不見屍。再去找那個曾經採訪過的赤腳醫生，卻看見診所大門緊閉。鄰居說尹醫生因偷稅漏稅被警方抓進監獄關起來了。

據傳那天的報紙被周書記批評後，《成都商報》社長，創始人任可親自去周永康處請罪，尋求諒解。在檢討中，周書記發現任可思維清晰談吐得體，是一個難得的人才，於是將其收於門下。從此任可由一個報人側身擠入官場。

表面上這是一個因禍得福的故事。只是中國的人生哲學是：「禍兮福所倚、福兮禍所伏」。福禍相互轉換，如太極一般混沌，沒有人可以預料到最終結果。十二年之後，周永康出事，任可做為站錯了隊的一員，也被關進了大牢。

另外，有一直關心著明翠一家人命運的熱心人問我：「張解放怎麼樣了？張道達怎麼樣了？他們也死麼？」

「人總是要死的。不同的是正常死亡或非正常死亡。」我問：「你希望如何？」「希望他們暴死，是不是會顯得我心地不良善？」還是不要表露出來吧！他想了一想之後說：「我管那麼多幹什麼？他們的死活關我啥子事？」

我說：「是不關你的事。但是卻關我的事。因為我正在寫他們的故事呢！越悲慘就越能賣錢」。

說著，我目露凶光：「我是一個兇手。我筆下的每一個人生活得都很不幸福。這是因為在專制制度之下，所有的利益均被集中到專制者手中，任由他們分配——給你一點，要感謝他們；一點不給你，是因為你做的還不夠好。這樣的環境裡，無權無勢的人根本就不可能獲得幸福。除非他是一個眼睛向下，看不見天空與遠方的人。」

他想了想說：「那也是。他們越慘，對比起來，我就算是混得還不錯。聽起來心裡頭也就會舒服很多了。」

我說：「以前有一句話叫『人比人、氣死人』，那是往高處比。在這個故事裡是『人比人、得意死人』，這是向低處比」。

由此：人們越活越矮！

釀小說85　PG1676

他娘，毛主席是咱兒子的爹

作　　者　汪建輝
責任編輯　洪仕翰
圖文排版　周好靜
封面設計　蔡瑋筠

出版策劃　釀出版
製作發行　秀威資訊科技股份有限公司
114 台北市內湖區瑞光路76巷65號1樓
電話：+886-2-2796-3638　傳真：+886-2-2796-1377
服務信箱：service@showwe.com.tw
http://www.showwe.com.tw
郵政劃撥　19563868　戶名：秀威資訊科技股份有限公司
展售門市　國家書店【松江門市】
104 台北市中山區松江路209號1樓
電話：+886-2-2518-0207　傳真：+886-2-2518-0778
網路訂購　秀威網路書店：http://www.bodbooks.com.tw
國家網路書店：http://www.govbooks.com.tw
法律顧問　毛國樑　律師
總 經 銷　聯合發行股份有限公司
231新北市新店區寶橋路235巷6弄6號4F
電話：+886-2-2917-8022　傳真：+886-2-2915-6275

出版日期　2016年11月　BOD一版
定　　價　450元

Printed in Taiwan

國家圖書館出版品預行編目

他娘,毛主席是咱兒子的爹 / 汪建輝著. -- 一版.
-- 臺北市 : 釀出版, 2016.11
面 ;　公分. -- (釀小說 ; 85)
BOD版
ISBN 978-986-445-157-9(平裝)

857.63　105018493

讀者回函卡

感謝您購買本書，為提升服務品質，請填妥以下資料，將讀者回函卡直接寄回或傳真本公司，收到您的寶貴意見後，我們會收藏記錄及檢討，謝謝！如您需要了解本公司最新出版書目、購書優惠或企劃活動，歡迎您上網查詢或下載相關資料：http:// www.showwe.com.tw

您購買的書名：________________________________

出生日期：________年________月________日

學歷：□高中（含）以下　□大專　□研究所（含）以上

職業：□製造業　□金融業　□資訊業　□軍警　□傳播業　□自由業
　　□服務業　□公務員　□教職　□學生　□家管　□其它_____

購書地點：□網路書店　□實體書店　□書展　□郵購　□贈閱　□其他

您從何得知本書的消息？

□網路書店　□實體書店　□網路搜尋　□電子報　□書訊　□雜誌
□傳播媒體　□親友推薦　□網站推薦　□部落格　□其他__________

您對本書的評價：（請填代號　1.非常滿意　2.滿意　3.尚可　4.再改進）

封面設計____　版面編排____　內容____　文／譯筆____　價格____

讀完書後您覺得：

□很有收穫　□有收穫　□收穫不多　□沒收穫

對我們的建議：________________________________

____

____

____

請貼
郵票

11466
台北市內湖區瑞光路 76 巷 65 號 1 樓
秀威資訊科技股份有限公司 收
BOD 數位出版事業部

（請沿線對折寄回，謝謝！）

姓　　名：＿＿＿＿＿＿＿＿ 年齡：＿＿＿＿ 性別：□女　□男

郵遞區號：□□□□□

地　　址：＿＿＿＿＿＿＿＿＿＿＿＿＿＿＿＿

聯絡電話：(日)＿＿＿＿＿＿＿＿ (夜)＿＿＿＿＿＿＿＿

E-mail：＿＿＿＿＿＿＿＿＿＿＿＿＿＿＿＿